追憶逝水年華 I

第一卷
斯萬家那邊
Tome I: Du côté de chez Swann

À la recherche du temps perdu

Marcel Proust
馬塞爾・普魯斯特——著
陳太乙——譯

À M.Gaston Calmette.

Comme un témoignage de profonde

et affectueuse reconnaissance.

致 加斯東・卡爾麥特* 先生

以表深刻且真摯之謝意。

* Gaston Calmette（1858-1914），一九〇〇年起擔任《費加洛報》總編，曾刊出普魯斯特幾篇文章，包含一九一二及一三年於報上刊出四篇〈貢布雷〉節選。

目次

出版者的話 004
第一部　貢布雷 007
內容概要 235

出版者的話

文學讀者是特別的。儘管他們有時也深為這種不為人理解的特別所苦。但所幸他們有所依歸，這依歸竟有絕大多數指向同一個名字：普魯斯特。若你問這些特別的文學讀者，為什麼鍾情於一個在病榻上喃喃獨語的虛弱男子的書寫，大部分得到的回答，會是因為普魯斯特是一座大山。

大山的意思，我們憑著想像，立即能捕捉到一些意象和關鍵字。大山是難以攀爬的，攀爬過程中要動用各種工具或者要啟動全身的每一個部位，每一處神經及關節。大山裡有變幻萬千的風景，甚至要打開暗藏在心底深處的某一個掀蓋，才能回應並領略它召喚的內涵。大山中或有路、或無途、或雲霧遮掩、或朗朗開闊。大山讓你捉摸不定，但它又恆常地矗立在那兒，你終得面對它。

普魯斯特這座大山，以綿密渺遠的文字，梭織日與夜、光與影的意象，時間有空格、有延展、有網眼篩成空間，令你跌落，又承接住你。你在一座迷宮之中，隨手一撿都是生命的線頭和綴片。

你凝視了它們嗎？能更好地專注凝視，登上山頂嗎？那裡的風光你可曾眺望過？

好好地凝視，需要好的中文轉譯。木馬文化一直在為讀者尋找中文世界裡最能表達普魯斯特的文字和世界的譯者，為攀登普魯斯特高山準備備受認可的工具。

經過多次的內部會議，深愛普魯斯特作品《追憶逝水年華》的讀書共和國集團社長郭重興與木馬文化社長陳蕙慧，決議邀請譯著與獲獎無數，公認法國文學造詣及中文底蘊深厚的著名譯者陳太乙女士，以十年之約，獨力完成《追憶逝水年華》的中譯工作。

十年，這是何等漫長而艱鉅的挑戰！

然而，截至目前為止，華人世界裡，由一人獨力將《追憶逝水年華》全七卷的巨作中譯完成的大事，尚未發生。既沒有出版社有此魄力，也沒有譯者願意耗費十年（甚至以上）的心力，投入這項馬拉松似的工程。

二〇二〇年，我們在多次與陳太乙和她在家庭及職場上都是重要支柱的伴侶任興華先生會晤後，終於得到允諾，加入這項普魯斯特中譯長跑計畫！

為了使這項計畫能夠明確執行，抵達終點，木馬文化在深思之後，由諳德法雙語的資深編輯林家任擔任此一專案專任責編，與陳太乙女士以兩人三腳的方式，和普魯斯特深奧細緻、層次豐麗的文字「搏鬥」（一如攀岩），期許在二〇二三年元月推出第一卷外，並以恆定的節奏，陸續製作，與讀者見面。

此外，為使台灣讀者能夠更順利登頂，充分領受《追憶逝水年華》的精微神妙，木馬文化也將以影音、講座、讀書會等互動方式，做為協力，引領讀者優游普魯斯特宇宙。

敬請關注、支持、期待，並指正！

木馬文化

PREMIÈRE PARTIE

第一部 — 貢布雷

一、

很長一段時間，我早早就寢。有時，燭火才剛熄滅，我的眼睛便已闔上，甚至還來不及告訴自己：「我要睡了。」然後，過了半小時，一想到尋求入睡的時間該到了，我又清醒過來。我想放下自以為還拿在手裡的書，吹熄蠟燭；入睡的同時，不斷思考著方才讀到的內容。但那些思緒轉化成了個有點特殊的樣貌，我覺得自己彷彿就是書裡講述的：一座教堂、一曲四重奏、法蘭西一世和查理五世的敵對競爭[1]。醒來後，信以為此之念還殘留了幾秒，並未驚動理智，但有如鱗片壓住我的雙眼，阻礙我以眼睛去感知蠟燭並未點亮。然後，我開始感到那念頭非我的智力能理解，如同靈魂轉生之後不再理解先前某世的思想。書的主題從我身上脫離，我得以自由決定運用與否。一旦視覺恢復，我十分訝異周遭竟如此幽暗，對我的雙眼而言溫和恬適且沒有負擔，但對我的神智或許更是如此，因那幽暗宛如一件沒有緣由之事，無從了解，像一件真正晦暗之事。我

1 普魯斯特在此很可能置入了個人閱讀法國歷史學家米涅（François Mignet）所著的《法蘭西　世與查理五世之爭 *Rivalité de François Ier et de Charles Quint*》的回憶。

揣測現在可能是幾點鐘。我聽見火車的汽笛，時而較遠，時而稍近；有如一隻林中鳥兒的啼唱，標示距離，向我描述荒蕪的鄉野何等遼闊。穿越其中的旅人匆匆趕往下一站；新的地方、不習慣的行為模式、最近一次閒談，至今仍在深夜寂靜中揮之不去的那異鄉街燈下的訣別，以及歸鄉的溫暖，由於這一切引發的激動，他走的這條小徑將深深印刻在他的記憶中。

我將臉頰輕輕靠上枕頭舒適柔軟的頰，那飽滿而清新的觸感一如我們孩提時的臉。我擦亮火柴照看手錶。午夜已近。就在這種時刻，當一個被迫踏上旅途、不得不住進陌生旅店的病人因病情發作而驚醒，瞥見門縫有光，會感到慶幸。多幸運啊！已是早上了！不久後，僕人們就將起床，他就能按鈴，就會有人過來救他。病痛得以緩解的期望給了他受苦的勇氣。正好，他相信他聽見腳步聲了，那腳步逐漸走近，卻又隨即走遠。房門下那一縫亮光亦已消失。原來是午夜。煤氣燈剛被關掉，最後一個僕人離開，他必須整晚受苦，沒有解方。

我復又睡下，僅僅偶爾短暫醒來，就那麼一小會兒，讓我聽到牆面鑲板縮脹的咔啦聲響，我睜開眼睛注視幽暗有如萬花鏡般的千變萬化，藉著片刻的微醒意識，以及很快又恢復的遲鈍無感，我品嘗睡意：傢俱，房間，所有一切，以及只占一小部分的我，皆沉浸其中。又或者，睡著睡著，我毫不費力地便回到人生初期某段至今從無演變的歲月，稚齡時的恐懼再現，像是叔公揪住我的卷髮，還有這頭卷髮被剪落、散去的那一天——那一天，對我而言，一個全新時期就此展開。睡夢中的我本已忘記這件事，為了逃脫叔公的魔掌而清醒，便又立刻回想起來。不過，為求謹慎，我先用軟枕將頭整個圍起護住，而後才又回歸夢境的世界。

偶有幾次，如同夏娃誕生自亞當的肋骨，在我入睡之際，一個女人從我大腿上某個不當的位置誕生。她從我正在享受的歡愉中成形，我兀自幻想是她給了我那份快感。在她體內，我的軀體感受到自身的炙熱，想再次與之相連；我總在此時就醒來。相較於剛剛才分離的這個女子，所有人在我眼中皆顯得十分疏遠。那不過是一會兒前的事；我的臉頰還因她的熱吻而發燙，身上的肌肉還被她的體重壓得痠痛疲累。如果，像以前曾出現過的幾次，她的長相近似我在真實人生中認識的某位女性，那麼我將盡全力達成這個目標：找到她。如同那些人，為求親眼見到一座渴望已久的城市而踏上旅途，並想像在現實中竟可能享受到夢境的魅惑迷人。關於她的回憶點滴消散，我已忘記夢中的女孩。

一個睡著時的人將時刻流逝的跡線、歲月年華，以及世界景物的序列圈繞在身邊。一醒過來，直覺便驅使他前去探詢，一秒即能辨識所在地點，判別在清醒之前已過了多少時間。但這些排序可能混亂，中斷。歷經些許失眠後，時近早晨，正當讀書之際，忽然遭到睡魔侵襲；與平時睡姿實在太不相同，只消抬起手臂便能阻擋太陽，令亮光倒退。結果在醒來的第一分鐘，他再也不知那時究竟是幾點，會以為自己才剛上床。若他以另一種更偏差、更凌亂的姿勢陷入昏沉，比如，晚餐後癱坐在沙發上，那麼，脫離軌道的世界裡必然全面顛倒錯亂：神奇的沙發椅會帶他在時空中疾速旅行，而在睜眼那一瞬間，他會以為自己還在幾個月前，躺在另一個國度裡。不過，就算在我的床上，只要睡意夠深，讓我的心神完全放鬆，這次睡眠就會與我所睡之處的空間配置脫鉤；那麼，夜半醒來時，由於我不知自己身在何處，甚至，在乍醒那瞬間，連自己是誰都不知道，只有或許在動物心靈深處輕顫著的那種原始、真樸的存在感，我簡直比穴居山洞的人類更一籌莫展。然而回憶──關乎的尚非我所在之處，而是我曾住過、而且可能置身其中的地方──宛如從天而降的援兵，將我拉出憑我一己之力難以脫困的虛無之感。一秒不到，我便穿越了幾個世紀的文明；朦朧睡眼望見的景象：煤氣燈，還有大翻領襯衫，一點一滴重組了我的自我的天生特質。

也許周遭事物靜止不動是我們的確信強制生出的結果。由於我們對它們的想法頑強不搖，故而堅信在周遭的就是這些，而非其他。儘管如此，當我這麼醒來，神智便開始騷動，徒然尋求得知我在哪裡，努力在幽暗中環視種種事物、地域國家、韶光年華。我的身體麻木遲鈍，難以翻動，試圖根據疲憊的形態判辨肢體的位置，藉此歸納出牆壁的方位，傢俱的擺設，以便重新建構並說出當下所在的住處。肢體的記憶，肋骨的記憶，膝蓋和肩膀的記憶，一個接一個地為我呈現了好幾個這軀體曾睡過的寢室；然而，在它周圍，一道道看不見的牆，依據想像中的房間格局變換著位置，在漆黑中不停旋轉。我的思考在時間與形狀的門檻上遲疑，甚至在思緒比對環境條件指認出臥室之前，它──我的身體──已回想起每間臥房所用的床鋪類型，房門方位，窗戶採光方式，是否有走廊存在，以及我在那裡入睡和睡醒時所想的事。關節僵直的那一側試著猜測它朝向何方，想像自己，比方說，臥躺在一張華蓋大床裡，面對著牆。於是我立即告訴自己：「對了，最後我還是睡著了，儘管媽媽沒來和我說晚安。」那時我在鄉下，外公家。他已過世多年；而我的身體，重心壓著的那一側，彷彿忠心的侍衛，守護著一段我的神智原本永遠不該忘記的過去，讓我回想起波希米亞玻璃夜燈中的火光，甕狀造型的燈，用細鍊吊掛在天花板上；錫耶納大理石砌的壁爐：貢布雷，外公外婆家，我的臥房。那一段遙遠的歲月，此刻我還以為是現在，呈現並不精準，等我待會兒完全清醒後，應能看得更確切。

然後，另一種姿勢的回憶也重新浮現。牆壁移換到另一個方向：我在聖盧夫人位於鄉間的宅邸，那裡有我專屬的房間。我的天！少說都十點鐘了，晚餐恐怕已經結束了！每天晚上，我跟聖盧夫人散步回來後都要小憩一會兒，然後才穿戴整齊去用餐。這次恐怕睡太久了。因為，那已是貢布雷之後多年的往事。在貢布雷，就算非常遲歸，我在玻璃窗上看見的總也是夕陽火紅的霞光。而在湯松村，聖盧夫人家，過的是另一種生活，發現的是另一種樂趣：我們只在晚上出門，跟著月光，沿以往在陽光下玩耍的路徑走。而在回程時，遠遠望去，後來我用來入睡而非為赴晚餐更衣的那個房間，燈火通明，是夜色中唯一的燈塔。

這些聯想天旋地轉，模糊混亂，永遠持續不到幾秒。通常，不知自己身在何處的短暫不確定感無法清楚辨別造成不確定的各種假設，這種感受，不比我們在活動電影放映機[2]中看見一匹馬

2　Kinétoscope 是愛迪生發明的早期電影設備，只能供單人觀看，利用光源打在連續動作的照片膠條上，產生動態視覺。

奔跑時無法解析牠的連續動作好到哪裡去。但我一下看見這個房間，一下又看見另一個，那都是我此生曾住過的房間，最終，在清醒後的漫長夢境裡，我終於想起所有房間。在冬天住的那些房間裡，睡下時，我會把頭縮進一個用無比零散的各項事物編織而成的巢窩：枕頭的一角、被子的上沿、一截毛毯、床鋪邊緣，還有一期《辯論報粉紅版》[3]，最後再採用禽鳥的技巧，不特定時間長短和力道大小地擠壓，把它們全部粘著在一起。氣候嚴寒的時節，在這個巢裡能享受到的樂趣是感到自己與外界隔離（如同燕鷗將巢築在地下深處的溫熱土壤中）；而在那裡，壁爐裡的火苗持續整夜，我裹著暖熱煙熏空氣圍成的大衣入睡，受柴火的亮光照拂；火光彷彿照亮某種觸摸不到的凹室，某種在房間中挖鑿出的溫暖洞穴。這個區塊因熱騰騰的環境而熾亮浮動著，而來自角落、鄰近窗戶或離爐火較遠之處，氣流已經冷卻，吹來通風，我們的臉龐得以清涼。在夏天的房間裡，我喜歡與微溫的夜晚合而為一。月光打在微微敞開的百葉窗遮上，猶如被施了魔法的層層光影流瀉至床腳；我幾近是在大自然中露天而睡，宛如山雀棲立在一道光線頂端，隨微風徐徐擺盪——偶爾是路易十六房，布置得那般愉悅，甚至讓我在入住的第一晚也不覺得太難受。輕輕支撐著天花板的小圓柱如此優雅地分列兩旁，以便騰出空間展示床鋪。偶爾，相反地，是那個狹小、但天花板很高的房間，鑿成兩層樓高的金字塔形狀，有幾處鑲嵌著桃花心木板。在那兒，從進去的第一秒開始，我就被陌生的岩蘭草氣味精神荼毒，打心底受不了紫色窗簾的可憎至極，還有粗魯無禮的掛鐘，彷彿我不在場似地，不顧我的感受，逕自高聲滴答——一面詭異又無情的長方形立鏡斜放在房間一角，在我習慣柔和的全景視野中無預警地造成一塊突兀的凹陷——在這間房裡，我的思緒掙扎了多少個鐘頭，努力脫鉤、抽離，站上高處，以便得知房間確切的形狀，然後將它巨大的漏斗填裝到最高、最滿，如此煎熬了好幾個痛苦的夜晚；而我躺在床上，眼睛睜得老大，耳朵焦慮難安，鼻息緊繃，心臟怦怦跳動，直到習慣養成，讓窗簾換一種顏色呈現，讓掛鐘閉嘴不吵，教那面歪斜、殘酷的鏡子學會同情，尤其是降低天花板明顯偏高的高度。習慣！這傢伙具有聰明靈活的協調能力，但緩慢費時，會讓我們在暫時的安頓中先承受好幾個星期的精神折磨。儘管如此，能找到這一時的安穩仍令人高興，畢竟，若非習慣相助，只憑神智單打獨鬥，恐怕也無能為力，無法讓一個住處堪合我們的心意。

的確，我現在已完全清醒：最後一次翻身結束，掌管確定感的好天使已讓我周圍的一切靜止下來，讓我好好躺在我的房間裡，睡入被毯下，並在黑暗中將我的矮櫃、書桌、壁爐、面對街道的窗和房裡的兩扇門大致歸位。但是，即使知道自己不在睡醒時的懵懂迷糊短暫呈現的住處也沒有用——那呈現的畫面就算不清晰，至少也讓我以為那是一種可能——我的記憶已受到動搖。通常，我無意立即又入睡；整個夜裡絕大部分時間我都用來回憶我們以前的生活：貢布雷的姑婆家、巴爾別克、巴黎、冬希艾、威尼斯，還有其他地方；我回憶那些地點，在那裡認識的人，親

3　為一七八九年至一九四四年間發行、原為日報的《辯論報 Journal des Débats》所發行的晚報，因以粉紅色紙張印刷而得名。

眼從他們身上所見，以及人家對我講述的種種。

在貢布雷，每天從下午將盡算起，還要等好長一段時間我才該上床就寢，然後，一直睡不著，因為媽媽和外婆遠遠不在我身邊；我的臥房又變成煩惱的痛苦定點。在我顯得極度悶悶不樂的晚上，為了替我排遣，他們想了一個好辦法：給我一具魔幻燈。等待晚餐時，有人來將幻片燈罩架設在燈上，然後，好比哥德時期最初幾位建築師和彩繪玻璃大師蒞臨現場，不透明的牆面搖身化為捉摸不定的七彩光芒，超自然的繽紛顯像，彷彿在一扇搖搖晃晃又僅閃現片刻的玻璃花窗上描繪出一則則傳奇故事。但我的憂愁反而因此更加強烈，因為只要照明一改變，我適應那個房間的習慣就會被破壞，而正多虧那習慣，對我來說，除了睡覺這場酷刑以外，那房間才變得堪可忍受。但現在我已認不得那房間，坐立難安，彷彿下了火車之後來到一間初次投宿的旅館或是「山中木屋」的客房。

戈洛心懷不軌，騎著馬，一蹦一跳地從三角形小森林出來，那毛茸茸的深色綠意覆蓋著一座小山坡。戈洛的馬兒不時躍起，朝城堡前進：那兒住著可憐的潔妮維艾芙．德．布拉邦[4]。這座城堡沿著一條曲線裁切而成，其實不過是一片鑲在框中、在燈箱軌道間滑動的橢圓玻璃。那只是城堡的一面牆，前方是潔妮維艾芙朝思暮想的一片荒原。她繫著藍色腰帶。城堡和荒原盡是一片澄黃，我不必等到眼見才曉得它們是這個顏色，因為，早在框中的玻璃片投映出來之前，布拉邦這個姓氏鏗鏘有力，如金棕閃亮，在我聽來早已理所當然。戈洛停下一會兒，哀哀地凝聽我姑婆高聲朗讀對他的歌功頌德，似乎完全明瞭，配合著文字的指示調整態度，不卑不亢，順從卻不失莊嚴。然後，同樣一蹦一跳地，他策馬走遠。沒有任何東西能阻止他緩慢的騎行。即便挪動魔幻燈，我也能辨識出戈洛那匹馬仍繼續在窗簾上前進，隨著布簾的褶凸蹦起，在褶縫中陷下。戈洛的身體也和他的坐騎一樣擁有超自然魔力，化解了所有材質上的障礙，適應任何遭遇到的麻煩物品，把它們當成結構骨架，讓自己融入其中，哪怕是門鈕，他身上的紅色長袍或蒼白的臉孔也都立即貼合，不屈不撓地浮掠而過；他的面容總是那麼高貴，那麼哀傷，但在這改換骨架的過程中，絕不顯露任何困擾的神情。

當然，我覺得這一幕幕明亮而精彩的幻燈影像非常迷人，彷彿源自一段墨洛溫王朝[5]的過往，那麼古遠的歷史浮光就在我周圍游移。但我無法說明這神祕與美麗的外來異物讓我多麼不舒服，它侵入了一個我最終以自我填滿的房間，填得那麼滿，以至於我再也沒去注意房間，而只注意自

4 戈洛（Golo）及潔妮維艾芙．德．布拉邦（Geneviève de Brabant）是中古世紀傳說中人物。潔妮維艾芙是布拉邦公爵的女兒，嫁給席格夫里德（Siegfried）伯爵。伯爵參軍出征時不知她懷有身孕，離開前將她託付給侍衛戈洛照顧。戈洛因向潔妮維艾芙示愛不成，繼而惱羞成怒向伯爵誣指潔妮維艾芙私通生子。伯爵怒而將母子逐出宮外，並派戈洛將他們殺掉。途中，戈洛心軟，將母子遺棄在森林中便離開。潔妮維艾芙用樹果和鹿奶養育幼子。多年後，伯爵因追獵母鹿來到潔妮維艾芙的山洞，因而相信了她的清白。這則故事被奧芬巴赫寫成輕歌劇，一八五九年在他創立的巴黎喜歌劇院上演，再度流傳。

5 墨洛溫王朝（Mérovingiens, 457-751），法蘭克人的第一個王朝。

我。習慣帶來的麻木作用既已停止，我於是開始思考，感受，如此沉悶的事物。我房間的門鈕，對我而言與世上其他的門鈕都不同，也就是它彷彿能自動開門，無需我去轉動。這操作對我來說早已變成一種下意識，於是它現在被戈洛用來充作星光體[6]。一聽到晚餐鈴搖響，我便急忙跑到餐廳。在那兒，巨大的吊燈沒聽過戈洛和藍鬍子[7]，但認識我的父母和燉牛肉鍋，它每天晚上綻放光亮。我投入媽媽的懷抱；潔妮維艾芙・德・布拉邦的不幸遭遇讓我益發覺得媽媽的珍貴，而戈洛的罪行則讓我持最大的質疑檢視自己的良知。

可惜，晚餐過後，我很快就不得不離開媽媽。她要留下來跟其他人聊天。若是天氣好，大家會待在花園，如果不好，就會撤離到小沙龍。大家，除了我的外婆。她覺得「住在鄉間卻被關在屋子裡太可惜」；而下大雨的日子，她又跟我父親爭論個沒完，因為他會遣我回房去讀書，不讓我待在外面。「按照您的方式，他可沒辦法長得活潑健壯，」她幽幽地說，「尤其這孩子又那麼需要培養體力和意志力。」父親聳聳肩，轉身查看氣壓計，因為他喜歡研究氣象。在這期間，我的母親在小心避免發出噪音以免打擾他的同時，也以帶著敬意的溫柔眼神凝視他，但又不至於盯得太緊，這是為了不去戳穿他自以為優越的祕密。但我的外婆，她呢，無論什麼天氣，即使是大雨傾盆的日子，法蘭索瓦絲趕忙將珍貴的藤椅搬進屋內，深怕椅子被淋濕，卻也只見外婆在空蕩蕩的花園裡任憑驟雨打在身上，甚至撥開凌亂的灰白髮絲，露出額頭，以便吸收更多風雨帶來的健康成分。她常說：「好不容易，終於能透透氣了！」接著走遍溼答答的小徑——新來的園丁對大自然缺乏感情，他依自己的喜好將植物修剪得過度筆直對稱；而我父親卻一大早就問他天氣會不會轉好——外婆邁著她興奮熱烈、斷斷續續的小步伐，調整節奏，配合心靈的各種激動，那激動端視對風雨的陶醉，環境的衛生程度，父母教育我的方式之愚蠢，還有花園的呆板對稱而定，但總之並非迫於她未曾想過的渴望：避免身上的棗紅色長裙沾滿泥漬，弄得裙子在某個高度以下被污泥蓋過，讓她的清潔女僕絕望頭疼。

當外婆在晚餐後進行這樣的花園巡禮時，倒是有一件事能驅使她捍回來；那就是，散步繞圈到了某一個時刻，會讓她像隻昆蟲似地，週期性地來到亮著燈的小沙龍對面，沙龍裡的牌桌上已擺出各式餐後酒——若是姑婆喊她：「巴蒂爾德！還不快來阻止妳丈夫喝白蘭地！」事實上，為了故意整她（她為我父親的家族帶來一種完全不同的觀念，以至於所有人都會開她玩笑，折磨她），姑婆明知我外公被禁止喝烈酒，卻偏偏要讓他喝上幾滴。我可憐的外婆進到屋內，殷殷懇求丈夫別喝白蘭地。他卻大發脾氣，執意要飲下那一口。外婆只得離開，她難過、沮喪，卻微笑著，因為她是如此謙卑，如此心軟，以至於會對別人溫柔以待，卻不把自己及自己的痛苦當一回

6 在能量脈輪的概念中，人有七個身體，星光體（corps astral），是在肉身體與乙太體之上的第二個身體。普魯斯特用這個靈修專業術語比喻另一個「我」的現形。

7 歐洲著名傳說，長相奇特的富有貴族藍鬍子殺掉歷任妻子藏於地窖的故事。奧芬巴赫曾寫成輕歌劇，一八六六年於巴黎的綜藝劇院（Théâtre des Variétés）首演。

事，而這一切皆化解成了她眼中的一抹微笑。與在許多人臉上看到的相反，那當中並無嘲諷，若有，也只是針對她自己；對我們所有人來說，那彷彿是她用眼睛所給的一個吻：當她看著珍愛的人，她無法不藉目光給予熱烈愛撫。姑婆施加在她身上的那種折磨，外婆苦苦相求卻徒勞無功的那一幕，還有她的軟弱，試著搶走外公的酒杯卻沒有用，提前認輸，就是一些我後來看到也習以為常，甚至會笑著看待，還頗為乾脆且愉快地站在加害者那邊，藉此說服自己那不算一種迫害的事。但在當時，這些事卻對我造成極大的驚恐，我甚至想打姑婆一頓。然而，一聽見「巴蒂爾德，還不快來阻止妳丈夫喝白蘭地！」，早已是懦弱凡人的我，只做了大家一旦長成大人，在面對眼前的苦痛與不公之時都做的事：不願正視。我爬上屋子最高處，到屋頂下方的樓層，躲進書房旁的小房間裡啜泣。房間裡隱隱有鳶尾花香，還散發著一株野生黑醋栗的芬芳：它長在屋子外牆的石縫間，一枝花莖從微微敞開的窗戶伸了進來。這個房間的用途比較特殊也比較粗鄙，白天從這裡可以眺見魯森維爾－勒－班城堡的塔樓；長久以來，這裡是我的避難所，想必因為唯有這房間能上鎖，我在這兒能做一切日常需要且不可侵犯的孤獨之事：閱讀、癡夢、淚水與快感。唉！我一直不知道，遠比丈夫小小違反飲食禁令更令她難過的，是我的缺乏意志力，我孱弱的身體，還有這樣的身心狀態為我的未來投下的不確定因子。午後及晚上，大家看她來來去去，不停徘徊、遊蕩，仰頭斜望天空，原來外婆那時心中憂煩的是這些事。她那張有著小麥色雙頰和紋路分明的美麗臉龐，到了更年期變得幾乎呈現淡紫色，近似秋季田裡翻耕過的泥土；若是在她出門時那雙臉頰還被一片半掀起的面紗遮住，那上頭因為寒冷或某種傷悲，總有一滴不由自主的淚水正待風乾。

上樓去睡時，我唯一的慰藉就是上床後，媽媽會來親吻我。但這個晚安儀式實在太短，她又那麼快就下樓，以至於聽見她上樓，以及隨之而來、綴飾著幾截麥稈纖維的藍色薄紗花長裙走進那條有兩道門的走廊時的窸窣輕響，對我來說，倒成了一段痛苦的時刻。那一刻宣告了接下來的一刻：她即將離開我，轉身下樓。結果，這段我那麼喜愛的晚安時光，竟讓我希望它盡量晚點到來，希望媽媽還沒來，那麼我就有喘息空間的這段時間能夠延長。偶爾，她吻過我，開門準備離開時，我好想叫住她，跟她說：「再親一下。」但我知道她會立刻氣惱變臉。因為，遷就我的愁緒和激動，上樓來親親我，帶來這個撫平心境的吻，這舉動總會激怒我父親，他認為這些儀式純屬荒謬。於是母親多半是想試著讓我戒掉這項需求，戒掉這個習慣，萬萬不讓我染上她人都已經走到門口，我卻還向她多索一個吻的習慣。那生氣的模樣將會摧毀她前一刻帶給我的所有平靜：她滿是慈愛的臉孔朝我的床鋪俯下，臉頰朝我湊近，彷彿一場寧靜聖餐禮中的聖體餅；我將嘴唇迎上，汲取她真實的存在，以及讓我睡著的力量。有些夜晚，媽媽待在我房中的時間就是那麼短；但比起因為有客人來家中晚餐所以就不上樓跟我道晚安的那些夜晚，這已算是甜蜜幸福。所謂客人，通常也僅限斯萬先生。在貢布雷，除了幾個外地過客以外，他是唯一會到我們家來的人。有幾次是以鄰居的身分過來晚餐（自從那樁門不當戶不對的婚事之後他就比較少來了，因為我爸媽不想接待他的妻子），另有幾次則是晚餐過後無預警來訪。那些晚上，我們圍著鐵桌，坐在屋前的大栗樹下，聽見花園那頭傳來的不是愉悅的搖鈴嘩嘩響亮——那滔滔不絕又冰脆的鐵質音色震耳欲聾，凡「不按門鈴」逕入的家人經過時都會搖響——而是外來訪客專用的橢圓金黃小鐘鈴兩聲怯怯的哐噹。所有人心中立刻產生疑問：「有訪客，會是誰？」但大家都知道，來者非斯萬先生莫屬。我的姑婆以身作則，提高了嗓門，用一種盡量裝作自然的語氣說：大家講話不該如此輕聲細語，一個乍到此地的人會以為人家正在說一些他不該聽到的話，沒有比這樣的接待更冒失的了。然後，他們會派我外婆去探個究竟。她總是很高興有藉口能再去花園逛一圈，並順路趁機悄悄拆掉幾根撐住玫瑰株的支架，好讓花兒長得自然些，一如一位母親伸手撥弄兒子被理髮師理得太過扁塌的頭髮，好讓它蓬鬆一點。

我們全都懸著一顆心，等待外婆帶回敵情，彷彿有眾多人選可供猜疑侵略者究竟是誰。不久後，外公便說：「我認出斯萬的聲音。」由於我們在花園時總會盡可能減少亮光，以免引來蚊子，所以的確也只能靠聲音認出斯萬，根本看不清他的臉：那幾近棕紅色的金髮梳成演員布列松[8]的髮型，高高的額頭下方的鷹鉤鼻，綠眼睛。而我，外表看似不動聲色，卻差點脫口叫人快點端上糖漿。外婆非常重視這件事，她不讓糖漿看起來有特殊意義，不是專門保留給訪客的飲料；她覺得這樣比較可親。斯萬先生儘管年輕得多，卻與我外公十分交好。外公曾是他父親最要好的朋友之一。他的父親是個優秀、但很特殊的人。據說，有時一點小事就足以打斷他內心的衝動，改變他的思路。一年中總有好幾次，我會聽到外公在餐桌上老調重彈，講起斯萬父親的傳聞軼事，關於他在日夜守護的妻子死去後的行為舉止。當時，已經很久沒與他見面的外公急忙前去斯萬家族在貢布雷附近的莊園陪他，成功阻止他參加入殮儀式，把泣不成聲的他拉走，暫時離開亡妻的房間。他們兩人在照著幾許陽光的園子裡走了幾步。忽然，老斯萬先生抓住我外公的手臂，驚呼：「啊！我的老友，天氣這麼好，一起散步是多麼幸福的事！這所有的樹木，這些白山楂，還有您從來沒有對我讚美過的池塘，您不覺得很美嗎？您看起來活像一頂睡帽一樣無精打采。您可有感覺到這微微的涼風？啊！再怎麼說，人生還是有美好的一面哪，親愛的阿瑪迪！」這時他突然想到死去的妻子。約莫是因為實在難解自己怎能隨興地在這樣的時刻產生喜悅的悸動，他只信手做了個每次遇上尖銳的問題就會做的習慣動作，抬手輕撫額頭，揉揉眼睛，擦拭他的手持眼鏡。然而他無法平撫喪妻之痛，在後來鰥居的兩年中，他常對我外公說：「真奇怪，我常想起我可憐的妻子，但沒辦法一次想太多。」「經常，但一次只有一點點，就像可憐的老斯萬」，這句話成了外公的口頭禪，談論各種天南地北的事情都能用上。外公是我心目中最公正的判官，而且他的判決對我來說合乎法理，後來我還經常用來寬恕我傾向譴責的錯誤；若不是他大聲嚷說：「那又怎麼樣？他可是有一顆純金打造般的高貴心靈啊！」我多半會將那位老斯萬先生

8　十九世紀當時，名演員布列松（Jean-Baptiste Bressant, 1815-1886）前短後長的髮型一度引領潮流。

視為怪物看待。

有好幾年，特別是結婚之前，斯萬先生，身為兒子的那位，經常到貢布雷探望我的姑婆和外公外婆。但他們根本沒想到，不再活躍於家族昔日往來的社群，而且頂著這個姓氏來到我們家的斯萬算是隱姓埋名微服出訪；因此他們招待的其實是──天真老實的客棧老闆們渾然不知家裡來了一位赫赫有名的大盜──賽馬俱樂部[9]最優雅的會員之一，巴黎伯爵[10]與威爾斯親王[11]最親密的摯友，聖哲曼區上流社會中數一數二的寵兒。

我們之所以對斯萬繽紛耀眼的上流社會生活一無所知，顯然有部分是因為他個性低調不張揚，但也因為當時的布爾喬亞對社交圈抱持著一種略帶印度教式的看法，認為其中包含幾個封閉的種姓，每一個人從出生之後，便被歸在父母親所占的階級，除非事業生涯中出現偶然的特殊際遇，或是一段意料之外的婚姻，否則沒有任何事情能拉您一把，讓您往上晉升一階。斯萬先生，做父親的那一位，以前是證券經理人，於是「小斯萬」一輩子就屬於那個階級：如同某一類納稅人的財產，只會在這項收入與那項收入之間變動。我們知道他父親都跟哪些人往來，所以也知道其中哪些人是他的同伴，哪些人又跟他「處於穩定友好的狀態」。如果小斯萬認識了其他人，那就是他這個年輕人自己的人脈，而世交的家族友人，例如我的長輩們，對此也會寬厚地睜一隻眼閉一隻眼，更何況自從他父母雙雙過世後，他仍十分有情有義，繼續來探望我們。不過，他那些我們不認識的朋友，若是在他和我們在一起的時候遇見了，有極大的機率會是一群他不敢當場打招呼的人。如果有人無論如何要拿斯萬和其他家境與他父母相當的證券經理人之子並論評比，計算他個人的社交係數，那麼這個係數的數值應該會稍微偏低，因為，由於他做人非常簡樸，對古董和繪畫始終又有一份「癡迷」，所以目前住在一間古老的飯店，把個人的收藏都堆在那裡，那是我外婆一直夢想去參觀的地方。但那地方位於奧爾良碼頭[12]，我姑婆認為住在那裡有辱家門名聲。「話說，您真的識貨嗎？我會這麼問可都是為了您好，因為您應該會被商人硬塞了些劣等畫。」姑婆常這麼對他說。事實上，她根本不認為斯萬有任何本領，甚至在知識層面上對他也毫無敬意；不僅在他進入最微小的細節，把各種食譜都告訴我們的當下，甚至在我外婆的姊妹們談及藝術時，姑婆都不像是在對待一個懂得在閒談中避開嚴肅話題，同時又流露出一種極度淡化之精準的男人。她們慫恿他表達對某一幅畫的讚賞，他卻保持一陣幾近冒犯的沉默；繼而反過來在可能的狀況下，以提供收藏這幅畫的美術館、繪製的日期、材質方面的資訊作為彌補。不過，他

9 一八三三年成立的賽馬俱樂部（Jockey Club de Paris）堪稱法國十九世紀末當時入會限制最嚴格、集結最多富裕菁英的俱樂部。

10 巴黎伯爵（Comte de Paris），也就是路易－菲利普二世（1838-1894），奧爾良王朝路易－菲利普國王（見注21）的長孫。一八四八年的二月革命之後，法蘭西第二共和成立，奧爾良王朝結束，但他以菲利普七世的名號宣稱自己仍是法國國王。一八六〇年流亡英美，最終卒於英國。

11 威爾斯親王（Prince de Galles）傳統上為英國王儲稱號，此處是指日後的愛德華七世（1841-1910）。

12 奧爾良碼頭（Quai d'Orléans）位在巴黎的聖路易島上，十九世紀嚮往波希米亞式生活的作家、藝術家和貴公子常聚集於此。

習慣地想逗我們開心，每次重講一個剛發生在他身上的新故事，就從我們認識的人當中選一個當主角：貢布雷的藥房老闆，我們家的廚娘，我們家的馬車夫。這些故事的確讓我姑婆哈哈大笑，但她很難分辨那究竟是因為斯萬每次都由自己扮演那個可笑的角色，還是因為他講述得生動有趣：「果然沒錯，您真是個好樣的，斯萬先生！」由於我們家裡唯有姑婆稍懂俗事，在談論斯萬時，她總會刻意提示外人：只要他願意，他大可住在奧斯曼大道或歌劇院大街；他可是老斯萬先生的兒子，老先生應該留了四、五百萬給他，但他就愛隨性突發奇想。此外，依她判斷，這種奇想對別人來說應該非常具有娛樂性，以至於，在巴黎，當斯萬先生每年元旦那天帶一袋糖漬栗子來給她時，要是在場剛好人多，她更是絕不放過機會，會當眾對他說：「哎呀！斯萬先生，您老是住在儲酒倉庫附近，難道是為了確保要去里昂時不會趕不上火車嗎？」接著透過手持眼鏡，斜睨其他在場訪客的反應。

但就算先前有人告訴我姑婆，他身為斯萬家之子，完全「有資格」受到所有「高尚布爾喬亞族」、公證人，或是巴黎最有名望的訴訟代理人款待（這項特權，他似乎已任憑遺忘），但這位斯萬暗地裡似乎過著一種截然不同的生活；其實，在巴黎，離開我們家、說他要回去就寢之後，他常在一轉彎後就折返，前往某個沒有任何經理人或經理人的夥伴看得上眼的沙龍。在我的姑婆看來，這絕非尋常之舉。這就好比一位文學素養頗高的女士設想她個人與阿瑞斯泰俄斯交好，後來卻又明白，原來在和她閒聊之後，他就打算深入蒂緹絲的國度，進入一個凡人之眼無從得見的帝國，而根據維吉爾告訴我們的，他在那裡會受到雙臂大張的熱烈歡迎[13]；又或者，借用一個姑婆比較容易想到的畫面，畢竟她在我們貢布雷的點心盤上看過那些圖像：她與阿里巴巴共進晚餐，而那個傢伙一確定四下無人，就潛入山洞，誰也沒想到那兒堆滿了璀璨耀眼的寶藏。

有一天，他在巴黎來看我們，已用過晚餐，為自己一身禮服致歉；在他離開後，法蘭索瓦絲說她從馬車夫那裡打聽到，他先前是在「一位親王夫人」家用餐。

「對，一位半上流社交圈[14]的親王夫人家！」姑婆這麼回應，聳聳肩，埋頭編織，眼睛連抬也沒抬一下，諷刺的語氣從容又平靜。

同樣地，姑婆對待他的方式也是傲慢粗魯。由於她認為，斯萬受到我們的邀請，應該深感榮幸才是，因此便覺得他夏天來探望我們時必提著一籃自家園子所產的桃子或覆盆子，每次從義大利旅行回來必會帶幾張經典傑作的照片給我，皆是再自然不過的事。

13 阿瑞斯泰俄斯（Aristée），古希臘神祇，阿波羅與寧芙仙女奇蘭尼（Cyrène）之子，擅長養蜂，因為追求奧菲斯的妻子尤莉蒂絲（Eurydice）而害她被毒蛇咬死。眾神於是毀掉他的蜜蜂作為處罰。絕望的阿瑞斯泰俄斯去找生活在河川中的母親，母親為他破浪領路。蒂緹絲（Thétis）則是掌管海洋的女神，古希臘英雄阿基里斯（Achille）的母親。古羅馬詩人維吉爾（Virgile, 70-19 BC）在《農事詩 Géorgiques》講述這個故事。

14 源自小仲馬的劇作《半上流社會 Demi-monde》，描繪混亂、走調的上流社會。在十九世紀法國，「半上流社交女」（la demi-mondaine）的地位介於高級妓女和被巴黎富商包養的情婦之間，會高調出入劇院等公眾場合，尤以第二帝國時期最興盛。

一有需要就派他去取得一份熟蛋黃醬[15]或鳳梨沙拉的食譜，以便準備一頓盛大、卻沒有邀請他的晚餐，我們可是完全不會不好意思。不邀請他，是因為覺得他不夠氣派稱頭，不好介紹給初次來家裡作客的外人。倘若話題落在法蘭西王室的王儲，「那是您和我，我們都永遠不會認識的人，而且跟我們也毫無關係，不是嗎？」姑婆總是對斯萬這麼說；殊不知他口袋裡或許正好就有一封來自特威肯漢姆[16]的信。她叫他去搬移鋼琴；某些晚上，在外婆的姊妹興致一來高歌時叫他去替她翻譜。姑婆之所以會這麼使喚這位其實如此難能可貴之人，是因為她性格天真魯莽，活像一個會將珍藏逸品當成便宜貨把玩，不知謹慎小心的小孩。在此同時，那許多俱樂部成員所認識的斯萬，想必與我姑婆自行創造出的那個斯萬有天壤之別：那天晚上，貢布雷的小花園裡，小鐘鈴兩聲怯怯的哐噹之後，她搬出對斯萬家族所知的一切，灌注到領著我外婆從一片漆黑幽暗中走來、我們只能憑聲音辨認的那個陰暗不明的人物身上，將他說得活靈活現。但即使就生活中最微不足道之事而言，我們也不是一個以物質建構的整體，並非人人都是從同一個模子裡印出來，只需查驗規格或認證即可；我們的社交人格是他人用思想創造出的結果。即便是我們稱之為「看見一位我們認識的人」這樣的動作，有部分也屬於智力行為。我們用對那人的所有成見填滿他的外在樣貌，而在我們自行想像的完整外表中，這些成見必然占據了最大一部分，最後終究如此完美地飽滿了雙頰，如此精準地緊貼鼻梁線條，揉合得宜到竟能稍微影響聲音的質感，彷彿那人不過是一只透明的皮囊，每每看見這張臉，聽見這個聲音，就印證了這些成見，順從這些成見。想必，由於無知，我的親人沒想到該將大批上流社交圈生活的特性導入他們自行建構出來的斯萬身上；也因此，在他面前，其他人看見的卻是他臉上優雅的氣質昂然流露，止於那高挺的鷹勾鼻，以此為天然界嶺。但在這張卸下顯赫聲名、坦蕩開闊的臉上，在這雙被低估的眼眸中，我家人曾經也能夠點滴存積那朦朧又柔美的吉光片羽——半是記憶，半是遺忘——那是在我們比鄰鄉居的那段歲月，每週一次的晚餐後，圍著牌桌或留在花園，一起度過的那些悠閒時光。我們這位朋友的皮囊被填裝得那麼滿，還加上幾段與他的父母相關的回憶，使得這個斯萬成了一個完整、而且生氣蓬勃的存在，而且與我後來精確知道的斯萬截然不同。每當在記憶中從這個斯萬轉換到先前那個斯萬，我總感覺像是離開了一個人，轉而奔向另一人——我從那個斯萬身上又見到那些自己年少時犯下的迷人錯誤，而且，他不像另一個斯萬，與我在同一時期認識的其他人並不相似，就好像我們的人生可比喻成一座美術館，但凡同時期畫作中的肖像看似都像同一家人，呈現出同一種調性——早年那個斯萬充滿閒情，散發著香氣，那香氣來自那棵大栗樹、一籃籃剛採收的覆盆子，和一把龍蒿。

然而，有一天，外婆去找一位她在聖心修女會[17]堂認識的貴婦幫點忙（由於我們家的門第觀

15 熟蛋黃醬（Gribiche），在十九世紀末相當流行，常用於搭配小牛頭。
16 特威肯漢姆（Twickenham）位於倫敦西南部，一八四八年奧爾良公爵路易－菲利普流放英國時曾在此長居。
17 聖心修女會（La Société des religieuses du Sacré-Coeur de Jésus），法國修女瑪德蓮－蘇菲・芭哈（Madeleine-Sophie Barat）在一八

念，即使互有好感，她也不想繼續跟那位女士有所牽扯）：維勒帕里西斯侯爵夫人，出身名門布依庸家族[18]。這位夫人對外婆說：「相信您跟斯萬先生很熟，他是我洛姆家那些侄子的摯友。」外婆回家前興奮地參觀了面向花園的大房子，維勒帕里西斯夫人建議她租下；她還造訪了一名背心裁縫師和他的女兒，他們的店舖就設在中庭。外婆進了店裡，請他們修補一下她剛在樓梯間扯破的裙子。外婆覺得這些人無可挑剔，大讚小女孩如珍珠般難能可貴，裁縫師無比傑出，是她這輩子見過最優秀的男人。因為對她而言，出類拔萃這件事與社會階級絕對無關。她為背心裁縫師給的一句回答欣喜若狂，這麼告訴媽媽：「由塞維涅夫人[19]來說也不過如此！」相反地，說到在維勒帕里西斯夫人家遇見夫人的侄子：「啊！女兒呀，那是多麼平庸的一個人！」

然而關於斯萬的言論非但沒有抬高他在我姑婆心目中的身價，反而貶低了維勒帕里西斯夫人。看在外婆的份上，我們賦予維勒帕里西斯夫人一份敬重，這似乎對她構成了一份義務，不可做出任何有損尊嚴之事；而在得知斯萬的存在，並縱容自己的親戚與他交往時，她便已經失格。「什麼?!她認識斯萬？她可是妳號稱馬克馬洪元帥[20]親戚的人耶！」對於斯萬的人際關係，我的親人秉持的這種看法似乎隨後就從他娶進一名低賤女子之事得到印證：她根本就是個交際花。而且，他從來無意把她介紹給眾人，依舊獨自前來我們家，即使次數越來越少，但他們還是自認能評斷那個女人的出身——並猜想他就是在那種地方把她娶來的——那是他們陌生、而他慣常出入的場所。

但是有一回，外公在報紙上讀到：斯萬先生是某某公爵週日午餐的忠實常客之一……這位公爵的父親及伯父曾是路易－菲利普[21]執政的王朝中位高權重的兩位大臣。我的外公對此類小事向來好奇，那有助他透過想像潛入名人的私生活，例如莫雷[22]、帕斯奎耶公爵[23]、德布羅意公爵[24]之流。得知斯萬與那些名流的熟識交往，他倒是十分高興。我的姑婆卻相反，她站在不贊成斯萬的

〇〇年創立的天主教協會，以教育年輕布爾喬亞女性為宗旨。

18 布依庸家族（Famille de Bouillon）的最後成員布依庸公爵在一八〇二年去世，後繼無嗣，但十九世紀有許多家族都冠上了他的姓氏德．拉圖爾．德．奧維涅為名號。普魯斯特在本作品中數度提及此事。

19 塞維涅夫人（Madame Sévigné, 1626-1696），法國書信作家，寫給女兒的書信集反映了路易十四時代的貴族生活，文筆脫俗，風格活潑多變，被奉為法國文學的瑰寶。

20 馬克馬洪（Maréchal de Mac-Mahon , 1808-1893），曾任法蘭西第三共和國第二任總統。在克里米亞戰爭及義大利馬真塔戰役（Magenta）中揚名，升為法國元帥，並受封為馬真塔公爵。

21 路易－菲利普一世（Louis-Philippe I, 1773-1850），法國大革命後參加支持革命政府的貴族團體，一七九三年起前往瑞士、美、英等國避難。一八一四年路易十八復辟時返回法國。一八三〇年的七月革命後，查理十世退位，路易－菲利普加冕為法蘭西人之王，一八四八年二月革命後遜位。

22 莫雷（Comte Louis-Mathieu Molé, 1781-1855），法國奧爾良七月王朝時期的政府高官，曾任司法部長，海洋與殖民地部長，外交部長與議會主席。

23 帕斯奎耶公爵（Duc Pasquier, 1767-1862），波旁復辟與七月王朝時期的政治官員，法國舊政王朝最後一位總理大臣。

24 德布羅意公爵（Duc de Broglie, 1821-1901），第四代德布羅意公爵，法國政治家，文學家與君主主義者，曾翻譯出版萊布尼茲關於宗教體系的著作。一八六二年年當選為法蘭西學院院士。

立場詮釋這則消息：將他視為是一個無視宗族門第選擇往來對象的傢伙，逾越了他的社會「階級」，這在她看來造成了可惱的階級紊亂。她覺得，這就好像突然捨棄了與高尚人士的各種良好關係，而那可是祖上高瞻遠矚、為子孫辛苦維繫積存下來的甜美成果（姑婆甚至因此不肯再見我們一位公證人朋友的兒子，因為他硬是娶了一位王室公主。結果，為了她，公證人之子的他降格成了一個傳言中后妃偶爾寵幸的前朝貼身內侍，或是馬廄小僕之流的大膽狂徒）。她斥責外公竟動念這麼計畫著：斯萬隔天應該會過來晚餐，他打算趁機探聽他那些被我們發現的朋友。另一方面，外婆的兩個姊妹，兩個老處女，性情如她一般高貴，才情卻不然，聲稱不懂姊夫談論這類幼稚蠢事有何樂趣可言。這兩姊妹都是憧憬高遠，正因為如此，無法對所謂的八卦感興趣，儘管這些閒言閒語具有部分歷史價值；而且，一般而言，只要不是與某項具有美感或美德的事物有直接連結的話題，她們都不感興趣。無論關係遠近，對於任何似乎牽扯到上流社會的一切，她們不感興趣的成見之深——一旦晚餐的閒談染上輕浮的調性，或是盡說些現實瑣事，已非這兩位老處女能挽救，拉不回她們珍愛的話題——兩人終於明白自己的聽覺暫時也無用，索性便讓五感進入休息狀態，任由感官真的萎靡不振。這時候，外公若是需要引起兩姊妹注意，就得搬出精神病醫生針對某些注意力渙散成癮者所用的那套警告動作：拿一把小刀，用刀鋒重複敲打玻璃杯，猛然出聲喊他，眼神頻頻示意；那是精神病醫生平日與正常人相處時經常轉嫁到他們身上的暴烈手段，有時是出於職業病，有時是因為他們相信這世上所有人都有點瘋。

斯萬在該過來晚餐的前一天，親自派人先送來一箱阿斯蒂白酒[25]，而我的姑婆，手裡那份《費加洛報》刊登了一幅科洛[26]畫展上的畫，作品名稱旁寫著：「夏爾勒．斯萬私人收藏」，她對我們說：「你們看見了嗎？斯萬竟有登上費加洛的『殊榮』？」此時，兩姊妹的興致可就比較高昂了。

「我可是一直都說他很有品味。」外婆說。

「妳當然會這麼說，總之就是要跟我們唱反調。」姑婆回敬，明知外婆跟她意見從來就不一致，又不確定我們每次都會認為有道理的是她，因此想套我們的口風，要讓我們齊聲譴責外婆的看法，試圖藉我們的力量鞏固她的主張。但我們都保持沉默。外婆的姊妹們表示要向斯萬提起《費加洛報》上刊出的訊息，姑婆要她們打消這念頭。每次她在別人身上見到自己沒有的好處，哪怕只有一點點，都要自我安慰，認定那不是好處，而是災厄，並埋怨他們，以免自己羨慕他們。「我相信這麼做不會讓他高興。我知道，若換做是我，看到自己的名字這樣清清楚楚地印在報紙上，我會非常不舒服，人家跟我說起，我也不會有受到讚美的感覺。」不過她倒也不頑固，沒有堅持說服外婆的姊妹們，畢竟這兩位對庸俗之事深惡痛絕，常用各種奸巧的迂迴說法掩飾自

25 產於義大利阿斯蒂省（Asti）的知名氣泡白酒。
26 科洛（Jean-Baptiste Camille Corot, 1789-1876），法國巴比松派名畫家，畫風自然樸素，充滿迷濛詩意的空間感。

己對某人的指涉，而且已把這項絕技練得高深莫測，就連被隱射的那人經常也都渾然不自知。至於我的母親，她只想試著和我父親達成共識，要他跟斯萬閒聊時別提起他的妻子，只提他的女兒就好；那是他的掌上明珠，而且，人家說，他正是為了她，最後才會結這個婚。

「你可以只跟他稍稍提一句，問候她過得如何就好。對他來說這多殘酷啊！」

但父親發起脾氣：

「才不！妳的想法太荒謬了，簡直可笑。」

不過，我們當中會因為斯萬的到來而苦惱的，只有我。這是因為，在某些外人或只有斯萬先生一人來訪的晚上，媽媽就不會上樓來我的房間。我得比大家都早吃晚飯，然後去餐桌旁坐著，直到八點，那是我必須上樓的時間。平常睡著之前媽媽來到床邊給我的那個珍貴又脆弱的吻，這時我只得改從餐廳帶回房間，在換衣服那整段時間裡小心呵護，不破壞它的溫柔，不讓它稍縱即逝的效果外逸或消散。而且，偏偏就在我原本需要用更謹慎的態度接納這個吻的那些夜晚，我更是非得到它不可，非要搶到它，粗暴地，公開地，甚至沒有足夠的時間和所需的自主意識，無法如那些連在關一扇門時也強迫自己不去想其他事情，以便能夠像在病態的不確定感再度發作時，得意洋洋地用關門當時之記憶來對抗的偏執狂一樣，專注於自己正在做的事。當小鐘鈴兩聲怯怯的哐噹響起時，我們都在花園裡。我們知道那是斯萬，但所有人都露出疑問的表情面面相覷，並派我外婆去弄清楚來者是誰。

「記得要明確感謝他送來的酒，妳們也知道那酒的滋味多美妙，而且又是多大一箱。」外公建議他的兩位小姨子。

「別這樣說起悄悄話，」姑婆說，「來到一戶所有人都小聲說話的家裡，人家心裡該會有多好受！」

「啊，斯萬先生來了。我們來問問他相不相信明天會是好天氣。」我父親說。母親認為，或許她一句話即可抹去我們家裡的人自從斯萬結婚之後對他造成的所有痛苦。她找到辦法稍微把他帶開。但我緊緊跟著她；我無法狠下心離開她一步，心裡惦念著：再等一下我就得讓她留在餐廳，自己上樓回房，不能跟其他夜晚一樣，擁有她來親吻我這項安慰了。

「哎呀，斯萬先生，」她對他說，「跟我聊聊您的女兒吧！我相信她一定已經像爸爸一樣有藝術品味。」

「請過來跟我們一起到玻璃暖房裡坐坐吧！」外公走過來說。

母親只好中止攀談。不過，她從這次阻礙中多學到了一種細膩的思考方式，一如被專制的韻腳逼出自己最美麗文采的好詩人：「等我們兩人獨處時再來聊她的事，」她低聲對斯萬說，「只有做母親的才夠資格了解您。我相信她的母親也同意我的看法。」

我們全都圍著圓鐵桌坐下。如果可以，我寧可不去想今晚要獨自在房裡渡過輾轉難眠的焦慮時刻。我試著讓自己相信那些時間完全不重要，反正隔天早上我就會忘記；我試著緊扣關乎未來的想法，它們本該像一座橋，架在即將到來的恐怖深淵上方，引導我渡過難關。但我的神智因煩惱而緊繃、膨脹，如同我投向母親的目光，不讓任何外來的陌生印象進入。想法本身依然湧入，前提是把關於美感甚或趣味的一切元素摒除在外，因為它們恐怕會令我感動，或讓我分心。彷彿一個病人，藉著麻醉藥效之助，完全清醒地參與在他身上施作的手術，卻什麼也感受不到；我能背誦喜愛的詩句，或觀察外公為了慫恿斯萬談論歐迪斐－帕斯奎耶公爵[27]所費的努力，但前者並未讓我產生絲毫悸動，後者也引發不了任何愉悅樂趣。那些努力徒勞無功。外公對斯萬提出有關那位演說家的問題，聽在外婆的姊妹們耳中，這個問題就好比一陣深沉又不湊巧的靜默，應及時打破才不失禮。於是外公才剛問出口，其中一個就跟另一個說：

「想像一下，賽琳娜，我認識了一位年輕的瑞典女教師，她告訴我許多有關斯堪地維亞納各國合作社的細節，極其有趣。哪天晚上真該找她過來晚餐。」

「我想也是！」她的姊妹芙蘿拉回說，「不過，我也沒虛度光陰。我在凡特伊先生家遇見一位老學者，這人對莫邦[28]瞭若指掌。莫邦曾經鉅細靡遺地對他說明自己如何塑造出一個角色。這真是再有趣不過的事。這人是凡特伊先生的鄰居，我先前完全不知道；而且他十分親切友善。」

「有親切鄰居的可不只凡特伊先生一人。」姨婆賽琳娜脫口而出，音量因害羞而故意放大，聲調因預謀而聽來虛假，同時對斯萬投以她所謂意味深長的目光。芙蘿拉姨婆立即明白這句話是賽琳娜對阿斯蒂酒的感謝，於是也用一種讚賞中摻雜著調侃的表情看著斯萬，此舉或是純粹為了上了拷問台。

強調出自己姊妹的聰慧，或是惱妒斯萬給了她靈感，或是忍不住想嘲笑他，因為她認為他已被架

「我想我們能邀得這位先生過來晚餐，」芙蘿拉繼續說，「一跟他提起莫邦或瑪特納夫人[29]，他可以滔滔不絕講上好幾個小時。」

「那想必十分美妙。」外公嘆了一口氣。很不幸地，老天爺完全省去了在他的腦子裡加進對瑞典的合作社團體，或是對莫邦如何塑造各種角色產生熱烈興趣的可能性，也忘了要在外婆姊妹們的腦子裡灑上必須添加的那一小粒鹽，以便在關於莫雷或巴黎伯爵的敘述中尋出一點滋味。「對了，」斯萬對我外公說，「我即將告訴您的與您先前問我的，這兩件事之間的關連可要比表面上看起來的還深，因為在某些點上並無多大差異。今天早上，我重讀聖西蒙[30]時，讀到一個東西，您應該會覺得很有趣，就出自在他出任西班牙特使時期的那一冊。那排不上頂好的幾冊，不過是一

27　歐迪斐－帕斯奎耶公爵（Duc Audiffret-Pasquier, 1823-1905），法國第三共和時期的國會主席，巴黎伯爵的顧問，前述帕斯奎耶公爵的侄孫。

28　莫邦（Henri Maubant, 1821-1902），巴黎奧德翁劇院（Odéon）及法國喜劇院演員，擅長演貴族父親的角色。

29　瑪特納（Amalia Materna, 1847-1918），一八七六年在拜魯特演唱華格納歌劇《女武神》中布倫希爾德一角的奧地利女歌手。

30　聖西蒙（Duc de Saint-Simon, 1675-1755），法國政治人物，曾效忠路易十三、路易十四及路易十五。著名的回憶錄作家，其作品《回憶錄》兼具回憶者的主觀與史學家的觀點，呈現十七世紀與十八世紀的宮廷文化及貴族美學，是法國文學史上的重要著作。

本寫得非常精采的日記，但和我們每天早晚以為非讀不可的那些日報相比，已有這初步的差異。」

「我的看法跟您不同。就是有那麼些日子，讀報紙讓我覺得分外愉快……」姨婆芙蘿拉打斷他，以示她讀到《費加洛報》談及斯萬收藏科洛畫作。

「如果報上談論的是我們感興趣的事情或人物！」賽琳娜姨婆再加碼強調。

「我並非不同意，」斯萬回答，頗為訝異，「我責怪的在於，報章讓我們每天淨是去注意一些沒有意義的小事，然而內容精要的書，我們一生頂多卻只讀三、四次。既然如今我們每天早上興沖沖撕掉報紙封條，那些人其實應該做點改變，在日報中刊登，我不知道，像是……帕斯卡的《沉思錄》！（他刻意用一種諷刺誇大的語氣將這個詞分開來說，以免像個老學究。）而在我們十年才翻開一次的燙金書背精裝本裡，」他補充說，印證了某些上流人士就愛假裝對上流圈事物嗤之以鼻，「我們該讀到的是希臘王后[31]去了坎城，或雷昂親王夫人[32]舉辦了一次化裝舞會。應該這麼重新調整比重才正確。」不過，他後悔自己這麼隨口輕談嚴肅的事，於是又說，「剛才的對話十分美妙，」語氣中帶著自嘲，「真不知道我們怎麼會攀上這些『尖峰話題』。」然後他轉身面向我的外公，「所以，根據聖西蒙所述，莫勒維利耶[33]竟膽敢伸出手來與他兒子們握手。您知道的，莫勒維利耶就是他說『在這只肥厚的酒瓶裡，我只看到臭脾氣、粗俗不堪和愚蠢』的那位。」

「無論肥不肥厚，我倒是知道，有些酒瓶裡裝的可是截然不同的東西。」芙蘿拉熱切地說，堅持也要謝過斯萬，畢竟眼前的阿斯蒂酒在在提醒著這兩姊妹。賽琳娜笑了起來。斯萬說到一半被打斷，只得拉回話題，「『我不知道那是無知之過或是故佈疑陣，』聖西蒙寫道，『他竟想與我的孩子們握手。幸好我及早發現，加以阻止。』」聽到「無知之過或是故佈疑陣」外公已經飄然陶醉，但賽琳娜小姐——文豪聖西蒙之名打斷了她聽覺器官的徹底麻醉狀態——卻立刻氣呼呼地嚷了起來：「怎麼？您竟讚美這樣的事？好呀！做得可真漂亮！但那究竟想表達什麼？這個人跟那個人難道有何不同？如果他聰明懂事且心地善良，是公爵還是馬車夫又有何關係？您那位聖西蒙，假如不告訴孩子應該與所有正直的人握手，那他教養孩子的方式可真有一套。簡直糟糕透頂，沒什麼好說的。而您竟然還敢引述這一段？」外公沮喪極了；眼前出現這樣的阻撓，他覺得不可能再請斯萬說說那些逗他開心的故事。他低聲對我媽媽說：「妳先前教過我的那句詩是怎麼說的？那句子在這種時刻能給我無比安慰。啊，對了：『主啊！祢要我們痛恨多少美德[34]！』啊！說的真貼切！」

31　此處是指一八六七年成為希臘王后的沙皇尼古拉一世的姪女歐爾加·康斯坦丁諾芙娜（Olga Constantinova, 1851-1926）。

32　雷昂親王夫人（Princesse de Léon, Herminie de La Brousse de Verteillac, 1872-1926）在本書出版後曾致信普魯斯特，感謝他記得她在一八九一年五月所舉辦的這場舞會。

33　莫勒維利耶（Marquis de Maulévrier, 1677-1754），是聖西蒙擔任特使前往西班牙準備路易十五與西班牙公主的婚事時的駐西班牙大使。

34　普魯斯特在此改造了法國十七世紀悲劇作家高乃依（Pierre Corneille）的名句，將原句中的「上天」改成「主」，「我」改成「我們」。

我目不轉睛地望著媽媽。我知道，大家上桌之後，他們不會允許我留下來等到晚餐結束；而且，為了不要違逆爸爸，媽媽不會讓我像在房裡一樣，當著眾人的面前親吻她好幾次。於是，我下定決心，到了餐廳，當大家開始用餐，而我覺得時候就快到了時，便要提前為那個短暫而易逝的吻做我自己能做到的一切：用目光選定臉頰上親吻的位置，調整好思緒，以便透過已在腦子裡開始運作的這個吻，將媽媽賜予我的那一分鐘全部用來感受她那抵著我雙唇的臉頰；如同一個只能得到模特兒短時間擺姿勢的畫家，預先備好調色盤，並依速寫記錄提前喚回記憶，盡力做到模特兒就算不在場也無妨的狀態。但此時晚餐鈴都還沒響呢！我的外公說出殘忍的狠話而不自知：「這孩子看起來累了，該上樓去睡了。況且今天也要很晚才會開飯。」而我父親，他不像外婆或媽媽那樣嚴格地信守約定，也說，「對，去吧，快去睡覺！」但就在晚餐鈴響起的那一刻，我想親吻媽媽。「噢，不，拜託，別纏著你媽媽。你們這樣好幾次互道晚安已經夠了，上演這些戲碼很可笑。來吧，上樓去！」我等於連旅費都沒領到就得上路走人；必須，如時下流行語所說的，「心不甘情不願地」踏上每一階樓梯，不甘不願地上樓，一心想只回到母親身邊，因為她剛才沒有吻我，沒給這顆心通行證，允許它跟我一起走。這道討人厭的樓梯，我走上來時總是那麼悲傷；它散發一股漆釉的味道，某種程度上，已吸收、凝集了我每晚感受到的特別的憂傷，而且，對敏感的我而言，或許還將這傷悲變得更加殘酷，因為，這傷悲透過嗅覺散播，我的理智再無用武之地。睡覺時，劇烈牙痛的感受只像是有個少女溺水，我們費盡力氣連續拉了兩百下都還救不起來；又或者，像是一句莫里哀的詩，我們一再反覆背誦不停；若在這種時候醒來，而且憑著理智擺脫了夢中為蓋過牙齒劇痛而生出的英雄救美或規律重複等等偽裝，著實令人鬆了一大口氣。但我感受到的恰恰是這種解脫的相反：透過鼻腔嗅吸這樓梯間特殊的漆釉味——那比從心理上入侵還毒得多——獨自上樓回房時的這股憂傷以一種更迅速、幾近即時，既陰險又粗暴的方式進入了我的心中。回到房間後，我必須堵住所有出口，關緊窗遮，掀亂被毯挖掘自己的墳墓，換上睡袍充作壽衣。但在將自己埋進家人因我夏天睡厚厚的稜紋布簾幔大床會太熱，因而另外加設的鐵架床上，我心中湧出一股反抗的衝動，想本著被判刑之人的狡猾姑且一試。我寫信給母親，求她上樓來，因為有件事很嚴重，我無法在信裡告訴她。我最憂心的是，住在貢布雷這期間負責照顧我的，姨媽的廚娘法蘭索瓦絲會拒絕替我傳信。我猜，對她而言，要她在有賓客在場時捎信給我母親，大概就和劇院門僮要拿一封信交給正在台上演出的演員一樣棘手。對於事情的可為和不可為，她自有一套準則，那準則專橫、條例不勝枚舉、吹毛求疵，儘管區別難以掌握或毫無助益，也絕不妥協（這讓她的準則有如上古時代的法律，制訂凶殘規定的同時，例如屠殺襁褓中嗷嗷待哺的嬰孩，卻又端出誇張的細心巧思，捍衛不可將羔羊放在母羊奶中燉煮，或是食用某種動物後腿筋脈之類的行為）[35]。若從她忽然不肯執行派得的傳話任務的頑固程度評斷，她這套準則似乎

35 典故為《舊約聖經》的《出埃及記》23:19及《申命記》14:21之「不可用山羔母的奶煮山羊羔」，以及《創世紀》32:23之「故此，以

是對上流社交圈的複雜和講究已早有預見，那是法蘭索瓦絲完全無法從她的周遭環境及小村女僕的生活中得知的。於是你不得不告訴自己：她身上有一股昔時的法國味，非常古老、高貴且不為他人理解，就像那些製造業林立的城區中曾見證昔日宮廷生活的古老大宅裡，化學工廠的工人穿梭在呈現聖泰奧菲勒奇蹟[36]或埃蒙四子[37]等精雕細琢的雕刻之間工作著。出現特殊狀況時，基於準則，除非發生火警，否則法蘭索瓦絲不太可能會當著斯萬先生的面，為我這麼一個小角色去打擾媽媽。這恰恰表現出她主張的敬意，對象不僅止於親人——一如對逝者、神父和君王——甚至也包含主人招待的外人。這種敬意若是出現在書上，也許會令我感動，但從她口中說出總令我火冒三丈，因為她說起這規則時的語氣既嚴肅又帶著疼惜。尤其今晚，她賦予晚餐的神聖性使得她拒絕去擾亂這場儀式。然而，為了給自己爭取機會，我毫不猶豫地撒謊，告訴她：其實根本不是我想寫信給媽媽，是她在我離開時囑咐我別忘了回報她託我去找某樣東西的結果；要是我不交回這則訊息，她必然會十分生氣。我想法蘭索瓦絲不相信我，因為，就和感應力比我們強的所有原始人一樣，她總能立刻從各種我們捉摸不到的訊號中，辨別出我們有意對她隱瞞的所有真相。她盯著信封看了五分鐘，彷彿能從檢查紙質和筆跡得知內文性質，或是她應該引用哪一條準則。然後，她一副無可奈何的表情走出去，似乎在說，「有個像這樣的孩子，父母親能不可憐嗎？」一會兒過後，她回來告訴我，他們現時還在吃冰淇淋，實在不可能要管家在這時候當著眾人的面前傳信；不過，等上漱口水時[38]，他們會設法把信交給媽媽。我的焦慮馬上平息。現在，狀況與剛才截然不同，我不再和媽媽久別到明天了，因為我的短信——想必會讓她生氣（而且加倍生氣，因為這伎倆應該會讓我在斯萬眼中顯得可笑）——即將讓我至少得以開心地隱身在信中，進入她所在的同一個空間，即將在她耳邊訴說我的訊息；因為，就在剛才，那禁止我進入的可惡餐廳裡，冰品——「格蘭尼達」[39]——還有漱口水，似乎暗藏著邪惡又令人傷心欲絕的享受；因為，媽媽在離我好遠的地方品嘗著。而這餐廳如今對我敞開，宛如熟軟的果子撐破了果皮，即將讓媽媽在讀到我的信的同時關注噴湧，直接射入我陶醉的心裡。從現在起，我不算與她分離；阻礙已經排除，一條美妙的線將我們重新牽起。而且，還不止如此：媽媽一定會來找我！

剛才感受到的焦慮，我想，若是斯萬讀到我的信，而且猜想到那封信的目的，應該會嗤之以鼻。然而，正好相反：我後來才知道，在他這輩子，類似的焦慮也折磨他多年；或許沒有人能比他更懂我。至於他，他要感受的是心愛的那個人身處一個歡樂的場所，但他卻不在，無法前去與

色列人不吃大腿窩的筋」。

36 相傳聖泰奧菲勒（Saint Théophile）出賣靈魂給魔鬼以換取世間榮華，但他事後懊悔，誠心祈禱，最終在聖母之助下，得以將魔鬼契約作廢。這則彰顯聖母奇蹟的故事是許多大教堂雕刻的題材，也出現在巴黎聖母院北面側門。

37 中古世紀傳說，埃蒙公爵（Duc Aymon）的四個兒子與查理曼大帝作戰的英勇事蹟。

38 十九世紀法國上流社會用餐後，會以大碗呈上添有香氣的溫水，供賓客漱口，並在碗中清洗手指。漱口水禮儀象徵注重衛生的良好教養，福樓拜小說中的包法利夫人對此十分嚮往。

39 源於西西里島的冰品 granita 結晶較粗，口感類似冰沙。

那人聚首。這股焦慮由愛而生，某種程度上也注定為愛而生，被愛獨占，視為專有；但是，正如我的狀況，若焦慮之感在尚未出現在我們生活中之前便已進入我們心中，那麼它便會漂浮、游移，靜靜等候，空泛且自由，沒有特定的任務，今天為某種感受出力，明天則鼓動另一種情緒，有時是親子間的溫情，有時是同儕間的友愛。當法蘭索瓦絲回來告訴我那封信將被轉交時，那伴隨我初試的成果而來的喜悅，斯萬早已領略過。這是一場欺人的喜悅；如同某個友人，我們心上人的親戚，在抵達她參加的某場舞會、餐宴或首演所在的酒店或劇院，正要找她會面之際，卻瞥見我們茫然在場外遊走，絕望地等待有機會與她交談時給予我們的空歡喜。他認出我們，親切地前來攀談，問我們在那裡做什麼；由於我們編稱有急事要告訴他那位女性親戚或友人，他便向我們保證，這件事再簡單不過；接著，他帶我們進到衣帽間，允諾五分鐘內必會把她送到我們面前。我們真是喜歡他啊——一如此時我喜歡法蘭索瓦絲——這位熱心體貼的中間人，一句話就讓我們覺得那莫名其妙、沒完沒了的歡樂宴會變得堪可接受，有人情味，幾乎大吉大利；事實上，我們總認為宴會中那一群居心叵測、打扮高雅的敵人就有如團團漩渦，捲走了我們心愛的女子，使得她遠離了我們，嘲笑我們。但自動找上我們的那位親戚也是熟知這殘酷神祕奧義的其中一員；我們從他的舉止研判，其他與會嘉賓應該不至於那麼邪魔古怪才是。在她品嘗著我們所不知的享受的期間，那遙不可及、又將人折磨得苦不堪言的那段時間，此時，透過一個出乎意料的小缺口，讓我們也得以鑽入其中；現在，在組成那漫長時間的連續片段中出現了這麼一刻，與其他片刻同樣真實，或許對我們而言甚至更加重要，因為我們的愛人在當中摻和更深。我們對自己呈現這一刻，擁有這一刻，介入其中，那幾乎就是我們創造出來的：那一刻，有人去告訴她說我們來了，就在樓下。而那歡宴上其他時刻的本質想必不會與此刻相去太遠，不會有任何更美妙之處，也應該令我們同樣痛苦，既然那位熱心的朋友對我們說：「她一定會心花怒放地下樓來！對她來說，和您聊聊，絕對遠比在那上面無聊發慌有趣得多。」唉！斯萬早已有此經驗：當一個女人察覺被自己不愛的人處處跟蹤，甚至追到宴會場所，故而惱怒，第三者的好意也無濟於事。通常，下樓來的只有那位好心的朋友一人。

母親沒來，而且無視我的自尊心（懸繫於她要求我找東西並回報成果的那個謊話不被拆穿），要法蘭索瓦絲告訴我這句話：「不予回應」——此後，我便時常聽見各「豪華宮殿酒店」的門房或是在賭場跑腿打雜的小差傳達這句話給某個驚愕不敢置信的可憐女孩：「怎麼？他什麼也沒說？不可能！但您確實把我的信交給他了。好吧，我再等等。」於是——一如她堅持不需要門房給她多點的煤氣燈，死心塌地守在那裡，只聽得門房與一名跑腿僕人少少聊上幾句天氣，猛然發現時間不早，那門房趕忙派他去冰鎮客人的飲料——我謝絕了法蘭索瓦絲替我泡香草茶或留下來陪我的提議，讓她回去工作，自己則躺上床，閉起眼睛，試圖不去聽親人們在花園裡喝咖啡交談的聲音。但是才過幾秒，我便感覺到，寫那封短信給媽媽，甘冒惹她生氣的風險，讓自己貼她那麼近，近得我一時間以為即刻就能再見到她，這舉動等於是自己刪除了沒再看她一眼就睡著的可能性。而每過一分鐘，我的心就跳得更痛苦，因為我強迫自己接受不幸的命運以求平靜，激動的情緒反而卻隨之高漲。忽然，我的焦躁不安瞬間落定，一陣至福喜悅洋溢全身，就像一顆強效藥開始作用，解除了我們的疼痛：我剛做出明智的決定，不再試著在沒能再見媽媽一面的狀態下入睡，我要不計代價地努力親吻到她，即使我確信，她上樓來睡的時候，我們兩人必定會鬧僵許久。焦慮過後帶來的平靜讓我感受到一種非比尋常的愉悅，那程度不亞於等待、渴望及對危險之恐懼。我悄悄打開窗戶，倚著床腳坐下，幾乎不動，以免樓下聽到。屋外，萬物似乎也凝止不動，默默靜候，以免干擾了月光。在那月光照耀下，天地萬物彷彿退縮一方，影子卻往前延伸，拉長一倍，顯得比物體本身更濃、更具象；風景既被沖淡又被放大，一改此前猶如折起地圖的模樣，得以舒展開來。需要動一動的，例如大栗樹的枝葉，振動著。但那葉叢的輕顫微弱而完整，任何一點點差別或究極的細膩皆無遺漏，不渲染至其餘部分，不融入、不混淆，保持著清晰可辨的輪廓。從極遠處傳來的雜響想必來自城另一端的花園，憑空出現在這什麼也不吸收的靜謐之中，點滴細節皆被清楚感受，如此之「透徹」，以致那來自遠方的聲效成因似乎只能歸於極弱的演奏力度，如同音樂學院管弦樂團[40]最擅長的悄聲樂句，儘管一個音符也不差，卻教人以為是在距離演奏廳很遠的地方奏出；而所有忠實的愛樂之友——包括外婆的兩個姊妹，每逢斯萬將自己的席位贈予她們時——皆豎起耳朵仔細凝聽，彷彿聽著遠方一支軍隊行進，而他們還沒轉過特雷維斯街[41]。

我知道，我將自己推入的處境，可能會讓我從父母那兒招來最嚴重的後果；事實上，遠比外人能臆測到的還嚴重，是他本以為唯有犯下真正可恥的過錯才可能產生的後果。不過，在我接受的家庭教育中，過錯的輕重順序與其他孩子的家教有所不同；如今我已明白，長輩們讓我習慣擺在第一位的那些過錯有一項共同特色，那就是一旦神經衝動，就容易犯下（想必是因為我沒有其他必須更小心警戒的過失）。然而，他們那時不將「神經衝動」一詞說出口，不宣稱過錯由此而來，因為那可能會讓我以為自己忍不住犯錯，甚或無能抵擋，是可被原諒的。不過，從犯錯前的那股焦躁，以及犯錯後所受的嚴格懲罰來看，我倒是能清楚辨識出這些過失，而且知道我剛犯下的錯與其他曾被狠狠處罰的過錯屬於同一類，儘管更加嚴重。若是我在媽媽上樓準備就寢時半路攔下她，而她看到我竟然還醒著，只為了在走廊上跟她重新道晚安，他們恐怕不會讓我繼續留在家裡，隔天就會找間中學把我送進去，一定會變成這樣。那好！就算五分鐘後不得不越窗跳樓，我也寧願這麼做。此時此刻，我想要的是媽媽，是跟媽媽說晚安，這條實現渴望的道路我已走得太遠，沒有回頭的餘地。

我聽見爸媽送斯萬出門的腳步聲；門上的鈴鐺響起，提示我斯萬剛離開，我往窗邊走去。媽

40　音樂學院管弦樂團（Orchestre du Conservatoire）是巴黎最古老的管弦樂團，該團自一九〇〇年起，每逢四月到十一月的週日下午會在音樂學院舉辦公開演奏。

41　特雷維斯街（Rue de Trévise），與巴黎音樂學院所在的 Rue du Conservatoire 平行。

媽問父親覺得龍蝦好不好吃，還有，斯萬先生有沒有多吃幾口咖啡開心果冰品。「我覺得普普通通，」母親說，「我想，下次應該試試另一種口味。」

「我無法形容我感覺斯萬變了多少，」姑婆說，「簡直就像個老頭！」

姑婆總習慣把斯萬當成以前那個少年看待，因而詫異他突然竟不如她一直以為的歲數年輕。其他親人們也開始察覺到他有單身漢那種不正常、極端、可恥，而且活該應得的老態，一如所有覺得沒有未來的重大日子比其他日子還漫長的單身漢；因為，對他們來說，長日虛無，從一大清早開始，分秒時刻即逐漸累積，卻沒有孩子們來分攤。「相信他那個風騷的妻子給他帶來不少煩惱，全貢布雷都知道她跟某個叫夏呂斯的先生見面。這可是城裡的頭條緋聞。」母親提醒說，然而相較於前一陣子，他看起來已沒那麼悲傷，「也比較沒那麼常做出那個跟他父親一模一樣的揉眼睛和伸手撫過額頭的動作了。依我看，其實他已不再愛那個女人了。」

「他當然不愛了，」外公搭話，「我早在很久以前就收到一封他的信，講的正是這件事。當時我連忙避免隨之起舞。那信裡完全表明他對他妻子的感情，至少是關於愛情那部分。對了！知道吧，妳們沒有答謝他的阿斯蒂酒。」外公轉身對他兩個小姨子說。「什麼，我們怎麼沒有感謝他？我以為，私底下，我甚至用頗為巧妙委婉的方式傳達給他了。」芙蘿拉姨婆回應。

「對，妳打點得非常好，我當下佩服得很。」賽琳娜姨婆說。

「話說妳也是啊，妳也表現得很好。」

「沒錯，關於親切鄰居那段話，我還頗為得意呢！」

「什麼？那就是妳們所謂的感謝?!」外公驚呼，「我的確聽到妳們說了那些話，但鬼才相信妳們那是在感謝斯萬。不必懷疑，他根本什麼都沒聽懂。」

「拜託，斯萬又不笨，我確定他很欣賞我們的做法。只是我沒辦法跟他直接提起酒有幾瓶，一瓶又是多少錢！」

我爸媽獨處坐了一會兒之後，父親說：「好吧！要是妳不反對，我們就上樓去睡吧！」

「如果你想睡的話，親愛的朋友；雖然我毫無睡意。話說，那麼一點咖啡冰淇淋不可能讓我這麼清醒。不過，我看到僕人房裡的燈還亮著，既然可憐的法蘭索瓦絲還在等我，那麼趁你更衣時，我去請她幫我解開馬甲好了。」母親於是打開位於樓梯旁衣帽間的格子門。沒過多久，我聽見她上樓關窗。我悄悄走進走廊，心跳得好快，幾乎無法邁步向前；但至少這狂跳不再是源於焦躁難安，而是因為恐懼和喜悅。我看見樓梯間裡映出媽媽手中的燭光。然後，我見到了她本人，於是衝上前去。第一瞬間，她驚訝地看著我，不明白發生了什麼事。接著，她臉上露出怒意，對我甚至隻字不語；其實，即便情況沒這麼嚴重，大家也會好幾天不跟我講話。若是媽媽對我開口說一句，那就表示大家獲准再與我交談。此外，在我看來，那一語不發或許更可怕，就如同一個徵兆，意味著相較於正在醞釀的嚴厲懲罰，靜默冷戰、鬧僵不愉快，皆像一場場兒戲。一句話，相當於冷靜鎮定的態度，用以回應剛剛決定開除的僕人；一個吻，原要獻給送去參軍的兒子，如果不得不跟他生兩天氣，還是要拒絕吻他這一下。但她聽見父親從廁所更衣後要上樓來，於是，為了避免他給我難堪，她憤怒得上氣不接下氣，對我說：「走開，快走開，至少別讓你父親看到你像個瘋子一樣癡癡在等！」但我只反覆要求她：「來跟我說晚安。」同時也驚恐地看見牆壁上已映出父親手中的燭光；但我也把他的逼近當成威脅手段，希望媽媽別再堅持拒絕，以免讓父親發現我還在那裡，讓她最終會對我說：「回你房間，我等下就來。」一切都太遲了，父親已來到我們面前。不經意地，我喃喃說了這幾個沒人聽見的字：「這下子我可糟了！」

事實並非如此。母親和外婆對我的管教比較寬鬆縱容，往往她們已同意的，父親卻始終不肯答應，因為他並不在乎「原則」，也不講「人權」，為了某種無關緊要的理由，甚至毫無理由，可以在最後一刻取消那麼習以為常、那麼約定俗成的散步，而奪走我散步時光的人不可能沒有背信之嫌；又或者，就像他今晚又有的舉動，離平時規定的時間還早，就對我說：「好了，上樓去睡覺，沒有什麼好解釋的！」不過，同樣正因為他不守原則（我外婆所稱的原則），父親也不是真的事事都不肯妥協。他一臉驚訝和惱怒，瞪著我看了一會兒，然後，媽媽才正開始尷尬地向他說明事情經過，他就對她說：「那妳就跟他去吧！既然妳剛好也說妳還不想睡，那就去他房間待一會兒，我這邊沒需要什麼。」

「但是，親愛的朋友，」母親怯怯地回應，「無論我想不想睡，都不會改變這件事，我們不該讓這孩子習慣……」

「這不是要他養成習慣，」父親聳聳肩，「妳明明知道他心裡難過，瞧這孩子一臉過意不去的樣子。真是的，我們又不是劊子手！萬一妳把他弄出病來，可就有得瞧了！既然他房裡有兩張床，叫法蘭索瓦絲替妳鋪好大床，妳今晚就陪他睡吧！好了，晚安，我可不像妳那麼緊張兮兮，我要去躺下了。」

但我無法向父親致謝，他稱為過度敏感的這種行為可能會惹惱他。我待在原地，動也不敢動；他還在我們面前，身形高大，穿著白色睡袍，還有那條自從他患了神經痛之後，便纏在頭上的粉紅與紫色相間的印度喀什米爾長巾，站姿就像斯萬先生送我的那幅貝諾佐．戈佐利[42]版畫中的亞伯拉罕，先知正告誡撒拉必須離開以撒身邊[43]。那已是距今多年前的事了。樓梯間裡，映升出他手中燭光的那面牆早已不在。我自身亦有許多我以為應會始終持續的事物已然毀去，一些新事物另外建起，產生出新的痛苦與喜樂，然而當時的我無法預見，同樣的道理，後來的我也覺得舊事物變得令我難以理解。同樣也已是許久之前，父親已不再對媽媽說：「跟孩子去吧！」那樣的時刻永遠不可能為我再現。但是，最近開始，如果傾耳凝聽，我又非常清楚感受到我在父親面前強行忍住的陣陣啜泣，等到我獨自和媽媽共處時才放聲大哭。事實上，那啜泣從未止息，只是

42 戈佐利（Bonozzo Gozzoli, 1422-1497）位於比薩墓園的壁畫鉅作描繪了《舊約聖經》各章節情景，但在二次世界大戰中遭毀。

43 參閱《創世紀》第十七章。

因為如今周遭生活對我更加緘默，於是我才得以再次聽見，一如修道院的鐘鳴在白日被城市的喧嚷嚴密地蓋過，讓人幾乎以為鐘鈴停擺，但在寂靜的夜裡復又陣陣迴盪。

那一夜，媽媽在我房裡度過。在我剛犯下那麼大的錯，本以為此後不得不離開這個家時，我的父母賜給我的，卻遠勝於所有我曾因表現良好而從他們那兒得過的獎賞。即使在施恩給賞之際，父親對我的處置方式依然帶有那麼一點典型的任意獨斷和失當。這是因為那些做法是意外遵守禮教的結果，並非出於深思熟慮的計畫。也許甚至連我在被他命令去睡覺時常說的，他的那種嚴厲都不似我母親或外婆的嚴厲那麼名符其實；因為比起她們，父親的某些本質與我的差異較大，很可能直到當時他都猜想不到我每天晚上有多麼可憐。這個情況母親和外婆十分清楚，但她們確實很愛我，所以不答應為我擋住痛苦，反而想教我去掌控那痛苦，以便減輕我的神經敏感，增強我的意志。至於父親，他對我的慈愛則是另一種；我不知道他是否有同樣的勇氣：總算有這麼一次，他終於明白我的憂傷，立刻對我的母親說：「那就去安慰他吧！」那天晚上，媽媽待在我的房間，而且那幾個小時與我原本能有的期待實在太不一樣，彷彿為了不讓絲毫悔意糟蹋這段時光似的，當法蘭索瓦絲看見媽媽坐在我身邊握著我的手，任我盡情哭泣而且未加責備時，她了解到事態並不尋常，於是問道：「夫人，少爺怎麼哭成這樣？」媽媽這麼回答：「他自己也不知道，法蘭索瓦絲。他神經太過緊繃了。快去把大床鋪好，然後上樓去睡吧！」於是，生平第一次，我的愁緒不再被視為應受懲罰的過錯，而是一種非自願的缺陷，剛得到正式承認，可比一種不能怪罪於我的緊張狀態。我卸下心中大石，苦澀的淚珠從此不再需要摻雜疑慮和顧忌，我可以不帶罪惡感地哭泣。面對法蘭索瓦絲亦然，我的自豪之感已非同日可語：在媽媽拒絕上樓來我房間，還輕蔑地派她來回應說我該睡覺了的一個小時後，這番有人情味的翻轉提升了我的高度，讓我生出了大人一般的自尊心，讓我一下子晉升到多愁善感的青春期，淚水從此得以解放。我本該高興才是，但我沒有。我覺得母親似乎剛對我做出首次的讓步，那對她而言應該很痛苦；那也是她首度放棄先前對我的寄望；還有，第一次，那麼勇敢地，她坦然認輸。我覺得若說我剛贏得了一場勝利，那都是因為我對抗的是她；我如同疾病、憂傷或年歲可能造成的那樣，成功地鬆懈了她的意志，軟化了她的理智；而一段新時期就此展開的那一晚，終將永遠是一個可悲的日期。若是我當時夠勇敢，就會對媽媽說：「不，我不要，妳別睡在這裡。」但我也曉得她擁有講求實際的智慧，也就是今日所謂的現實，能調和外婆賦予她的那股熱烈、激昂的理想主義性格；我也知道，如今既然木已成舟，她寧可讓我至少品嘗到平撫心靈的快樂，而不是去打擾我父親。的確，那天晚上，當她如此溫柔地握住我的手，試著止住我的淚水時，她美麗的臉龐仍散發著年輕的光采；但正因如此，我覺得不該是這樣。比起這份我孩提時未曾體驗過的全新溫柔，她的怒氣反而讓我不那麼難過。我覺得自己彷彿剛用一隻暗暗褻瀆的手，在她的心靈畫下了第一道皺紋，讓那裡長出第一根白髮。一想到此，我哭得更是傷心。然而，我卻看到一向不肯對我表現出絲毫心軟的媽媽，突然被我軟化的態度打動，試著忍住流淚的衝動。她自覺我已發現，便笑著對我說：

「這才是我的小黃毛，小金絲雀。要是再這樣繼續下去，可就要把媽媽變得跟他一樣傻裡傻氣了。好吧，既然你不想睡，媽媽也不想睡，那我們就別一直這麼心煩意亂的，不如做點什麼。拿一本你的書來讀吧！」不過我的書都不在手邊。「如果我把你外婆原本要留到你的命名日[44]才給你的書先拿出來，你會不會覺得掃興？好好考慮清楚：後天要是什麼都沒收到，真的不會失望？」相反地，我欣喜極了。於是媽媽找來一箱書。透過包裝紙，我只能猜測到書本的開幅短而寬；雖然外觀稍嫌粗略，而且視線受到遮蔽，但初步看去，這些書卷益友已使得新年的彩色筆盒和去年的蠶寶寶相形失色。那裡面有《魔沼》、《棄兒法蘭斯瓦》、《小魔女》、《鄉間樂手》。後來我才知道，外婆原先選的是繆塞的詩集、盧梭的一本書和《印第安納》[45]；因為她雖斷言閱讀沒有用的書就跟糖果和糕點一樣有害健康，倒不認為天才的偉大靈氣對一個孩子的心智影響，會比野外的空氣和汪洋海風對他身體的作用來得危險，而且強健之效也不遜色。但父親在得知外婆想給我的是哪些書之後，幾乎把她當成瘋子看待，於是她又親自返回位於茹伊－勒－維賈特的書店，以免我收不到禮物（那天天氣燠熱，她回到家後相當難受，醫生叮囑我母親別再讓她這麼勞累），改換了喬治桑[46]的四本田園小說。「女兒啊，」她對我媽媽說，「我總不能硬著心腸，給這孩子看些寫得不好的東西。」

事實上，她決不妥協去買任何對智力毫無益處的東西，尤其著重美麗事物帶來的智性啟發：那些物品教我們別止於對舒適與虛榮的滿足，應從他處另尋樂趣。甚至在需要贈送某人一份所謂實用的禮物時，像是一張扶手椅，一套刀叉，一根拐杖，她也總要找「老舊的」，彷彿那物品的長期廢棄狀態可抵消實用性，顯得更像是用來對我們訴說前人昔時的生活，而非為了滿足我們的現實所需。她原本希望我房裡能掛些建築史蹟或是絕美風景的照片。但在採購時，儘管照片呈現的內容有其美感價值，她還是覺得照片攝像機械化的呈現模式讓庸俗感與實用性太過凸顯。她試著權宜變通：若不能完全消除商業性質帶來的平凡俗氣，至少要把那庸俗感降到最低，將最大那部分仍以藝術取代，並將多層次的藝術「厚度」導入其中：她捨沙特爾大教堂[47]、聖克盧公園[48]的大噴泉、維蘇威火山的實景照片不掛，反而向斯萬打聽，是否有哪位大畫家曾畫過這些風景，寧可給我的照片上呈現的是科洛畫筆下的沙特爾大教堂，于貝爾．羅貝爾[49]的聖克盧大噴泉，透

44 天主教傳統，慶祝與本人同名之聖人的紀念日。

45 這五本書原名依序為 La Mare au Diable、François le Champi、La Petite Fadette、Les Maîtres Sonneurs、Indiana，皆是喬治桑之作。

46 喬治桑（Georges Sand, 1804-1876），原名阿曼蒂娜－露西－奧蘿爾．杜班（Amantine-Lucile-Aurore Dupin），十九世紀法國女小說家，著作豐富且類型多樣，晚期偏好田園小說創作，文字饒富牧歌氣息。她生活前衛，不畏世俗眼光，喜愛以男性穿著出入巴黎社交圈，並採用男性化筆名，與音樂家蕭邦及詩人繆塞的戀情至今為人津津樂道。

47 建於西元十二世紀、位於法國巴黎西南方約七十公里的沙特爾大教堂，據傳聖母瑪利亞曾在此顯靈，教堂保存了瑪利亞的聖衣，是西歐重要的天主教聖母朝聖地之一。一五九四年，亨利四世在此加冕為法國國王。

48 聖克盧公園（Parc de Saint-Cloud），占地四百多公頃，是位在巴黎附近的自然生態保護區。

49 羅貝爾（Hubert Robert, 1733-1808），法國十八世紀主流畫家，庭園設計師，曾任羅浮宮前身的國立中央藝術博物館館長。

納[50]的維蘇威火山，藉此多提高一個藝術層次。但在表現建築傑作或自然風景之事上，若是攝影師被排除在外，換以一位藝術大師上陣，他便有權回到崗位，翻拍出這幅藝術之作。淪至庸俗的大限到來，外婆仍會試圖盡量延期。她問斯萬那幅作品是否已被製成版畫，可能的話，最好是古老的刻版，而且附帶某種超越畫作本身的好處，比方說，呈現一幅經典如今再也無法不復得見的狀態（例如摩根[51]在壁畫原作損壞之前雕刻製版的達文西《最後的晚餐》）。不得不說，以這種思維來理解贈禮的藝術，成果並非每次都十分出色。根據一幅提香[52]以瀉湖為背景的畫作，我對威尼斯的想法必然遠不如單純的照片所給我的來得精確。每當姑婆想控訴我外婆，總會提起根本無法清算家裡有多少張扶手椅是她原本要送給剛訂婚的年輕伴侶或年老夫婦的，人家才第一次試坐，椅子就立刻被其中一位受贈者給壓垮。但對一件還能辨識出一朵小花、一抹微笑，有時甚或是對往日時光的美麗想像的木工傢俱，要是過分在意它的堅固性，外婆應該會覺得這麼做就顯得小家子氣了。甚至，這些傢俱對應實際需求的方式，由於是我們已不習慣的方式，更令她為之著迷：就好比一些老派的說法，我們可從中看出現代語彙中被習慣磨耗得不復存在的某種隱喻。然而，正巧，她打算在我的命名日給我的那些喬治桑的田園小說，就如同一件古傢俱，充滿各種已經過時的說法，因而又變得意象豐富，因為此後只能在鄉間找到。外婆在購買禮物時覺得這些書比別的好，就像她更樂意租下的地產上建有哥德式鴿舍，或是某樣對精神思想產生有益影響的那種老東西，能給她一種懷舊之感，彷彿穿梭時光，進行不可思議的旅行。

媽媽在我床邊坐下；她選了《棄兒法蘭斯瓦》。暗紅色的封面和難以理解的書名讓我覺得這本書有鮮明的個性和神祕的特質。之前，我從未讀過真正的小說，而我曾聽說喬治桑屬於小說家之流。因此我已開始想像《棄兒法蘭斯瓦》中會有某種無法定義而且美妙的東西。刺激好奇或感人肺腑的敘事手法，引發擔憂與哀傷的某些表達方式，凡是稍具素養的讀者都能辨認出來，因為那是許多小說通用的模式；這些在我看來都很簡單——我不將一本新書視為是一種同類眾多的物品，而是看作一個獨一無二的人，只為自己而存在——那正是《棄兒法蘭斯瓦》散發出的惑人特質。在那些如此日常的事件、如此平庸的事物，如此通俗的文字之下，我感受到彷彿有一種抑揚頓挫，一種奇特的強調語氣。情節開展，在我看來十分晦澀不明；那是因為，在那個時期，我讀起書來經常持續好幾頁都在胡思亂想，如此心不在焉使得故事留下了坑洞空缺，而媽媽為我朗讀時又跳過所有戀愛場景。此外，磨坊女主人和孩子兩人之間對彼此的態度有了改變，而那所有

50 透納（William Turner, 1775-1851），英國浪漫主義風景畫家，作品影響後期印象派繪畫發展甚深。

51 摩根（Raphaël Morghen, 1761-1833）曾在一八〇〇年將達文西繪於米蘭恩寵聖母修道院的壁畫《最後的晚餐》刻版複製，讓保存狀態惡劣的經典畫作得以流傳。

52 提香（Tiziano Vecellio, 1488-1576），文藝復興後期威尼斯畫派的代表畫家，題材涵蓋肖像畫、風景畫及神話、宗教主題的歷史畫，他對色彩的運用對西方藝術影響深遠。

古怪的變化只能在一段初萌芽的戀情發展中找到解釋[53]，也讓我覺得那是某種深奧之謎刻下的痕跡。我自然而然地想像，這謎的源頭應該在於「棄兒」這個我從沒聽過、又那麼柔和的名詞，不知為何，那成了那孩子的稱謂，在他身上映現出鮮明、紫紅的迷人色彩。若說我母親不是一個忠實的讀者，對於她認為文筆流露真摯情感的作品，她可是令人讚賞的朗讀者，朗讀的詮釋中帶有敬意，而且簡明樸實，聲線柔美溫和。就連生活中面對的並非如此激發她愛憐之心或讚嘆仰慕的藝術品，而是凡人的時候，見到她如何為了順應對方而偏離自己平常的嗓音、動作、言論，著實令人感動。依此類推，她那興高采烈的模樣恐怕會令那位失去孩子的母親難受，提起命名日和生日可能讓那個老人想到自己年事已高，關於夫妻家務事的閒話或許會令那名年輕學者興趣缺缺。同樣地，因為喬治桑的散文裡總嗅得出那種善良美意，那種崇高品德，那是媽媽從外婆那裡得到真傳、奉為生活中至高無上的堅持，而且要到很久之後，我才教會她別連在書本中也奉之為至高無上；她在朗讀那些篇章時，也留心從她極其微弱的聲音中排除掉所有可能有礙接收豐沛情感的裝模作樣，因應善美品德之所需，在那些彷彿配合她的聲調寫成，而且多虧了她的敏銳善感才得以完整的文句中，注入滿懷自然不做作的輕柔，以及恢弘大度的溫和。為了以恰當的語氣處理那些句子，她恢復了本有的真摯腔調，預先做好準備，主導語句之流瀉，那發自內心的聲音並非文字能指引。多虧這語調，她能在朗讀的同時順帶緩和動詞時態帶來的所有生硬感，讓過去未完成式與過去簡單式表現出蘊含在善意中的溫柔，隱藏在柔情中的哀愁，將已近尾聲的句子導向即將開始的下一句，時而匆促緊張，時而放慢音節的行進，儘管各個句子的音節數量不盡相同，她終究能調整成一致的節奏。她為這篇如此平凡的散文體文字注入了感性而且源源不絕的生命氣息。

我的愧疚感已得到平撫，於是放心享受媽媽陪在我身邊的這個甜蜜夜晚。我知道這樣的夜不可能再現；而當時，這世上最讓我渴望的事，莫過於將媽媽留在我房間裡，陪我度過這寥寥長夜，我也知道這份奢望過分違反了生活所需及眾人的心願，所以那晚獲准的夢想成真純屬人為例外。明天，我會再犯焦慮，媽媽也不會再留下來。但焦急之情一過，我也不懂自己為何會如此，再說，明天晚上還那麼遠。我心想：之後還有時間可以考慮的，雖然這段時間完全不能多帶給我什麼能力，而那並非我的意志力所能左右之事，並且只有這段暫時替我擋住焦慮的間隔，讓我覺得較可能避免再陷入其中。

53 在《棄兒法蘭斯瓦》的故事中，幼時被遺棄的主角法蘭斯瓦，在成年後愛上了當初照顧自己長大的磨坊女主人，也就是他的養母瑪德蓮，並在她成為寡婦後娶了她。

就像這樣，很長一段時間裡，每當夜半清醒，再度回想起貢布雷時，我再見到的總也唯有這樣一片亮光，在朦朧幽暗當中清楚浮現，宛如火焰彈的火光，或是電子探照燈的光束，照亮了屋子，區隔出其他仍深陷漆黑之處：在相當寬廣的底層，小沙龍、餐廳、那條陰暗小徑的開端，將從那兒走來的斯萬是無意間使我煩憂的始作俑者，還有衣帽間，我慢慢走至盡頭，從那裡踏上樓梯第一階，那麼殘酷地非得爬上它不可。那道樓梯獨力構成這座不規則金字塔極為狹窄的錐台，而塔的頂端即是我的臥房和小走廊及玻璃門，媽媽便從那裡進來。一言以蔽之，總是在同一時間見到那亮光，從周圍可能有的一切隔離而出，孤立於漆黑之上的，是我更衣就寢時分那場大戲絕對必要的場景（就像那印在去外省巡演的老戲碼劇本上的首行提示），彷彿貢布雷不過是一道窄梯連結起來的兩層樓，彷彿那裡時間永遠是晚上七點。說實話，若有人問起，我本可回答他：貢布雷還包含其他事物，也存在其他時刻。但由於日後我記起的一切都將僅只源於自主的記憶，屬於智性的記憶，而且由於這記憶提供的訊息完全不含那段過去，我本來絕不會出現去細想其餘這個貢布雷的念頭。這一切對我而言其實皆已逝去。

永遠逝去了嗎？有此可能。

這一切當中有許多偶然，而第二種偶然，我們自身的逝去，通常不允許我們長久期望第一項偶然帶來的好處。

我覺得凱爾特人的信仰十分有道理：他們相信我們失去的那些人的靈魂，都被禁錮在某個較低等的生物當中，困在一頭動物，一株植物，一樣無法靈動的東西裡，對我們而言，的確已然消逝。直到有一天，對許多人來說永遠不會到來的一天，我們剛好經過那棵樹，或擁有困住他們的那樣東西。於是他們騷動起來，呼喚我們，一旦我們認出他們，魔咒就被破除。被我們拯救的靈魂克服了死亡，回來與我們一起生活。

我們的過去也是如此。試圖追憶過去是枉費心機，窮盡智性必徒勞無功。過去隱身在其領域和範圍之外，寄寓於某項我們意想不到的實質物體（於這項實質物體帶給我們的感受）。這項物體我們能否在死前遇見，或根本遇不見，但憑偶然決定。

早在許多年前，關於貢布雷，凡不屬於我就寢前那場大戲和那情節的一切，對我皆已不復存在。某個冬日，回到家時，母親看我很冷，即使有違我的習慣，仍提議讓我喝一點茶。我起初拒絕了，但不知為什麼又改變了主意。她派人找來一塊叫做小瑪德蓮的那種胖胖短短的蛋糕，那似乎是用聖雅各大扇貝的貝殼當模子壓出了條紋。沒過多久，沒多做想，飽受鎮日的陰鬱濕冷及對明日的悲觀折磨，我舉起茶匙，將一小塊用茶湯浸軟的瑪德蓮送進嘴裡。就在那口混合著蛋糕碎塊的茶湯觸及上顎那瞬間，我全身一陣輕顫，全神貫注於出現在我身上的非比尋常現象。一股美妙快感全面襲來，讓我與世隔絕，我對其成因卻毫無頭緒。這股感受瞬間使我生命中的潮起潮落變得無所謂，使災厄無害，使生之短暫化為虛幻，一如戀愛的效用，使我全身充盈一份珍貴的精華：或者應該說，這精華並不在我身上，我即是那精華。我不再自覺平庸，無關緊要，不是個終將一死的凡人。如此強大、充沛的喜悅究竟從何而來？我覺得它與茶和蛋糕的滋味有關，但又遠遠超乎其上，性質應該不同。從何而來？意味著什麼？可從何處領略？我又喝了一口，覺得比起第一口毫無增色，第三口給我的感覺又比第二口還更少些。我該就此打住了，茶湯的效力似乎在逐漸消退。我追尋的真相顯然不在於它，而在於我。茶喚醒了真相，卻不認識它，只能模糊地依樣重現我不知如何詮釋的那份相同體悟，而且力道越來越弱。而我希望至少能夠，等過了一會兒之後，再次要求它出現，完好無缺，隨我所欲，得以明確釐清定案。我放下茶杯，回過神來。真相要靠神智去尋找。但怎麼找？嚴重的不確定感；當神智這個追尋者即為那該去尋找的陰暗國度，而在那裡，畢生累積的知識派不上任何用場，他總有力不從心之感。追尋？何止如此，堪稱創造。他面對的那事物尚不存在，且唯有他能實現，然後引入他的靈光之中。

我重新問起自己，這種陌生狀態可能是什麼？它並未帶來任何合乎邏輯的證據，但那明顯的喜悅至福之感、那真實之感當前，其他一切盡數煙消雲散。我試著想讓那感受重現。思緒將我拉回嚥下第一匙茶湯時。我要求神智更努力，將散逸流失的感受再次帶回。然後，為了不讓任何事物破壞神智即將試圖重新捕捉它的衝勁，我除卻所有障礙，所有奇怪的念頭，掩上耳朵，不讓注意力受隔壁房間傳來的噪音侵擾。但是，我感覺到神智逐漸疲乏，配合不上，於是反過來強迫它採行我原先拒絕的散漫放鬆，去想其他事情，在極端的最後一搏之前恢復元氣。然後，再一次，我清空心神，重新呈上那依然鮮明的第一口茶湯的滋味，感覺到內在有種什麼在輕顫，在移動，想往上竄，像是從極深之處拔錨而起的東西。我不知道那是什麼，但它緩緩上升。我感覺得到阻力，聽得見這段路程沿途的騷亂。

的確，如此在我心底搏跳著的應當是意象，視覺記憶，它連接到這股滋味後企圖繼續跟隨，一路追蹤到我身上。但那掙扎跳動的記憶太遙遠、太模糊了，若說我勉強瞥見難以捉摸的雜色漩渦攪混出的中性光澤，卻無法辨識其形體，無法宛如請求唯一可能勝任的譯者那樣，請求它為我翻譯出滋味，它那亦步亦趨的同伴，所見證之事；無法請求它告訴我，那究竟關乎哪種特殊狀況，是過去哪個時代的事。

是否終能浮升至我意識清楚的表層？這份回憶，舊逝的那一刻，被一模一樣的一個時刻從心底深處撩撥，觸動，翻掀，那麼遠地吸引過來？我不知道。現在我什麼也感覺不到，它停止了，也許又下沉了；誰知道它會不會再從它那漆黑深夜中升起？至少十次，我不斷重新開始朝它探詢。每一次，帶我們繞過所有困難的任務、所有重要工作的軟弱不堅總是勸我放棄，要我繼續喝茶，只要想著今日的煩惱，想著明日的渴望，想著那些讓人能毫無負擔地反覆思索的事。

突然間，那回憶浮現在我腦海。這股滋味是在貢布雷的那個星期天早晨（因為在星期天那天，去望彌撒之前我不出門），當我去雷歐妮姨媽的房間向她道早安時，她請我吃的那一小塊瑪德蓮蛋糕，她先放進了她的紅茶或椴花茶裡沾濕一下。在嚐到味道之前，見到小瑪德蓮蛋糕並未令我想起任何事。或許是因為在那次經驗之後，即使沒吃，我也常在糕點舖的托盤上見到它，它的形象已脫離貢布雷那段歲月，連結到其他較近期的時光；或許因為，這些棄置於記憶之外如此之久的回憶，沒有任何殘存，一切都已分崩離析；舉凡形體——也包括那貝殼狀小糕點，在那樸素又虔誠的褶紋之下，顯得那麼豐腴誘人[54]——皆遭廢除，或者，沉睡不醒，失去擴張的力量，難以連結意識。但是，當生靈死去後，事物毀壞後，一段舊日過往留不下任何東西，唯有更微弱卻也更猛烈，更不具象，更持久，更忠實的氣味與滋味得以長久留存，如同幽魂，徘徊所有殘骸廢墟之上，回想、等待、期望，在它們難以捉摸的微小粒子上，不屈不撓地，扛起遼闊無邊的回憶宮殿。

一認出姨媽給我的那浸過椴花茶的瑪德蓮滋味（雖然彼時我還不知道這段回憶為何令我如此快樂，而且遲至許久之後才發現其原因），她房間所在的那幢路旁灰色老房子立即如同劇場布景般浮現，就搭在面對花園的小樓後方，小樓原是為了我父母而在房子尾端加蓋的（在此之前，我腦海中曾再見到的唯有那個截面）；隨之而來的還有大宅，城鎮，午餐前他們送我過去的那座廣場，從早到晚無論晴雨我都會去買東西的那些街道，若是天氣風和日麗我就會走的那幾條路。這好比日本人那套遊戲：他們在一個盛滿水的瓷碗裡浸入原本看不出是什麼的小紙團，紙團一旦碰水就舒展開來，逐漸成型，染上顏色，各有不同形貌，或變成清晰可辨的花朵，房子，人物，一如所有正在我們家院子和斯萬先生家庭園裡綻放的那些花，還有維馮納河[55]的睡蓮，以及小村裡樸實的人們和他們的小住屋和教堂和貢布雷全鎮及其周遭區域，全都有了形狀與實體，連城帶著花園，這一切全從我的茶杯湧現而出。

54　瑪德蓮蛋糕的起源眾說紛紜。第一種說法是源自十八世紀洛林地區一位名叫瑪德蓮的女僕，以這道臨時以貝殼為模子烤出的簡單甜點，挽救了公爵的宴會。另一說則是在聖雅各朝聖之路上，曾有一位年輕女信徒瑪德蓮以這條路線的象徵物貝殼烘烤糕點，提供給辛苦的朝聖者充飢。此外，瑪德蓮一名源自聖經人物抹大拉的瑪利亞（Marie de Magdala，Marie Madeleine），她是第一個見證耶穌復活的人。但基督教傳統曾將她與其他拿香膏塗抹耶穌的女信徒混淆，進而視之為貪享肉體歡愉的象徵。

55　維馮納河（Vivonne）是普魯斯特虛構出的河流。現實中流經伊利耶—貢布雷的是洛瓦河（le Loir）。

二、

貢布雷，遠遠地，在方圓十里之外，當我們在復活節前的那星期過來時，從鐵路望去，整座城濃縮僅成一間教堂，遠遠地代表此城，述說此城，為此城發言；而在我們接近後，則宛如圈著綿羊的牧羊女，將脊背長著灰色羊毛的房屋聚集成群，用她高高的暗色長斗篷緊緊罩住，在曠野之中，抵擋大風；那些屋舍由一道中古世紀的城牆遺跡，這裡一段那裡一段地圍起，與早期尼德蘭畫派作品中的小城一樣連成完美的環狀。貢布雷住起來有點陰鬱，比如街道兩旁房屋是以當地所產的灰黑石塊建造，屋前有階梯，頂上的山牆遮出屋影，路上因而顯得陰暗，一旦日頭西斜，就得把「廳裡」的窗簾拉起；街道嚴肅地以聖人為名（其中好幾位與貢布雷建城之初的歷代領主有關）：聖伊萊爾街、姨媽家所在的聖雅各街、花欄杆大門對著的聖伊德嘉爾德街，以及花園側邊小門所對的聖靈街；貢布雷這些街道存在於我記憶中如此隱僻之處，塗上的色彩與如今這世界對我披露的如此不同，以至於在我看來，這些色彩以及聳立其上、正對大廣場的教堂，其實盡數皆比魔幻燈的投影更不真實，以至於在某些時刻，我覺得，若還能穿越聖伊萊爾街，能在飛鳥街租一間房間——「中箭之鳥」那家老旅館，從地窖通風孔竄出一股廚房的氣味，偶爾還從我心底升起，依然那樣斷斷續續，熱氣蒸騰——比起和戈洛打交道，以及和潔妮維艾芙・德・布拉邦閒聊，這樣的想像力更是通往彼界神奇的超自然入口。

我們住在外公的表姊家——也就是我的姑婆——那位雷歐妮姨媽的母親。自從姨媽的先生歐克塔夫姨丈去世後，她便不肯離開；先是離不開貢布雷，然後離不開貢布雷的家，然後離不開她的房間，然後離不開她的床，再也不肯「下樓」，她總是躺臥著，陷入朦朧的悲傷、身體耗弱、病懨懨、想法偏執又信仰虔誠的狀態。她日常起居的寓所面朝聖雅各街，街底通向很遠之外的大草坪（對比城中心夾在三條街之間的綠地小草坪），而這條街，一成不變、灰暗、幾乎家家戶戶門前都有三階高高的砂岩階梯，有如一名擅長哥德式圖案的石匠在本可刻成聖嬰馬槽或耶穌受難像的石頭上鑿出了一條隘道。姨媽住的其實只有相鄰的兩個房間，她整個下午都待在其中一間，而當這間需要打開門窗透氣時，她便會去另外一間。就是那種外省常見的房間——一如有些地區，空氣或海面徹底被肉眼不可見的無數原生生物照亮或薰香——用千百種氣味迷惑我們，散發出美德、智慧、習性，一整個氛圍懸浮不定、祕密、無形、豐盛有餘且保有傳統風俗的生活；當然，還有自然的氣味，以及光陰的色彩：類似附近鄉村的房間，但已充滿居家感，饒富人味且幽閉，一整年中的各種水果離開了林地，進駐櫥櫃，以其製成的極品果凍，工業生產，澄澈透明；依季節變換，但講究傢俱和住家內部，以熱麵包的舒適溫暖來調校雪白霜凍的冷冽刺骨；慵懶而精準，如一具鄉村老爺鐘，四處悠哉且有條不紊，無憂無慮又深具遠見；屬於被單，屬於早晨，虔誠，快樂，帶著一種平添焦慮感的靜謐和散文風格，對只是暫時經過、並未生活其中的過客來說，那可是一座詩意大寶庫。那裡的空氣飽含極致的寂靜，如此滋養，如此多汁，所以在朝它而去時我總是垂涎不已，尤其是復活節那週的頭幾個尚且寒冷的早晨，我更能盡情享用，因為我才剛抵達貢布雷：在進門向姨媽問安之前，他們要我在屋子第一個房間稍等；在那兒，陽光仍只是冬陽，它來到爐火前取暖。爐火已在兩塊磚之間點燃，將整個房間抹上一層炭黑的焦味，讓它變得像是鄉村那種大「烤爐架」，或是像城堡裡那種壁爐台，你窩在下方時會希望氣象宣告外面有雨、下雪，甚至釀成了一點水災，好為離群索居的舒適自在更添一股冬日詩意。我從小跪凳朝那幾張壓花天鵝絨沙發挪了幾步，每張椅背上仍各自掛著一只毛線鉤織的頭枕。熊熊爐火像是烤著麵團似地烤出可口的香氣，其中，房間的空氣酥酥脆脆，先前經過燦爛的晨陽與濕冷涼意作用「發酵」；爐火將這些香味層層擀薄，烤得金黃，折出百褶，使之膨脹，製作出一個肉眼雖看不見、但能實體感受到的外省鄉鎮風糕點，一個巨型的「香頌千層派」[1]，置身其中，一嘗到發自衣櫃、抽屜櫃和枝枒圖案的壁紙最酥脆、最細緻、最有名，卻也最辛澀的香氣之後，因為懷著暗暗的貪念，我總是又復返淪陷在花布床罩那中性、黏稠、平淡、難以消化，帶點果香的氣味裡。

隔壁房裡，我聽見姨媽低聲自言自語。她說話向來小聲，因為她相信自己腦子裡有東西破裂

1 Chausson 是一種半月形夾餡千層派，法文原義為室內拖鞋，因發明這種甜點的地區形狀相似而得名。

了，懸浮著，倘若說話太大聲，恐怕會使其位移。但儘管獨自一人，她也從來無法許久都不說點什麼，因為她相信說點話對她的喉嚨有益，而且在防止血液停滯的同時，也能讓她較不受胸悶和焦慮之苦。再說，活在完全麻木無感的世界裡，出現絲毫感受，她都看得異常重要，賦予那感受一種活動性[2]，這使得她難以獨自擁有，但又沒有值得信任的人可分享，於是她向自己宣告，說著沒完沒了的獨白，那是她唯一的活動。不幸的是，養成大聲思考的習慣後，她每每忘記要注意隔壁房間裡有沒有人，我常聽見她自言自語：「我得好好記得我沒睡覺。」（因為從來不睡覺是她天大的謊稱；為了保持對這一點的尊重，我們共同的用語也留有痕跡：早上，法蘭索瓦絲不是來「叫醒她」，而是「進到」她的住所；當姨媽想在大白天睡個午覺時，我們會說她想「思考」或「休息」；一旦聊到自己都忘記、脫口說出：『喚醒我的是……』，或者『我夢見……』，她就會臉紅，然後盡快改口）。

等了一會兒之後，我進房向她親吻問安，法蘭索瓦絲去為她泡茶；或者，如果姨媽那天覺得比較浮躁難安，就會請她改泡花草茶，而我則會被派去將所需要的乾椴花葉分量從草藥包倒進盤子裡，接著放入滾水中。椴花枝葉經水泡開，捲曲成一面變化多端的格網，淡色花朵從這面交纏的網中舒展開來，彷彿經過某位畫家的安排，擺放成最有裝飾價值的模樣。葉片，因為已失去原貌或變了樣，看起來無比散亂，有如一片透明的蒼蠅翅膀、一張標籤的白色背面、一片玫瑰花瓣，但已被折壓、碾碎或編織，有如打造一只鳥巢。上千個無用的細碎枝節——多虧藥房老闆迷人的揮霍大方，若是假貨，這些細碎枝節多半會在備製過程中除去——宛如在一本書中驚喜地讀到一個熟人姓名，賦予我十足的樂趣，讓我明白那是真正的椴樹枝葉，一如我在車站大街上看見的；枝葉之所以變了形狀，正因為它們不是贗品，而是真正的枝葉，只是老化罷了。每項新特徵都只是某項舊有特徵的變形。在灰色的小團裡，我認出了未能開花的綠苞；但更甚的是，溫柔、映著月色般的粉紅光采，讓花朵從易碎的枝葉叢林中凸顯出來。椴花吊掛枝頭，宛如一朵朵金色小玫瑰——如同映照在城牆上的微光還能揭示一面已被消抹的壁畫位置那般，那是訊息，指出了樹木各部位間的不同，有些已經「著上色」，有些還沒——告訴我，後來綴滿藥房的花草茶袋、薰香春天傍晚的正是這些花瓣。這如還願燭火焰的玫瑰粉依舊是它們本有的原色，但已褪去一半，凋謝，成了如今這副萎縮的生命，一如花之遲暮。不久後，姨媽便能在她品嘗枯葉或凋花滋味的滾燙茶湯中浸入瑪德蓮，等泡得夠軟後，遞一小塊給我。

她的床邊擺有一座檸檬木製的黃色大抽屜櫃，以及一張桌板，既像藥房櫃檯又可充當主祭壇，上面擺了一小尊聖母雕像和一瓶薇姿礦泉水，還有彌撒用的經書和醫囑藥方，讓她臥病在床時也能按時上主日課，並按處方控制飲食所需的一切，這樣既不會錯過服用胃蛋白酶的時間，也不會漏了晚禱。床的另一側沿著窗，街景皆在她眼下。為了排遣無聊，她像個波斯王子似地，從

2 活動性（motilité），又稱運動性或移動性，生物學術語，意指能自發且獨立地移動。

早到晚閱覽著貢布雷街上每天發生、卻遙遠得無法追憶的地方日誌，跟法蘭索瓦絲一起評論。

相處不到五分鐘，姨媽便打發我離開，怕我勞累了她。她將她那蒼白又愁慘的額頭湊近我唇邊；在早晨這個時刻，她還沒戴上假髮，椎骨穿出髮絲，宛如荊棘冠上的尖刺，又像念珠上的鍊珠。她對我說：「好了，可憐的孩子，走吧，快去準備望彌撒；你下樓後要是遇見法蘭索瓦絲，告訴她別跟你們消磨太久，叫她盡快上樓來看看我有沒有什麼需求。」

的確，法蘭索瓦絲，多年來一直伺候著她，那時沒想到自己有朝一日會完全來我們家幫傭。當年，我們在貢布雷那幾個月，她會稍微拋下姨媽。童年時期，在我固定去貢布雷以前，雷歐妮姨媽冬天還常來巴黎住她母親家。那時，我可說根本不認識法蘭索瓦絲，所以，一月一日那天，在去姑婆家之前，母親放了一枚五法郎硬幣在我手裡，對我說：「千萬別認錯人。等聽到我說：『日安，法蘭索瓦絲』才能給她。說的同時，我也會輕輕碰一下你的手臂。」我們才剛踏進姨媽家陰暗的候客室，就瞥見在幽暗中，在一頂亮眼、直挺、又彷彿糖絲般易碎的皺褶綁帶帽下，一抹提前表示感謝的微笑有如一圈圈同心圓渦流在蕩漾著。是法蘭索瓦絲，靜止不動，站在走道小門的門框中，宛如神龕裡的一尊聖人雕像。等到稍微習慣這種小教堂式的幽暗後，拿到新年紅包的希望在她心中最善良的一隅激發出的對人類無私的愛，以及對上流階層的柔軟敬意，皆逐漸能從她臉上辨識出來。媽媽用力掐了一下我的胳臂，大聲說：「日安，法蘭索瓦絲。」聽到這個信號，我的手指張了開來，硬幣掉落，而過來接住硬幣的那隻手慌亂失措，但伸得又直又長。不過，自從我們常去貢布雷之後，我認識的人當中就屬法蘭索瓦絲最好了。她特別偏愛我們，至少在最初那幾年，她對我們的態度就跟對姨媽一樣重視，甚至還更積極，因為我們除了具有家族成員的榮譽資格（對於血脈在一個家族各成員之間造成的那種無形羈絆，她抱持著對希臘悲劇一般的尊敬），有別於她平日服侍的主人們之外，還多了一股魅力。而且，我們抵達那天，她在迎接我們的時候是多麼歡喜啊！當媽媽問起她女兒和侄兒們的消息，問她孫子乖不乖，打算讓他做什麼，長得跟他外婆像不像時，她嘴裡則抱怨著天氣怎麼還不轉好。那是復活節前夕，通常刮著刺骨寒風。

當眾人皆已散去，媽媽知道法蘭索瓦絲仍在為已作古多年的父母哭泣，便溫柔地跟她聊聊他們，詳細地問起他們在世時的千百樣大小事。

她早已猜到法蘭索瓦絲不喜歡女婿，因為他破壞了她和女兒相處的樂趣，而且只要有他在場，她就沒辦法暢所欲言。此外，當法蘭索瓦絲要去離貢布雷幾里路外探望他們時，媽媽笑著對她說：「法蘭索瓦絲，朱里安要是得缺席，而您可以整天獨占瑪格麗特，您會覺得遺憾。不過，您也只好接受了，對吧？」而法蘭索瓦絲也笑著說：「夫人什麼都知道；大人比他們為歐克塔夫夫人弄來的X光還可怕（她裝模作樣地把X這個音發得很困難，帶著自嘲的笑容，笑無知的自己使用這個專業字眼），那可以看出您心裡有什麼。」說完便不見蹤影，因受人家的特意照顧而難為情，或許也是因為不想讓人見到她掉淚。媽媽是第一個給她這份溫柔感受的人，讓她覺得，她的人生、幸福、一個鄉下婦女的憂傷竟然也有其價值，成為除了她自己之外、另一個人喜悅或悲傷的動機。姨媽願意在我們住在貢布雷的期間稍微讓出法蘭索瓦絲，因為她知道我的母親對這位女僕的服務有多讚賞：她如此聰巧積極，一大早五點鐘，戴著那頂管狀褶襇亮眼又堅挺，看似素瓷製成的綁帶帽在廚房操忙時，就跟去望大彌撒時一樣漂亮。她什麼事都辦得妥善穩當，做牛做馬，任勞任怨，但又無聲無息，看起來不費吹灰之力，當媽媽要杯熱水或黑咖啡時，姨媽的所有女僕當中，唯有她會真的熱騰騰地端上來。她屬於那種外人在一戶人家初次接觸時會最討厭的侍僕。也許是因為這類僕人不願費心去征服來客，對人不殷勤，他們很清楚自己對客人毫無可求，主人寧可不再接待這位賓客，也不會開除他們，而且因為體驗過他們真材實料的本事，反而對他們最是仰賴，不會在意他們表面上要客套地唯唯諾諾地與訪客閒聊，給來客好印象，雖說那閒聊底下通常藏著一顆無可教化的空洞腦袋。

法蘭索瓦絲悉心留意，確定爸媽已享有一切所需之後，這才上樓到姨媽的居所，把她的胃蛋白酶給她，問她午餐想吃什麼；她也很難得不需應姨媽要求，對某件重要大事提出自己的看法或解釋：

「法蘭索瓦絲，您猜怎麼了？古畢爾夫人去找她妹妹，竟然晚了超過一刻鐘才出門，萬一這路上有什麼事再耽擱一下，她要是在舉揚聖體聖血儀式過後才到，我也不訝異。」

「欸！是沒什麼好驚訝的。」法蘭索瓦絲回應。

「法蘭索瓦絲，要是您早個五分鐘上來，就會看見恩貝爾夫人路過。她提著的蘆筍比一般的還粗上兩倍，跟卡洛老媽家的一樣；快去跟她的女僕打聽打聽，看是從哪裡得到的。既然您今年每道湯品裡都加了蘆筍，也早該弄些那個品種的來款待我們的旅人。」

「沒什麼好驚訝的，那些蘆筍應該是從本堂神父先生那裡弄來的。」法蘭索瓦絲說。

「啊！我是很願意相信您啦，我可憐的法蘭索瓦絲。」姨媽聳聳肩回應。「本堂神父先生！您很清楚，他只種得出又小又醜又不起眼的蘆筍，我告訴您的那些可是粗得跟胳臂一樣。不是您的胳臂，當然，而是像我這樣瘦巴巴的手臂，它們今年又細了不少。」

「法蘭索瓦絲，您沒聽見那陣教堂鐘響嗎？我的頭都快裂了！」

「沒有，歐克塔夫夫人。」

「啊！可憐的女孩，您的腦袋一定結實得很，可以感謝仁慈的上帝。是瑪格隆娜來找皮佩侯醫師。他立刻跟著她出去了，兩人彎進了飛鳥街。應該是有孩子病了。」

「啊！那裡，我的上帝！」法蘭索瓦絲嘆了口氣。聽到人家談起陌生人的不幸遭遇時，儘管發生在遙遠的某處，她也無法不以哀嘆開場。

「法蘭索瓦絲，這喪鐘究竟是為誰敲響？啊！我的上帝，大概是魯梭大人，我這才想起她那天晚上才過世。啊！仁慈的上帝召喚我的時候到了，都不知道我可憐的歐克塔夫過世之後，我這腦袋是怎麼回事。話說，我這是在浪費您的時間，好女孩。」

「才沒有，歐克塔夫夫人，我的時間沒那麼寶貴。造出時間的那位可沒把它賣給我們。我只是要去看看我的火有沒有熄掉。」

像這樣，在這場晨間劇中，法蘭索瓦絲與我姨媽一起欣賞當天最先上演的事件。但這些事件有時會染上某種極其神祕、沉重的特質，使得姨媽等不及法蘭索瓦絲上樓，四聲響亮的鈴聲於是在滿屋子迴盪。

「可是，歐克塔夫夫人，服用胃蛋白酶的時間還沒到呢！」法蘭索瓦絲說，「您哪裡不舒服嗎？」

「沒有，法蘭索瓦絲。」姨媽說，「還是這麼說吧！有的。您也知道，我現在難得沒有不舒服的時刻。哪天啊，我會跟魯梭夫人一樣，還來不及認清自己在哪裡就過去了。不過，我按鈴不是為了這個。您相不相信？我剛剛就像清清楚楚看見您一樣、看到古畢爾夫人帶著一個我完全不認識的小女孩。所以您快去卡穆家買兩塊錢鹽巴。岱歐多不告訴您她是誰才怪！」

「話說，那應該是卜潘先生的女兒。」法蘭索瓦絲說。她一早已經去過卡穆家兩次，此時寧可立刻做個說明就好。

「卜潘先生的女兒！噢！我是很願意相信您啦，我可憐的法蘭索瓦絲！那麼我會認不出她嗎？」

「我說的不是大女兒，歐克塔夫夫人。我說的是小女兒，在茹伊住校。我今天早上好像就看見她了。」

「啊！這倒還說得過去，」姨媽說，「她應該是來過節的。就是這樣！不必傷腦筋了，她就是來過節的。那麼我們等會兒應該可以看到薩扎哈夫人來按她姊姊家的門鈴，準備共進午餐。包準沒錯！我看見賈洛班家的男孩拿著一個派經過。看著吧，那個派是要送去古畢爾家的。」

「只要古畢爾夫人一有訪客，歐克塔夫夫人，您沒多久就會看到她所有的親友進門去午餐，因為現在時間也慢慢不早了。」法蘭索瓦絲急著下樓去準備午餐，並不懊惱拋下姨媽自己去迎接這即將發生的消遣。

「噢！起碼要等到中午。」姨媽認命地回應，邊朝掛鐘望了一眼，眼中有一絲擔憂，但一閃而逝，以免讓人知道，早已放棄一切的她對得知古畢爾夫人要辦午餐餐宴興致卻這麼高昂，而且很可惜還得再苦苦等上一個多小時。「何況這還撞上我的用餐時間！」她低聲喃喃自語。她的午餐自成一種消遣，她不希望同時還有第二種出現。「至少您不會忘記把鮮奶油焗烤蛋裝在淺盤裡給我吧？」只有淺盤才有主題故事的彩繪，姨媽喜歡在每一餐仔細端詳當天送上來的盤上傳說。她戴上眼鏡，一面解讀阿里巴巴與四十大盜、阿拉丁神燈，一面笑著說：「很好，很好。」

「要我去卡穆家一趟也可以……」法蘭索瓦絲這麼說，明知姨媽不會再派她去跑腿。

「不用了，不必特地麻煩了，那一定就是卜潘小姐。我可憐的法蘭索瓦絲，抱歉讓您上樓來白跑一趟。」

其實姨媽很清楚，她按鈴喚法蘭索瓦絲上來並非全然無用。畢竟，在貢布雷，一個「完全不認識的人」就相當於神話中的神，令人難以相信其存在；而且由於人們不記得，這類驚異的顯像每每出現在聖靈街或廣場上時，種種嚴密的調查最終都會降低傳聞之人的奇幻性，說來者是「一個有人認識的人」，或本人親自認識、或抽象籠統的認識，因為知道這人的公民身分與某些貢布雷居民有某種等級的親戚關係。是索頓夫人的兒子退伍回來了；是佩德羅神父的姪女出了修道院；是本堂神父的兄弟；是夏托丹來的稅務官，剛退休，來這裡過節。瞥見他們那瞬間，心想在貢布雷若出現大家完全不認識的人，只是因為我們當下沒認出他們，或是沒有能立刻認出他們的身分。然而，早在很久以前，索頓夫人和本堂神父就已提前知會，說他們很期待他們的「旅客」到訪。晚上，回家上樓後，我將我們散步的情況描述給姨媽聽，要是我不小心告訴她，我們在舊橋附近遇見一個外公不認識的男人，「一個外公完全不認識的男人！」她總會大聲嚷嚷，「啊！我是很願意相信你啦！」但這個消息有點令她動搖，她想確認好讓自己安心，於是把我外公喚來。「所以，表舅，您在舊橋那裡遇見的到底是誰？一個您完全不認識的人？」

「倒也不是，」外公回答，「他是普羅斯伯，布伊博夫夫人家園丁的弟弟。」

「啊！這樣啊。」姨媽終於平靜下來，有點臉紅，帶著嘲諷的微笑聳聳肩，補上一句：「因為他告訴我，說您遇見一個您完全不認識的人！」而後他們就建議我下次說話要更謹慎，別再不經思考，以免像這樣讓姨媽心神不寧。在貢布雷，無論人畜，大家彼此如此熟識，以至於我姨媽偶然見到一隻「她完全不認識的」狗經過時，也會掛心不已，將她感應推理的才華和空閒的時光耗在這難以理解的事情上。

「那應該是薩扎哈夫人的狗。」法蘭索瓦絲說。她其實也不確定，只是想安撫姨媽，讓她不要「想破了頭」。

「說得好像我不認識薩扎哈夫人的狗！」姨媽回嗆；她的批判精神不容事情就這麼輕易放過。

「啊！那麼應該是賈洛班先生從利雪鎮新帶回來的狗才對。」

「啊！這倒還說得過去。」

「聽說是隻乖巧聽話的狗，」法蘭索瓦絲又補上一句，這是她從岱歐多那兒打聽到的消息，「很有靈性，簡直跟人沒兩樣，脾氣好，又親人，還有那麼一點優雅。難得這麼一隻小畜牲就這麼會獻殷勤。歐克塔夫夫人，我得先告退了。我沒時間找樂子，就快十點了，我的爐子還沒生火，而且還有一堆蘆筍等著我削皮。」

「怎麼著？法蘭索瓦絲，又是蘆筍?!您今年真是得了蘆筍病，這樣會讓我們巴黎來的客人吃膩的！」

「才不呢，歐克塔夫夫人，他們很愛吃這個。他們從教堂回來之後就會胃口大開，您看就知道了，他們可沒有吃得不甘不願。」

「不過，說到教堂，他們應該已經進到教堂裡了；您別再浪費時間，快去照料您的午餐吧！」

在姨媽這麼跟法蘭索瓦絲閒聊之際，我正陪著爸媽在望彌撒。我們的教堂，我多麼喜歡、多麼歷歷在目啊！我們從它古老的拱門進入，那拱門，黑黑烏烏，像把漏勺似的滿目瘡痍，牆角歪斜，深深凹陷（進門後通往的聖水池亦然），彷彿多少世紀以來村婦們走入教堂，身上的長袍和掬起聖水的羞怯手指反覆輕撫，竟也積累出一股破壞的力量，折彎了石頭，鑿出了溝痕，一如馬車車輪日復一日顛簸碰撞，在里程碑上留下的輪跡。教堂那些墓碑石板下方埋著貢布雷歷任神父化成的高貴塵土，詩班席的地磚因而彷若有了靈性。墓碑材質不再冷硬且了無生氣，已因歷經歲月而軟化，如花蜜一般淌出碑石邊緣，一股淡淡的金黃溢過方形界線，在此迤邐漫流成一個綴花哥德大寫字體，淹沒大理石上的白色紫羅蘭；超出之後，到了別處，這股流動被重新吸收，簡略成拉丁文縮寫石刻，為短略的字體排列增添了一份隨意任性，使得一個字中的兩個字母靠得太近，其他字母更早已膨脹變形。教堂的彩繪玻璃在陽光不太露臉的日子特別繽紛閃耀；因此，若是外面天色灰暗，教堂裡必然明媚燦爛。其中一扇花窗整幅玻璃只畫滿一個人物，像撲克牌中的國王。在牆面結構雕出的窗遮下，他高高在上，活在天地之間（而在這扇窗投映出的藍色斜光中——週間偶有幾日，正午時分，沒有彌撒祭禮，教堂難得通風、空曠，更顯平易近人；陽光灑落在它貴重的桌椅擺設上更顯華麗，好似一所有著石雕大廳和彩繪玻璃的中世紀風格旅館，看起來幾乎可供人居住——只見薩扎哈夫人來靜跪了一會兒，一包以細繩嚴密綁好的東西就放在鄰座的跪禱椅上；那是她剛從教堂對面的糕餅舖買來要帶回家當午餐的鹹酥烤點）。另一扇花窗裡則有一座粉紅色的雪山，一場戰鬥正在山腳下進行。雪山彷彿在玻璃上凝出了寒霜，混濁的冰霰使它顯得膨脹，就像一面櫥窗殘留著幾片雪花，閃耀著幾許曙光（想必正是那朝霞染紅了祭壇後方的屏飾，那色調如此清新，倒像是被戶外一抹隨時會消逝的微光暫時抹上，而非恆久以來依附在石頭上的顏色）。那片片雪花皆古老無比，以至於這裡一點、那裡一點，處處可見它們的銀白晚年閃爍多少世紀以來的塵埃，直至一絲一線，顯現柔美的玻璃掛毯耀眼又陳舊的織錦。其中一格位於高處，分切成上百片長方形小玻璃，以藍色為主調，有如一張大撲克牌，類似能供國王查理六世消遣一番的那種。不過，若不是一道光線的照耀，那就是我的目光在移轉時穿透了忽明忽滅的玻璃，隨處引燃一場飄移不定的豔火；下一瞬間，彩繪花窗已染上孔雀尾羽般多變的斑斕輝彩，然後顫動，波盪，幻化成一面耀眼如燄，而且神奇夢幻的雨幕，從陰暗的岩石拱頂沿著潮濕的壁面滴下，彷彿中殿裡有一個洞穴，蜿蜒嶙峋的鐘乳石群散發七色彩光；爸媽帶著祈禱書，我跟著他們的腳步，穿梭其中。下一個瞬間，小小的菱形彩繪玻璃片變得透明澄澈，如排列在某種巨大胸飾上的藍寶石般堅硬，牢不可破；但感覺得到，在這些玻璃背後，比這一切富麗堂皇更令人喜愛的，是陽光稍縱即逝的笑顏。無論在浸浴著珠玉寶石那湛藍而輕柔的波光中，廣場的石板路或市集裡的麥稈上，都能認出那閃現微笑的日光；而且，它甚至在我們於復活節前來到貢布雷後的頭幾個星期日，大地猶然荒蕪漆黑之際，撫慰我心，宛如歷史上的某個春天，聖路易後繼者的時代，令這片金黃燦爛的勿忘草玻璃花毯盛綻。

兩幅高掛的經紗壁毯上呈現的是以斯帖的加冕[3]（亞哈蘇埃魯依傳統被賦予了某個法國國王的特徵，以斯帖則像是他愛上的某個蓋爾芒特家族仕女），逐漸褪淡的顏色反倒增添了一種表情，一份立體感，一層亮度：以斯帖的唇上泛著一點粉紅，溢出輪廓線條；她那襲裙袍上的黃色鋪展得如此濃稠、如此油亮，以至於有了具體的存在感，猛然從壓抑的氣氛中凸顯出來；樹木的綠意依然在這絲線與羊毛線織毯的低處蓬勃盎然，但在高處已經「褪去」，顏色變淡的地方清楚凸顯；深色樹幹上方，發黃的高枝金澄澄的，彷彿被看不見的斜陽照射硬生生消抹了一半。這一切，再加上輾轉傳至教堂的一些大人物的珍品，來自對我而言幾乎堪稱傳奇的人物（那只黃金十字架，據說是聖安利[4]所打造，由達戈貝爾特國王[5]獻給教堂；日耳曼人路易[6]子嗣的墳墓，以斑岩和銅彩釉為素材），讓我們在教堂裡往前尋找席位時，就宛如一個農夫置身一座許多仙子曾經造訪的山谷，眼見一塊岩石、一棵樹、一片池沼，處處皆留有祂們超自然的行跡，因而驚異欣喜。這一切使得教堂在我心目中的地位與城鎮他處完全不同：這幢建築，若可以這麼說的話，占據了一個四度空間——第四個維度即為時間——穿梭各世紀，一個區塊一個區塊地，一個禮拜堂一個禮拜堂地，展現其廳堂主體，它征服、穿越的似乎並非僅僅幾公尺，而是一個又一個連接不斷的時代，而它威風凜凜地從中殺出陣，將粗魯野蠻的十一世紀吞進厚實的牆壁裡，只在拱門附近從鐘樓樓梯那道深深的裂口，露出那個年代被粗礫石塞滿、遮蔽的沉重拱架；即使那個部分也被擋住：為了不讓外人找到，一排排優雅的哥德式拱廊就像一群大姊姊，風情萬種地挨擠在前，滿面笑容地卡在一個粗俗、暴躁、穿著土氣的小弟前面，讓那曾經凝視過聖路易、而且彷彿仍看得見他的尖塔高聳入雲，傲踞廣場上空，地下聖壇則沒入墨洛溫王朝的幽幽古夜。岱歐多和他妹妹持著一根蠟燭，引領我們在陰暗、宛如一隻巨大石蝙蝠滿布粗壯翅脈的膜翅的拱頂下摸索蹀步，為我們照亮西吉貝爾特[7]孫女的墳墓。墳墓上，一道深深的裂瓣——像是化石的遺跡——據說是「一盞水晶燈砸鑿出的痕跡。法蘭克公主遭謀殺的當晚，原本掛在當今半圓形後殿的吊燈從金鏈上脫落，但水晶卻沒砸碎，火苗也未熄滅，而是直接撞進了石塊當中，就連堅石也只得軟弱低頭。」

貢布雷教堂的半圓形後殿，真的值得一提嗎？它是那麼粗樸，那麼缺乏藝術美感，甚至引不起宗教上的激情。從外面看去，由於對面的十字路地勢較低，教堂粗獷的牆面因此由一層地基墊

3 據聖經《以斯帖記》記載，猶太人出身的以斯帖（Esther）是波斯國王亞哈蘇埃魯（Assuérus）在廢黜舊后之後另立的王后。她擋下大臣提議的猶太滅種計畫，留下日後猶太人在普珥節（Pourim）紀念她的傳統。

4 聖安利（Saint Eloi, 588-660），金銀匠的主保聖人。

5 達戈貝爾特一世（Dagobert I, 602-639），法蘭克王國墨洛溫王朝國王。

6 日耳曼人路易（Louis le Germanique, 804-876），查理曼大帝之孫，去世後得到日耳曼尼庫斯（Germanicus）頭銜，以代表他統治過曾為羅馬帝國的大日耳曼尼亞地區，反映加洛林王朝認為他是羅馬帝國合法後裔的主張。

7 西吉貝爾特一世（Sigebert I, 561-575），墨洛溫王朝的法蘭克國王。

高，礫石地基表面無一處平滑，滿是尖銳的小石子，高牆也嗅不出絲毫特殊的教堂氣息，感覺上玻璃窗洞又開得過高，整個牆面看起來不似教堂，反而更像一所監獄。當然，爾後當我回想起此生見過的所有宏偉半圓形後殿，從來不曾想到拿它們與貢布雷的相比。只是，有那麼一天，在外省一條小路的轉彎處，我瞥見正對著三條小路交錯的路口，一面斑駁的牆墊高聳立，玻璃窗口高高在上，外觀就跟貢布雷的後殿一樣不勻稱。那時，不比在沙特爾或漢斯[8]那樣，我沒有思索宗教感究竟是透過何種力量傳達出來，卻情不自禁地脫口喊出：「是教堂！」

教堂！親如家人，它在北門所在的聖伊萊爾街上與兩棟樓比鄰：哈邦先生的藥舖和洛瓦佐夫人家，緊緊相連，毫不分離。若是貢布雷的街道編有門牌，這位單純的居民應能在這條街上取得一個屬於它的號碼，郵差早上派信時，在去洛瓦佐夫人家之前和從哈邦先生家出來之後，似乎應該在此駐足才對。然而，在這教堂和所有非這教堂的一切之間有一條分界線，我的思緒從來無法穿越。儘管洛瓦佐夫人家的窗台上有吊鐘花又如何？這些植物習慣不佳，垂頭任由枝葉四處亂竄，花朵卻不慌不忙地靜待長到夠大之後，將通紅艷紫的臉頰倚上教堂陰暗的牆面舒爽鎮涼；在我心目中，吊鐘花也不至於因而神聖不可侵；在花朵與她倚靠的發黑石頭之間，就算我的雙眼察覺不出一縫間隙，神智卻早已在那兒預留出一道鴻溝。

聖伊萊爾教堂的鐘樓遠遠即能辨識，它令人難忘的身影就標刻在貢布雷尚未顯現的地平線上。復活節那週，從載著我們由巴黎前來的火車上，父親瞥見它輪番劃過天空中一條條雲埂，塔頂的小風信雞四面八方轉動，便對我們說：「來吧，收起毯子，我們到了。」貢布雷附近，在我們幾條範圍較大的散步路線上，狹窄的道路會在某地豁然開朗，通向一片遼闊平原，遠方的盡頭處零星散布的森林上方，僅見聖伊萊爾教堂露出鐘樓細長的尖頂，但它如此細小、如此粉紅，倒像是指甲在天空中刮出的一道痕跡，想為這幅風景，這幅純粹天然景緻的畫面，添上這麼一個小小的藝術記號，獨一無二的人為標記。走近後，會發現方塔已毀損了大半，剩餘的塔身沒那麼高，就殘存在它旁邊，塔身石塊偏紅又暗沉的色調特別令人一驚；若是在秋日多霧的早晨看去，簡直就像遍地怒紫的葡萄園上聳立著一座幾近五葉地錦般艷紅的廢墟。

回程時，到了廣場，外婆常要我停下來看看它。教堂塔上的窗戶兩兩一組向上堆疊，距離恰當，而且別具一格，如此凸顯美麗與尊貴的比例，通常只適用於人類的面容。這些窗戶，每隔一段固定時間便釋放出一群群渡鴉，任憑其飛落，盤旋噪啼，就好像原本似乎沒看見牠們、任牠們嬉戲的古老石頭突然變得不可棲居，釋放出一種騷動不已的成分，打擊牠們，排拒牠們。接著，在紫絲絨般的暗晚中，群鴉朝四面八方飛射出筆直的線條，隨即猛然恢復平靜，復又被再度化凶為吉的方塔吞沒，三三兩兩地錯落停棲，看似靜止不動，其實或許正在獵捕什麼蟲子，棲立在鐘樓尖塔頂端，宛如立在浪巔的海鷗，秉持著釣者沉靜不移的定性。我不太知道為什麼，外婆總覺

8　漢斯（Reims），法國東北部大城，藝術文化與歷史資產豐富。史上曾有三十一位法蘭西國王在當地的主教座堂加冕。

得聖伊萊爾教堂的鐘樓不見流俗、矯飾、小家子氣，這令她喜愛，而且相信未經像姑婆的園丁那樣的人類之手貶抑之前，大自然與天才的創作皆富含對人有益的影響。而且幾乎毋庸置疑地，我們所見的教堂各部分，由於某種滲透當中的思想，因而得以與其他建築種類清楚區別；然而讓教堂有了自我意識、確信其存在獨立且負有重任的，其實似乎是鐘樓。鐘樓為教堂代言。我尤其相信、但不解為什麼的，是外婆在貢布雷的鐘樓找到了她認為這世上最珍貴的價值，那就是自然純樸的氣質以及卓越非凡的氣質。她對建築一竅不通，常說：「孩子啊，您們想嘲笑我就笑吧！或許按照標準它看起來並不美，但那奇怪、古老的形狀就是討我喜歡。我確定，這教堂要是會彈琴，彈得絕對不會枯燥死板。」而且，當她注視著鐘樓，順沿兩側宛如祈禱合掌的雙手般逐漸往上湊近的石簷望去，平緩上揚而後驟然陡斜，她與塔尖宣瀉出的情感是那麼契合為一，目光彷彿也隨之射出，同時，對那些陳舊、磨蝕的古老石頭親切地笑著；鐘塔進入日照範圍後，夕陽只照得到簷脊，餘暉之下顯得柔和，好像剎時升到了更高、更遠的地方，有如一首歌謠，用「頭腔共鳴」的高八度音再唱一次。

每個小時，從城裡所有視角，聖伊萊爾的鐘樓為各行各業提供了身分地位，加冕，祝聖禮。從我的房間只能瞥見它被灰藍屋瓦覆蓋的主體；但若遇上夏天暖熱的週日早晨，它在我眼中則彷彿全蝕的黑日一般閃耀如火。我心裡想：「天啊！都九點了！要是想在去望大彌撒之前有充裕的時間去擁抱雷歐妮姨媽，我就得開始準備了。」而且我確切知道廣場上的日光是什麼顏色，見識過市集上的熱氣與塵土，店家遮陽棚下的涼蔭，媽媽也許會在彌撒前先進那店裡逛逛，在胚布的氣味中，買幾條店老闆昂首挺胸展示給她看的手帕；正準備關門的老闆剛到店後面套上禮拜天上教堂穿的正裝外套，用肥皂洗了手；那是他的習慣，每五分鐘洗一次，即使在最傷感的情況下，也不忘帶著一副拘謹腼腆、縱情恣意、功成名就的表情搓揉雙手。

彌撒結束後，我們走進岱歐多的店裡，請他取來一個比平常大些的布里歐麵包，因為我們的表親趁著天氣好，要從提貝爾吉過來一起午餐；此時，面前的鐘樓烤得金黃熱透，就像一個更巨大、受過祝聖的布里歐麵包，黏稠的陽光滴灑在它表面，如鱗片狀層層流下，樓塔尖頂則刺進蔚藍的天空。傍晚，散步後的回程路上，當我惦念著等會兒就得跟母親道晚安，然後就見不到她時，相反地，長日將盡之際的鐘樓顯得那般柔和，看起來就彷彿一顆棕色的天鵝絨抱枕，沉甸甸地擺在天上；蒼淡的天空稍稍被壓陷，只得讓出一點位子，退至邊緣。盤旋樓塔周圍的鳥兒不時噪啼，似乎更顯得鐘聲靜默，將塔尖拉拔得更高，賦予了它某種不可言喻的特質。

同樣地，去教堂後方的購物區採買時，看不見教堂本體建築，而比起一下子這裡、一下子那裡地從房舍屋瓦中竄出的鐘樓，這兒的一切顯得井然有序；當鐘樓像這樣不搭著教堂獨自出現，或許還更令人感動。當然，用這種方式來看，比它更美的鐘樓必然不在少數，我的記憶裡也有多幅樓塔聳立於一片屋頂之上的畫面，相較於貢布雷街道構成的乏味街景，它們另有一番藝術特質。我永遠不會忘記鄰近巴爾別克的某個奇特的諾曼第城市裡，那兩座迷人的十八世紀旅館；對我而言，它們在許多方面既珍貴又可敬，在它們之間，從迎賓梯往下朝河岸方向的美麗花園望去，一座被它們遮住的教堂的哥德式尖塔直衝雲霄，看似與兩家旅館比鄰相連，進而高出了它們的門牆，但那建材如此不同，如此貴重、處處環柱、粉紅、光鮮亮麗，可以清楚看出教堂並不屬於那整體，只是被夾在兩顆一模一樣的漂亮鵝卵石之間，困在沙灘上；那塔尖紅得發紫，小塔的城垛則用紡錘形的貝殼砌成了雉堞狀，塗上琺瑯彩釉。同樣地，在巴黎，某個最醜的城區，我知道有一扇窗，從那兒，在第一層、第二層，甚至第三層景觀以外好幾條街的屋頂所堆疊出的遠景後方，能看見一座教堂鐘塔，紫色，偶爾偏紅，又偶爾，在大氣所沖洗出的最高貴「照片」中，呈現出一種黑灰分明，那正是聖奧古斯都教堂[9]圓頂上的鐘樓，為巴黎的景觀增添了些許唯有皮拉奈奇[10]的某幾幅羅馬景觀圖才具備的特質。不過，由於無論以何種品味展現，這樣的小版畫中，沒有任何一幅能讓我的記憶置入那早已失去許久的情感，亦即不將事物視為景物去旁觀，而是當成一個絕無僅有的人來相信；沒有任何一幅能徹底影響我生命深層之處，完全不及回憶中從教堂後方那些街道望去的貢布雷鐘樓。無論是在清晨五點去和相隔幾間屋子、位於左手邊的郵局取信時，見它突然從眾家屋頂構成的稜線上的一座孤峰升起；或者，相反地，誰想進薩扎哈夫人家向她問安時，知道該在經過鐘樓後的第二條街轉彎，視線會隨著那線條在它的另一面向下，然後變低；又或者，再遠一點，若是去車站，從斜角望去，看見它從側面展現新的背脊和表面，宛如它的變革歷史中出現某個未知時刻那樣的一記扎實驚喜；再或者，從維馮納河畔看去，由於角度的關係，筋肉盤結的半圓形後殿顯得高大魁梧，鐘樓那股將塔尖射入天空正中心的力道似乎噴湧而出：永遠要回到它身上，永遠是它主掌一切。一座哥德式尖頂出其不意地竄出來，傲視樓房屋群，聳立在我面前，彷彿上帝的一根手指，祂的軀體或許就藏在人群之中，但我不會因而混淆。直到今日，在某座外省大城或是我不熟的巴黎某一區，若是有路人在某條我必須走的小街街角，抓起他小瓜帽[11]的帽尖，將我「導入正途」，將幾個參考點指給我看：遠遠地，那是某家醫院的鐘樓，某間修道院的鐘塔，我的記憶會立即暗暗覺得他跟那張已逝的親愛臉龐竟有幾分相似；那名路人，倘若他又轉身確定我沒有迷路，可能會驚訝地發現我忘了正在散步的路線，或得進行的採買，竟待在原地，對著鐘樓，幾個小時不動，試著喚起回憶，感受心底那一塊塊從遺忘宮殿收復的領土，排空積水，整地重建；而且，想必比我剛才向他問路時更焦慮地，仍在尋找我的道路，轉過一條小街……但是……這一切皆只在我心裡……

望完彌撒回家時，我們常遇見勒葛朗丹先生；由於工程師這職業，他不得不待在巴黎，除了

9　聖奧古斯都堂（Dôme Saint-Augustin）是位在巴黎第八區的天主圓頂教堂，為巴黎首座大規模使用金屬結構的建築，建於一八六〇至七一年間，由奧斯曼主持的巴黎改造計畫時期。

10　皮拉奈奇（Giovanni Battista Piranesi, 1720-1778），義大利畫家、建築師、雕刻家，曾獲教宗支持，研究古代遺跡，以版畫描繪古羅馬遺跡和都市景觀。他的建築結構圖結合神祕、幻想與詩意，強烈呈現恢弘建築遺跡的懷古幽情與滄桑感。

11　小瓜帽（Bonnet ecclésiastique）是神職人員戴的小圓帽。

長假，只有週六晚到週一早晨這段時間能來他貢布雷的家園。他屬於那種族群：在已經非常出色成功的科學生涯之外，還擁有一份全然不同的文化涵養，或許是文學，也可能是在藝術方面；這涵養在他們的專業領域派不上用場，但閒聊對話時則頗有助益。他們飽讀詩書更勝許多文人（我們那時不知道勒葛朗丹先生已是享有聲名的作家，看到一位知名音樂家還為他的詩句譜了一首樂曲，真是大吃一驚。），比許多畫家更有「天賦」，這些人自認現在所過的生活並不是真的適合自己，對自己實際的工作又投以一份有點天馬行空的一派輕鬆，不然就是一股沉著又自負，倨傲，辛苦且自發的認真。他身形高大，體態優美，長相細緻，流露沉思穩重的神色，配上金黃色的長鬍子，清醒澄亮的藍眼睛，禮儀周到，我們以前從未聽過像他這樣的聊天高手說話，在我們家族眼中，他總被視為典範，是菁英分子的代表，以最高貴細膩的方式對待生活。外婆對他唯一的不滿之處，是他話說得有點太好、太像拿著書在照本宣科，言語中少了他身上那時時飄蕩的拉瓦耶式蝴蝶領結和幾乎像是小學制服般直挺的短外套所流露的率性自然。她也訝異他常會慷慨激昂、滔滔不絕地長篇大論，表現出反貴族，反上流社會，反自滿勢利的態度，「那顯然是聖保羅在談論無可赦免的原罪時所想到的原罪。」

那汲汲營營的野心是我外婆無論如何也無法領略的，而且幾乎無法明瞭，以至於他那樣怒氣沖天的譴責，在她看來，實在毫無意義。況且勒葛朗丹先生還有個姊妹和一位低諾曼第地區的紳士成婚，嫁到了巴爾別克附近；對貴族如此猛烈地抨擊，甚至怪罪大革命沒將他們全送上斷頭台，外婆覺得，這樣的他品味也不甚高尚。

「嗨！朋友們！」他迎上前來，向我們打招呼。「各位真幸運，能在這裡長住；明天我就得回巴黎去了，回我那個小窩。」

「噢！」他又想補上幾句，臉上的微笑帶著溫和的自嘲與失望，還有點心不在焉，那正是他的特色。「顯然，所有沒用的東西我家裡都有，缺的卻都是必要的，比如像是這裡的一大片藍天。試著在您的生活中永遠保有一方天空，孩子。」他轉向我繼續說，「您有漂亮的心靈，難能可貴的特質，藝術家的天性。別置之不理，任它缺少任何所需。」

回家後，當姨媽打探起古畢爾夫人望彌撒是否遲到了，我們都提供不了相關情報，反而還增加她的困惑，告訴她有一位畫家在教堂裡工作，正在複製那面惡王[12]吉爾貝的彩繪玻璃。法蘭索瓦絲立刻被派去雜貨舖，卻又空手而歸，都怪岱歐多不在：這個岱歐多身兼二職，既是唱詩班的領唱人，維繫教堂運作的一分子，同時又是雜貨舖的伙計，因此跟所有人都有交情，無所不知，無所不曉。

「啊！」姨媽嘆了口氣，「真希望這時已是尤拉莉來訪的時間。這答案也真只有她能告訴

---

12 惡王吉爾貝（Gilbert le Mauvais），令人聯想納瓦爾國王（roi de Navarre）暨埃夫勒伯爵（comte d'Evreux）夏爾勒二世（Charles II），他因為與查理五世對抗而落得「惡王」稱號。埃夫勒教堂的一面彩繪玻璃將他畫成雙腳跪地雙手合十的模樣。

我。」

尤拉莉是個女僕，跛腳，耳背，做事積極，在她自小伺候的雇主德．拉．布列托內里夫人去世之後，便離職「引退」，在教堂旁邊租了一個房間，可隨時就近去誦念日課經，或者，不念經時就念句祈禱詞，或是幫岱歐多一點小忙；剩下的時間，她就去探視病人，例如我的姨媽雷歐妮，將彌撒或晚禱時發生的事情說給他們聽。她可不會鄙視任何好處，樂於在前東家所給的微薄年金之外，偶爾再去本堂神父或貢布雷教權界的其他大人物那兒檢視他們的床單衣物，縫縫補補，再添一點額外收入。她常穿一件黑色斗篷，頭上繫著一頂白色小兜帽，幾乎就像個修女；她患有一種皮膚病，使得臉頰和彎曲的鼻梁呈現出鳳仙花那種鮮豔的桃紅。尤拉莉的來訪是雷歐妮姨媽的一大消遣，姨媽除了本堂神父之外就只接見她一人。姨媽逐漸排拒其他訪客，因為在她看來，他們都犯了一個錯，落入她討厭的兩種類型之一。第一類，最糟糕的一群，她最先擺脫的那群人，總是勸她不要「只聽自己的」，然後，儘管是以消極的方法，只透過或是不太贊同的緘默，或是面帶懷疑的微笑表示，大肆宣揚起那顛覆常識的學說：在大太陽底下短暫散散步，外加一份上好的帶血牛排（在下午兩點她胃裡還有兩大口可惡的薇姿礦泉水的時候！）會比她的床鋪和藥物更有益。另一類人似乎則相信，她的病況其實比她自以為的還嚴重，或者真的就如她自己所稱的那麼重。此外，還有一些人，在法蘭索瓦絲殷殷堅持，以及姨媽自己幾經猶豫之後，她還是讓他們上來了；而在探訪過程中，這些人表示自覺多麼地配不上這等特殊通融，怯怯地鼓起勇氣說：「您不覺得嗎？哪天要是天氣好，出去動一動……」或者，恰恰相反，當她都已經告訴他們：「我狀況很差，很差，來日不多了，我可憐的朋友們。」他們卻回說：「啊！人呀，失去健康就是這樣！不過，保持現狀，您還可以撐很久！」這些人，無論屬於哪一類，全都永遠不會再獲接見。若說法蘭索瓦絲覺得姨媽從床上瞥見聖靈街上出現了貌似就要登門來訪的誰，或是聽見門鈴響起時大驚失色的模樣相當好笑，當姨媽漂亮地耍了個花招，使出小聰明，成功把人趕走，她他們連一眼都見不到就得打道回府時，對方那滿臉狼狽的神情就讓她笑得更開懷了。事實上，她深深佩服主人，把姨媽看得比其他人都高尚，畢竟被趕走的都是一些她不想接見的人。總而言之，姨媽要求別人既要支持她的禁食起居限制，又要替她抱怨病痛，還要安慰她對未來放寬心。

這些，尤拉莉做得無懈可擊。姨媽能在一分鐘內跟她說二十次：「我來日不多了，我可憐的尤拉莉。」尤拉莉會回應她二十次：「您的病情我跟您一樣清楚，歐克塔夫夫人，您會活到一百歲，就像薩澤杭夫人昨天還在說的那樣。」（尤拉莉最確定的事情之一，即使被反駁的經驗不勝枚舉，也撼動不了她的認知，那就是她以為薩扎哈夫人叫薩澤杭夫人。）

「我不奢求活到百歲。」姨媽答道，她寧可不給自己的壽命設下明確的時限。

由於尤拉莉比任何人都懂得如何紓解我姨媽的情緒，又不令她厭煩疲累，除非臨時出現始料未及的阻礙，否則她每週日的固定探訪對我姨媽來說是一大樂趣。那些日子裡，期待星期天的會見起初會讓她保有愉悅的心情，可是一旦尤拉莉遲到了，很快地，她就有如飢腸轆轆一般難受不已。一旦拖得太久，等待尤拉莉的歡愉快感就變成了酷刑；姨媽不斷查看時間，呵欠頻頻，覺得全身虛弱。若尤拉莉按門的鈴聲在白天都快過完、她早已不再抱持希望之際才響起，那幾乎會令她感到痛心受傷。事實上，每到星期日，她一心想著的只有這場來訪；午餐一結束，法蘭索瓦絲就急著趕大家離開餐廳，好讓她上樓去「照料」我姨媽。但是（貢布雷的天氣穩定晴朗之後尤其如此），已有好一段時間了，高高在上的正午時分早已從聖伊萊爾教堂的鐘塔降臨，響亮的頭冠上綴飾著十二朵即時綻放的花紋，迴盪在我們的餐桌周圍，在有著同樣來自教堂之親的聖餐麵包附近流連；我們卻還坐在《一千零一夜》那套餐盤前，因為燠熱，更因為飽餐，因而沉重遲鈍。畢竟，在蛋、豬排、馬鈴薯、果醬、以及她甚至不再事先告訴我們的餅乾這些基本不變的組合之外，根據田裡和菜園的收成、時令海鮮、買賣偶得、鄰人的禮貌好意、還有她本人的天才，以至於我們的菜單，好比十三世紀即刻在大教堂正門上的那些四葉草形浮雕[13]，多少反映出四季的節奏和生活的章節，法蘭索瓦絲還加上了：一尾比目魚，因為魚販向她保證絕對新鮮；火雞全餐，因為她在魯森維爾－勒－班的市場上看到有一隻特別肥美；焗烤薊菜燉牛髓，因為她不曾用這種方式為我們料理過；烤羊腿，因為戶外運動讓人肚子餓，而且從現在開始有整整七個小時可以慢慢消化；菠菜，為了換換口味；杏桃，因為現在還很少見；醋栗，因為再過十五天就沒有了；覆盆子是斯萬先生特地帶來的；櫻桃可是院子裡的櫻桃樹時隔兩年之後第一批結出的果實；奶油乳酪是我很久以前喜歡的口味；杏仁蛋糕，因為她前一晚就訂了；布里歐麵包，因為輪到我們供奉分送。等這一切都吃完，她又送上一份巧克力蛋奶醬：那是特別為我們調製的，主要是獻給我那身為此物鑑賞行家的父親，出於法蘭索瓦絲個人的靈感與關愛，口感輕盈且稍縱即逝，宛如她灌注了畢生的才華，為特別場合精心調製的傑作。誰要是拒絕品嘗，搬出這套說辭：「我吃飽了，一點也不餓」，恐怕會立刻被打入不通人情世故的莽夫之列：這樣的人，即使藝術家親贈他們一件自己的作品，他們也只看東西的重量和材質，然而價值真正所在，其實是在心意和落款；即使盤裡只剩下一滴，也證明了他們無禮的程度直比樂曲尚未結束、便當著作曲家的面起身離開。

終於等到母親對我說：「這樣吧，你別一直待在這裡無所事事，外頭要是太熱，就上樓回你房間。不過，還是先出去透透氣，別一下餐桌就看書。」我去汲水幫浦和水槽旁坐下。像是為了呈現哥德式風格的背景，汲水槽通常綴有一隻火蠑螈，在粗糙石面上刻下靈動的浮雕，展現牠別具寓意[14]和流線型的身軀。我坐在沒有靠背的長凳上，一叢紫丁香為我遮陰。這個花園小角落，穿過一道側門便來到聖靈街；花園幾近棄置的土地上加蓋了小廚房，比主宅高出兩階，如同一棟獨立建築；從我的所在位置可瞥見它光亮如斑岩的紅磚地，與其說它是法蘭索瓦絲的巢穴，不如

13 普魯斯特在此參考了英國藝評家拉斯金（John Ruskin, 1819-1900）在《亞眠聖經 The Bible of Amiens》一書中所描述，亞眠大教堂正門雕像下方的四葉草形雕刻。一格格的浮雕呈現出黃道十二宮，以及各種在相對應月分中該做的獵牧農忙。

14 傳說中，蠑螈不畏火焰，能緩和火勢，進而撲滅烈火。法國國王法蘭西一世即以火焰中的蠑螈作為其個人紋章標誌。

說它像一座小小的維納斯神廟，裡面塞滿了奶酪商、水果店、菜販進奉的貢品，偶爾甚至來自頗遠的聚落小村，為她獻上田裡第一批收成，而且屋脊上永遠有一隻白鴿的咕咕低吟環繞。

以前，我不會在那小神廟周圍的神聖樹林流連太久，因為，上樓看書前，我會走進叔公阿道爾夫的小休憩室。他是外公的兄弟，曾是軍人，以指揮官之職退伍，他就住在地面樓層。即使敞開的窗戶讓熱氣或是鮮少照進這裡的陽光竄入，這裡依然源源不絕地散發著那股陰暗又涼爽的味道，既有林野之風，又帶著舊王朝的陳年之感，一如進入某些荒廢的狩獵行宮，鼻腔緩緩感受到思古幽情。不過，多年來，我已不再走進阿道爾夫叔公的小房間了，因為，由於和我家人之間的一場齟齬，他再也不來貢布雷了。那是我的錯，當時的狀況如下：

在巴黎，每個月總有一、兩次，家人會派我去探望他。拜訪總落在他午餐即將結束時，所以他只穿輕便的短外套，在一旁服侍他的僕人則穿著紫白斜紋布工作服。他嘟噥抱怨我好久沒來，我們都把他給遺棄了；他請我吃杏仁糖糕或小柑橘。我們穿過一間沙龍，從來不在那裡逗留，那裡也從來不生火，牆邊以曲形鑲金拱條裝飾，天花板漆成藍色，意在模仿藍天；椅子沙發皆包覆絲質釘扣軟墊，就跟我外公外婆家一樣，但這裡用的是黃色。然後，我們來到他稱為「工作室」的書房，牆上掛著那些版畫，黑底畫面上呈現一個體態豐腴的粉色女神，駕著一輛馬車，腳踩地球，或是額前綴上一顆星星，如第二帝國時期備受喜愛的樣式，因為大家覺得這類畫作帶有些許龐貝古城的風情；後來有一陣子大眾討厭這種畫風，卻又旋即重新喜歡起來。儘管理由眾說紛紜，其實始終只有那一個，那就是這些畫流露著第二帝國的情調。我一直待在叔公身邊，直到他的內務侍僕來替馬車夫詢問該在幾點鐘備好馬車。於是叔公陷入深思，他的僕人對此嘆為觀止，生怕一個動作就打擾他思考，好奇地靜待結果，雖知那答案永遠一成不變。終於，經過極致的猶豫沉吟之後，叔公胸有成竹地吐出一句：「兩點一刻。」僕人跟著複述，訝異，但沒有異議：「兩點一刻？好……我去告訴他……」

在那時期，我熱愛戲劇，柏拉圖式的熱愛，因為我父母當時說什麼也不准我去看戲，我只能以一種極不準確的方式，自行想像能在現場嘗到的樂趣，而且差不多相信觀眾每個人都像透過一副立體眼鏡那樣，注視著一幕獨屬於他的布景，儘管那與其他上千位觀眾各為自己而看的布景相去不遠。

每天早上，我都跑去廣告柱前，看看有哪些戲碼即將上演。沒有任何事比我對各齣預告戲碼的想像衍生出的幻夢更無所謂又更幸福；那想像根據與標題文字密不可分的意象，以及因為膠水未乾、還有點潮濕鼓起的海報顏色而定。如果即將上演的並非《凱撒・吉羅德的遺書》[15]和《伊底帕斯王》[16]

15 《凱撒・吉羅德的遺書 Le Testament de César Girodot》，阿道夫・貝洛（Adolphe Belot）及艾德蒙・維勒達（Edmond Villetard）一八五九年合寫的劇作，傳奇演員莎拉・伯恩哈特（見注26）的成名作。

16 《伊底帕斯王 OEdipe-Roi》，古希臘劇，作者為索福克勒斯（Sophocle, 495-406 BC）。

那類不是刊印在歌喜劇院[17]的綠色海報，而是法蘭西喜劇院[18]的酒紅色海報上的奇怪作品，那麼，在我眼中，沒有比《黑色骨牌》[19]那神祕光滑的絲緞，與《王冠上的鑽石》[20]那閃亮耀眼的白色羽狀頭飾更與眾不同的了。而且，由於爸媽曾對我說，等我第一次去劇院看戲時，得在這兩齣之間選一齣，由於我對它們的所有認知只有劇名，為了接連深入研究這兩齣戲的名稱，試圖捕捉各自能帶給我的樂趣，拿這齣的有趣之處與藏在另一齣裡的做一番比較，結果我先入為主的想像那麼強烈，認定這一齣光彩奪目豪情四射，另一齣則溫和柔緩繾綣纏綿，於是我無法決定比較想看哪一齣，這就好比吃甜點時，非要我在皇家米布丁和巧克力稠布丁之間做出抉擇不可。

我和同學間的談話全都繞著這些演員打轉，儘管當時我對他們的演技還陌生，但那已是所有演繹可能的初始形態，讓我透過它，預先感受到了藏在其背後的藝術。我比較各個演員念白的方式，一長串獨白如何抑揚頓挫，即使是最細微的差別也覺得無比重要。而且，我根據別人給我的相關敘述，將他們依才華排序，放進名單，成天默念，最後在我腦中頑固僵化，使我的腦袋深深受困於這份無從通融的排名當中。

後來，我上了中學；只要老師一轉頭，我便在課堂上寫信給一位新交的筆友；每一次，我總是先問他是否已經去過劇院，是否也覺得果特[21]是最偉大的演員，其次為德洛內[22]云云。如果，依他之見，費布維爾[23]只排在蒂洪[24]之後，或是德洛內排在寇克蘭[25]後面，那麼寇克蘭便突然有了移動力，化解了頑石的硬度，鬆動了我的腦袋，竄上第二名的位置；而那擁有奇蹟般的敏捷身手，天生活力旺盛的德洛內竟然退至第四，這使我那被軟化、而且得到滋養的頭腦頗有百花綻放與生機蓬勃之感。

不過，若說劇場演員如此盤據我心，若說，某天下午親眼見到莫邦走出法蘭西喜劇院，那一幕景象引起我心頭一陣激動，勾起我熱愛之苦，那麼，劇院門上某位閃亮大明星的名字，或是街上一輛四輪馬車經過，拉車的馬匹戴著綴有玫瑰花飾的額帶，從馬車後照鏡裡，看見一個我猜想也許是女演員的女子面容，又是多麼令我煩惱良久，痛苦萬分，無能為力地拚命想像著她的生

17　歌喜劇院（Opéra-Comique）位在現今的巴黎二區，成立於一七一四年路易十四執政時期。最初演出以默劇及滑稽歌劇為主，後來亦融入義大利喜劇。從莫札特、白遼士到比才，許多知名作曲家的作品皆在此上演。

18　法蘭西喜劇院（Comédie-Française），創立於一六八〇年的國家文化機構，奉莫里哀為主保掌門人，主要演出莫里哀、拉辛、高乃依等法國名劇作家的劇作。

19　《黑色骨牌 Domino Noir》，史克里比（Scribe）與歐伯（Auber）與一八三七年創作的喜歌劇。

20　《王冠上的鑽石 Diamants de la Couronne》，史克里比與聖喬治（Saint-Georges）作詞，歐伯作曲的喜歌劇，寫於一八四一年。

21　果特（Edmond Got, 1822-1901），演出過各種重要喜劇角色。

22　德洛內（Louis-Arsène Delaunay, 1826-1903），擅長經典劇作中的第一年輕男性主角。

23　費布維爾（Frédéric Febvre, 1835-1916），擅長現代劇作中的組合性角色。

24　蒂洪（Joseph Thrion, 1830-1891），擅長現代帶作品中的老人角色。

25　寇克蘭（Constant Coqueline, 1841-1909），首位演出大鼻子情聖西哈諾（Cyrano de Bergerac）一角之人。

活。我依才華為幾位名氣最響亮的女演員排名：莎拉．伯恩哈特[26]，拉．貝瑪[27]，芭爾特[28]，瑪德蓮．布洛罕[29]，珍妮．薩瑪莉[30]，但對每一位都深感興趣。然而我叔公認識許多女演員，還有一些我分不清是不是女演員的交際花。他常接待她們來家裡。我們若是只挑特定某幾天去探望他，那也是因為其他日子總有一些女人會過去他那兒，不能讓家人撞見，至少，他對家人是這麼想的；畢竟，我的叔公，反過來說，在對待一些或許根本從沒結過婚的漂亮「寡婦」，還有一些想必不過是掛了個化名、浪得虛名的伯爵夫人時，太過狎暱隨便，此外還殷勤有禮地把她們介紹給我外婆，甚至還送了她們幾件家傳的珠寶，這些舉動已經導致他跟我外公大吵過好幾次。經常，每當閒聊中出現一個女演員的名字時，我就聽見父親微笑著對母親說：「妳叔叔的一個女友。」我則想：有些重要人士恐怕浪費了多年光陰，在那樣一個女人的門前站崗苦等；他們寫的信她一律不回，還派下榻酒店的門房把人趕走，說不定叔公能替像我這樣的小毛頭省去這些辛苦，直接將我引介給那位多少人都接近不了、卻是他的紅粉知己的女演員。

於是——藉口有一堂課調了時間，偏偏如此不巧換到現在，而這堂課已經多次讓我沒能去看叔公，之後也還會繼續造成妨礙——有一天，不屬於預留給我們前去造訪的那幾天，趁著爸媽提早用完午餐，我出門去，但不是去看大人允許我獨自前往的廣告柱，我直接跑到叔公家。我注意到他家門前停了一輛雙馬馬車，兩匹馬的眼罩上插著一朵紅色康乃馨，就跟馬車夫的扣眼上一樣。我從樓梯間聽見陣陣嬉笑和一個女人的聲音，我一按門鈴，那些聲音便化為一陣靜默，然後傳來關門聲響。來開門的內侍僕人看見是我，面露尷尬的神情，告訴我叔公很忙，大概不能接見我；不過就在他要去通報時，先前我聽到的那聲音說：「噢！當然可以！讓他進來吧！就一分鐘也好，那可多麼有趣！從你書桌上的照片看來，他長得很像媽媽，也就是你姪女，她的相片就擺在這孩子的照片旁邊，不是嗎？我想見見這孩子，見一下就好。」

只聽見叔公低聲咕噥，惱火不悅；最後，僕人還是讓我進去了。

餐桌上，跟平時一樣的那盤杏仁糖糕，叔公也穿著每天都穿的那件短外套，但在他對面坐著一名年輕女子，一身粉紅絲綢長裙裝，頸子上戴著一大串珍珠項鍊，一顆橘子就快吃完。由於不確定該稱她夫人還是小姐，我臉紅了起來，目光不太敢轉往她的方向，深怕需要跟她說話；我去跟叔公行親吻禮。她微笑地看著我。叔公對她說：「我侄孫。」他沒說出我的名字，也沒告訴我她的姓名，想必是因為自從在我外公那裡嘗過苦頭之後，他就盡量避免將家族和這類關係扯上任

26　莎拉・伯恩哈特（Sarah Bernhardt, 1844-1923）十九世紀末、二十世紀初法國舞台劇和電影女演員，公認是「世上最著名的女演員」。人稱「黃金之聲」與「名伶女神」。

27　拉・貝瑪（La Berma），普魯斯特想像出的人物，其實以莎拉・伯恩哈特為原型。

28　芭爾特（Julia Barret, 1854-1941），拉辛筆下安朵拉馬克（Andromaque）一角之演出令人難忘。

29　瑪德蓮・布洛罕（Madeleine Brohan, 1833-1900），擅長演莫里哀劇作中的風流女子。

30　珍妮・薩瑪莉（Jeanne Samary, 1857-1890），擅長演喜劇中的聰明伶俐的侍女。

何連結。

「長得跟他媽媽真像！」她說。

「但您只看過照片，又沒見過我姪女！」叔公立即回嗆，語氣暴躁。

「我得向您說聲抱歉，我親愛的朋友；去年您病得那麼嚴重那時，我在樓梯間曾經和她擦肩而過。的確，我不過瞬間看到一眼，而且您家的樓梯間又黑又暗，不過那一瞬間已足以令我讚嘆。這個小少年有她那雙美麗的眼睛，還有這個。」她用手指在額頭下方比劃了一條線。「您的姪女跟您同一個姓氏嗎，朋友？」她問叔公。

「他跟他父親尤其相像。」叔公嘀咕了一句，不想費神講出媽媽的姓氏，既不想大致介紹，也無意詳細說明。「長得就跟他父親和我可憐的母親一個樣。」

「我沒見過他父親。」粉衣女士說，微微歪著頭，「而且我也從來沒見過您可憐的母親，朋友。您還記得吧，我們是在您經歷喪親之痛後才認識的。」

我有點失望，因為這位年輕女士與我在家族裡偶爾見過的其他漂亮女人沒什麼不同，長得又特別像一位表親的女兒，而我每年一月一日都會去那位表親家。叔公的女友不過是穿戴得比較華麗，目光一樣炯炯有神，而且散發善意，看起來也一樣率直，而且充滿愛心。我在她身上找不到絲毫戲劇感，不若照片中那些令我讚賞不已的女演員，也沒有應當與她的私生活相關的那種妖嬈表情。若非事先見到她的雙頭馬車，粉紅裙裝，珍珠項鍊；若非我早已知道叔公只挑最高檔的極品，我實在難以相信她是交際花，尤其不會相信她是新潮時髦的交際花。但我懷疑送了那輛馬車、酒店房間和珠寶給她的百萬富翁，真能為了一個看起來如此單純、而且中規中矩的人傾家盪產，還從中得到快樂。然而，比起她以特殊打扮具體出現在我面前，想到她大概過著什麼樣的生活，那種不道德感或許更令我心煩意亂——像這樣隱而不見、如同暗藏在某本小說中的祕密，如某件醜聞的內幕，迫使她離開布爾喬亞的父母家，並將自己奉獻給全世界，使她綻放美貌，晉升到半上流階層，聲名遠播；她的千姿百態，語氣聲調，就和我認識的許多女性如出一轍，使得我不禁把已不再屬於任何家族的她，當成出身良好的千金小姐看待。

我們來到「工作室」，礙於我也在場，叔公有點不好意思地拿出一些菸請她。

「不了，」她說，「親愛的，您知道我已經抽慣大公送我的菸。我告訴過他，這件事惹得您醋意大發。」她接著從一只滿是外國字、還鍍了金的菸匣裡抽出一根。「不對，」她突然又說，「我應該在您家中見過這少年的父親。那不就是您的侄子嗎？我怎麼會給忘了呢？那時他對我那麼好，那麼體貼至極。」她一臉謙卑善感地說。但是我一想到家裡當初可能是用多粗魯的方式接待她，她竟說覺得我父親體貼至極，偏偏我又清楚他的保守與冷淡，在人家對他的過度感謝和他本身的不夠友善之間，那失衡的比重令我尷尬不已，彷彿他犯了某種粗心之過。過些年後，我才覺得，這正是那些無所事事、又積極進取的女性扮演的角色動人的一面，她們奉獻出自己的慷慨胸襟和天賦才華；像是一場隨時可做的善感華美之夢——因為，如藝術家，她們不去實現這場夢，不讓這場夢進入公眾生活的範疇——又像一塊黃金，在她們眼中不值多少，卻用一種珍貴細膩的折邊鑲嵌法，豐富了男人們粗魯且教養不佳的生活。就像眼前這一位，在叔公穿著短外套接待她的吸菸室裡，布施她如此柔美的軀體，她粉紅絲綢的裙裝，她的珍珠，她那經一位大公友誼加持而散發出的優雅；一如那些關於我父親的小事，她在提起之前其實已經過一番精心研究，讓他改頭換面，給了他一個得來不易的稱號，並在那當中鑲入她一抹清澄如水的美麗眼神，添上些許謙卑與感恩之情，讓我父親搖身化為一件藝術珠寶精品，變成某種「體貼至極」的東西。

「好了，時候差不多了，你該走了。」叔公對我說。

我站起身，難以抗拒親吻粉衣女士手背的欲望，但又覺得那恐怕是堪比綁架一般膽大包天的舉動。我心跳加速，卻不斷問自己：「該做，還是不該？」忽然，我不再自問要做什麼之前得先做什麼，一個盲目荒唐的動作，剛才的理智全沒派上用場，我的嘴唇已落在她伸出的手背上。

「他多麼親切啊！已經這麼殷勤有禮！他有雙會留意女人的眼睛，得自他叔公的真傳，以後一定是個完美的紳士。」她用力咬字，故意染上輕微的英國口音，又說：「能不能讓他哪天過來喝杯茶？a cup of tea，就像我們的英國鄰居說的那樣；只要當天早上發張『藍紙』[31]給我就行。」

我不知道「藍紙」是什麼。那位女士說的話我有一半都聽不懂，但由於擔心其中恐怕暗藏著什麼要是不回答就會顯得不禮貌的問題，我不得不專心把每一個字都聽進去，結果累極了。

「當然不行，絕不可能。」叔公聳聳肩說，「他很乖，非常用功，在班上囊括所有獎項。」

他壓低聲音，以免我聽到他的謊話後回嘴，又補上一句：「誰知道呢？說不定未來會是個小雨果，您知道，一個沃拉貝爾[32]之類的人物。」

「我最愛藝術家了，」粉紅女士回應，「只有他們懂女人……只有他們和跟您一樣的菁英分子才懂。請原諒我無知，朋友：這個沃拉貝爾是誰？是您休憩房中玻璃門書櫃裡那套燙金書？您記得答應過要借給我的，我一定會小心保管。」

叔公討厭出借他的藏書，一個字也沒回應，便帶我到候客室去。我被自己對粉紅女士的愛慕沖昏了頭，瘋狂親吻老叔公嚼滿菸草的雙頰，他相當窘迫，不敢直接告訴我，但總之讓我知道了他希望我別把這次來訪的情況告訴我爸媽。我含著眼淚對他說，他對我的好，我絕對銘記在心，日後必然會想辦法報答。事實上，我記得真的很牢；兩個小時後，我神祕兮兮地提了幾句，但似乎不足以讓爸媽確切知道我剛被寄予了何等厚望，於是我認為把剛才那趟探訪的細節一五一十地描述出來會比較清楚。我以為這不會對叔公造成困擾。既然我不希望發生這樣的事，又怎麼會這麼以為呢？而且我也無法揣測，這段我不覺得有何不妥的探訪過程，會讓爸媽視為有害不宜。這樣的事不是每天都可能發生嗎？某個朋友請我們別忘了代他向某位女性致歉，因為他不巧無法

31 十九世紀的法國速件是打印在灰藍色紙張上傳送，故有此稱。
32 沃拉貝爾（Achille Tenaille de Vaulabelle, 1799-1879），法國記者，史學家。

寫信給她；但這件事我們卻給疏忽了，以為這個人不可能把久無回音這件事看得那麼重要，既然我們自己覺得那一點也不嚴重。我跟所有人一樣，一廂情願地把別人的腦袋想像成是被動、順從的接收容器，對灌輸進來的一切都沒有特殊反應能力；所以我並未多加思考就逕自認為，只要將叔公讓我結交到新朋友這項消息置入我父母的腦袋，也就如願向他們傳達了我對這次引介抱持著樂見其成的想法。不幸的是，在評價叔公的行動時，我爸媽採取的原則和我猜想的全然不同。後來我才間接得知，父親和外公為此曾和他有過激烈口角。幾天後，在外面偶遇坐著敞篷馬車經過的叔公時，我多麼希望能向他表達我的痛苦、感激和內疚。相較於這些巨大的感受，我覺得脫帽示意顯得小家子氣，可能會讓叔公誤會我對他沒有特別的表示，頂多只是盡個基本禮貌而已。最後，我決定放棄這個誠意不足的舉動，撇過頭去。叔公認為我之所以這麼做，是為了遵從父母的命令。他不肯原諒我的爸媽，如此直至多年後去世，我們沒有任何人再見過他。

於是我不再走進叔公阿道爾夫如今房門緊閉的休憩室，在小廚房附近流連一會兒之後，法蘭索瓦絲出現在前院，對我說：「上咖啡和送熱水上樓的事，就交給我的廚房女僕了，我得趕快去歐克塔夫夫人那裡。」我決定回去，直接上樓回我房間讀書。廚房女僕形同一個道德法人，一座常設機構，透過化身為她的連串過渡形貌——畢竟，我們從來沒有連續兩年遇上同一個女僕——以一成不變的分配方式確保某種程度的持續運作和一致性。我們吃了許多蘆筍的那年，平時負責「削皮」[33]工作的廚房女僕是個體弱多病的可憐姑娘，在我們復活節抵達時已懷有好幾個月的身孕。我們不由得訝異法蘭索瓦絲那麼常派她去採買，做粗活，畢竟她身體前面已經辛苦地掛起她那神祕的大簍子，一天比一天滿，逐漸猜得出那寬大的工作罩袍下孕育的奇妙形體。這些罩袍令人聯想到斯萬先生給我的照片上，喬托[34]畫筆下某些象徵性人物所穿的寬袖長外袍。當初也是經斯萬一點，我們才發現這件事。後來他問起我們廚房女僕的消息時，對我們說：「喬托的慈善化身現在過得如何？」此外，可憐的女孩，因為懷孕而發胖，連長相都連帶受到了影響，雙頰下垂，臉型變得方方正正，確實頗像那些強壯如男子的處女，或是競技場教堂[35]中那些代表美德擬人化形象的豐滿壯婦。如今我知道這些美德化身與帕多瓦那些邪念化身和她還有另一個相似之處。這個廚房女僕因加諸在她凸出的腹部的象徵性，形象因而更加鮮明，卻似乎未顯其含義，她的臉上完全不見這象徵之美與絲毫靈性，純粹只是沉重的負擔；同樣的道理，我在貢布雷的自習室牆上掛有一幅複製像，那是競技場教堂中背負著「慈善」之名的羅馬壯婦，也讓人看不出她竟是這美德的化身，那張粗獷有力的臉似乎從來不可能表達任何慈善的思想。出於畫家美妙的創

33　原文中「plumer」原意是拔除雞鴨毛，在法蘭索瓦絲使用的方言中，亦可用作削果菜皮的意思。

34　喬托（Giotto di Bondone, 1267-1337），義大利畫家與建築師，義大利文藝復興時期的開創者。以阿西西的聖方濟大教堂（Basilique Saint-François d'Assise）及帕多瓦的斯克羅維尼禮拜堂（chapelle des Scrovegni de Padoue）中的壁畫聞名於世。

35　帕多瓦的斯克羅維尼禮拜堂又稱競技場教堂（L'église de l'Arena），因為教堂所在位置曾是古羅馬競技場。喬托在此處繪製了敘述聖母與基督的故事，其中包含十四個單彩畫人物，隱喻七種美德與七種邪念。慈善化身與欲念化身面對面。

意，她腳踩大地的寶藏，但全然像是在踩踏葡萄以榨出果汁，或更像是要爬上麻袋堆好站上高處；而她向上帝獻出火熱的心臟，說得更貼切些，她把心臟「遞」給神，就跟一個廚娘從地下室的透氣口把軟木塞開瓶器遞給站在地面層窗邊跟她借用的人沒兩樣。至於欲念的化身，原本應該好一些，她有某種比較傳神的表情來表達欲念。但在同樣那幅壁畫中，那象徵占據的地位如此重大，表現得如此逼真，在欲念唇邊嘶嘶吐信的蟒蛇粗大到幾乎塞滿了她張大的嘴，以至於為了要能含住牠，她的臉部肌肉膨脹、變形，宛如鼓起臉頰吹漲氣球的孩子；而欲念的注意力——連帶我們的注意力——完全集中在了她雙唇的動作，根本無暇顧及那充滿欲望的念頭。

儘管斯萬先生對喬托的這些象徵性人物大為讚嘆，但我已許久提不起任何興趣去自習室觀看。他帶給我的複製畫全都掛在那兒：慈善化身不慈善；欲念的化身看起來只像是醫學書籍裡的插圖，聲門或小舌被舌頭上的腫塊或手術師伸進口腔的器具擠壓；正義的化身，灰暗的臉規矩又小家子氣，正是某些我在貢布雷望彌撒時所見的虔誠、呆板的漂亮布爾喬亞夫人們的特色，她們當中有好幾位還已先加入了不公不義之化身的儲備民兵之列。不過，後來我才明白，這些壁畫引人注目的怪異及特殊的美感，就在於象徵在當中所占的重大地位；此外，象徵並未被當成象徵來呈現，因為它代表的思想並未被傳達出來；象徵反而被當成了現實，彷彿曾被實際承受過或具體操作過的現實，這使得作品的意義多了某種更貼近原意、也更精準的成分，讓作品的寓意具有某種更具體、也更驚人的層面。以那可憐的廚房女僕來說，她也一樣，腹中重擔產生的拉扯使得注意力不斷被拉回她的腹部，一如垂死之人的思緒經常轉向實際數據、疼痛、晦暗、臟器，轉到這死亡背後的內情的面向，而這面向正是死亡向那些垂死之人呈現、粗暴地要他們感受的，而且這其實更像壓垮他的重擔，像呼吸困難，像亟需喝水之需要，而不是我們稱之為「死亡」的觀念。

帕多瓦這些美德和邪念的化身應該確實有其真實性，畢竟，在我眼中，她們就跟懷孕的女僕一樣鮮活，而她帶有的隱喻性也不亞於那些化身。一個人的心靈與自己的美德行為不契合（至少不明顯契合），這個現象除了審美價值以外，或許還含有某種實際真相，若不涉及心理學，至少，如人家說的，也應屬於面相學的範疇。後來，在我的人生歲月中，等我有機會，比方說在修道院裡，遇見體現慈善、名符其實的神聖化身時，他們通常都是神情輕快，積極正向，像忙碌的外科醫師那樣毫不在乎，而且顯得唐突；那一張臉，面對人們的苦痛時會毫無畏懼地迎撞，看不出任何同情，任何憐憫，也不見溫柔，是真正的善良那副會令人討厭的崇高面容。

廚房女僕——她無意間凸顯出了法蘭索瓦絲的優越，對比之下，就像「錯誤」的化身讓「真理」的勝利更顯輝煌——端上依媽媽的說法只能算是一壺熱水的咖啡，然後把頂多只能算是溫水的熱水送進我們房間；這期間，我躺在床上，拿著一本書，我的房間顫抖地呵護著薄透、易逝的清涼，對抗在幾乎完全閉上的百葉遮陽窗後的午後艷陽，然而日光總有辦法讓它的金黃翅膀鑽入，停駐在木框和玻璃窗之間，某個角落，宛如一隻蝴蝶。光線的亮度勉強可供閱讀，要感受到亮光的燦爛，唯有當卡穆在拉·庫爾街上拍打積了灰塵的木箱（他聽法蘭索瓦絲說我姨媽「並未小憩」，可以發出噪音），而木箱碰撞之聲迴響在燠熱時節特有的嘈雜氛圍中，恍如遠遠拋灑著點點星子閃亮。此外則是那些蒼蠅，在我面前開著小型演奏會，彷彿奏著一首夏日室內樂曲：不似一首偶然曾在美麗的季節中聽見的人類樂曲那樣，會讓您隨即憶起那陽光燦爛的時節，蒼蠅之樂與夏日之間的結合來自一種更必要的關聯：這音樂在風和日麗的好日子誕生，只會在這樣的日子裡再生，它蘊含些許那些時日的精華，不僅喚醒我們記憶中的影像，還保證那時光復返，是有效的存在，合乎當時的氛圍，而且立刻可及。

我房間幽暗的清涼對比街道的大太陽，一如影子對比光，也就是說，一樣清晰，為我的想像世界賦予了完整的夏日景觀；當時我若是在散步，五感就只能得到片面享受。因此這份涼爽正好搭配我的休憩（感謝我正讀著的書中敘述的精彩故事，讓這段時光充滿感動），讓它宛如一隻靜靜放在活水中的手，承受著潺潺激流的衝擊與蓬勃生氣。

但我的外婆，即使熱過頭的天氣轉壞，一場暴雨將至或只是突然吹起一陣猛烈狂風，總會來懇求我出門。我不想放下手上的書，至少也要把書帶到花園繼續讀，窩進大栗樹下一個以編草和帆布搭建而成的小帳篷，坐在最深處，自認不會被我父母可能的來客看到。

我的思想不也正像是另一座聖嬰馬槽般的遮蔽所？我感覺自己深陷其中，即使這是為了觀看外面發生的事。當我看見外部的一樣物品，「看見它」這股意識便停留在我和它之間，以一條靈性的細鑲邊將它圍起，防止我一不小心就直接碰觸到它的實質；某種程度上，在我與這意識接觸之前，它便已煙消雲散，如同用沾濕的物品去接近一個熾熱的燃燒體，燃燒體的濕度並不會受到影響，因為在它之前一定有一片讓水氣蒸發的區域。在我閱讀時，我的意識同時展開那樣一種呈現各式狀態的斑斕屏幕，那些狀態從藏在我內心最深處的渴望，到完全屬於外在的遼闊視野，而那首先是在花園一隅，眼皮底下，我身上最私密之處，緊握的手不停動作，掌控其餘一切，那是我對正在閱讀的這本書的豐富哲思與美妙內涵的信念，以及想吸收這一切的渴望，不論書的內容是什麼。因為，即使我在貢布雷時早已在博朗吉香料雜貨舖前發現這本書，而且買了下來，那舖子到我們家的距離對法蘭索瓦絲來說嫌遠，不像去卡穆家採購那樣方便，但這裡的文具和書籍備貨較多，而且那書就用細繩繫住，夾雜在遮住店門兩扇門板的五花八門宣傳手冊和送來的貨品之間，這舖子的店門比大教堂的拱門更神祕、更滿布思想；真正認可那本書，卻是因為後來有個老師或同學曾對我提起，說那是一部值得注目的作品，而在那個時期，那位老師或同學在我眼中似乎一知半解地握有真與美的奧祕，而探知這個奧祕是我為思考設下的目標，模糊，但永恆不變。

閱讀時，這份核心信念朝著發現真理的道路持續由內而外移動；而後，我正在進行的活動為我帶來種種情緒，因為，比起整段人生中常見的那樣，那些下午還更充滿戲劇性的事件，全都是發生在我所讀的書中。的確，就如法蘭索瓦絲所說的，這些事件中的人物並不「真實」。但一個真實人物的喜悅或不幸帶給我們的所有感受，也只能藉這份喜悅或不幸的意象為媒介，才能作用到我們身上。第一位小說家的聰明之處，就在於了解在我們的七情六慾中，意象既然是唯一的精華要素，那麼，純粹而簡單地將真實人物略去，這個簡化之舉應該就是讓作品更臻完美的決定因素。一個真實的人，不論我們對他何其深愛、有一大部分仍是由我們的感官所感知，也就是說，他對我們而言仍然不透明，會產生一種我們的感受力承擔不了的沉滯重負。若他遭受不幸，我們對他的整體觀感中僅有一小部分能令我們因而動容；更甚的是，他對自己的整體觀感也只有部分能令他自己動容。第一位小說家的追尋成果，即是知道應撤換心靈難以進入的這些部分，改由等量的非物質部分取代，也就是我們的心靈能領略的材料。從這時起，這些屬於某種新類型的人物的行事、情緒，在我們看來真實與否都已不重要，既然我們已將這一切化為己有，這些行事與情緒皆在我們心中產生，在我們興致高昂地翻動書頁時，令我們的呼吸隨之加速，眼神殷切發亮。一旦小說家讓我們進入這種狀態，如同所有情緒皆放大十倍的純內在狀態，在此，他的書將會化為一場夢侵擾我們，但那是一場比我們的睡夢更清楚的夢，其相關記憶也會持續得更久；於是一個小時的時間中，它在我們心中釋放出了所有可能的幸福與不幸，我們要費上多年人生才得以體驗到寥寥幾項，而且永遠無法得知哪一項帶來的感受最強烈，因為它們的生成緩慢，卸除了我們的感知能力（因此，在現實生活中，我們會變心，那是最痛的苦痛；但我們只能透過閱讀認識這份痛，全憑想像：現實之中，心的變化好比某些自然現象，過程十分緩慢，慢到我們或能逐一見證每個不同階段，對於轉變本身的感受反而被剝奪）。

接著，朦朧投射在我面前的是故事中那片風景；它早已不如書中人物的生命那般深入我的內在，卻對我的思想釀成重大的影響力，更勝我從書中抬起頭後映入眼簾的另一片風景。因此，有兩個夏天，沐浴在貢布雷花園暑氣之中的我，由於當時正在讀的書，遂對一個高山流水的國度產生了鄉愁。若是能置身其中，我會看見好幾座鋸木廠，以及清澈的溪底、水芥菜叢下那逐漸腐爛的木塊：不遠處，紫紅色的花串沿著矮牆攀爬。因為我思緒中總有那份對一個可能愛過我的女人的癡想，那些夏天，潺潺流水的清涼滲入了這份癡夢，無論我夢想的是哪個女人，一簇簇紫色與紅色的花串立刻從她四面八方攀升、竄出，彷彿要為她再添幾分色彩。

這不僅是因為我們夢中的某個意象始終被標記、美化，並得到夢境中偶然環繞它的外來色彩；因為，對我而言，我在這些書中讀到的景致，在想像中，只是比貢布雷呈現在我眼前的景色更加生動，但其實大同小異。透過作者所做的選擇，透過他的字句必為我的思想帶來啟示的信念，我覺得書中風景彷彿確實是大自然真實的一部分，值得深入鑽研——而我身處的地區卻完全沒有給我如此印象，尤其是我們的花園，外婆輕蔑的那名園丁以四平八穩的狂想造出的平庸成果。

閱讀一本書時，倘若爸媽允許我去參訪書中描寫的地區，我相信那會是在追求真相的征途上邁出珍貴難以估量的一步。因為，若說我始終有種被內在心靈包圍的感受，那並不像是被一座固定不動的監牢禁錮，而是像與心靈一起捲入了一股源源不絕的衝勁，想要藉此超脫內心，抵達外部的世界，但又伴隨某種氣餒之感，因為我在周遭聽見的依舊是同樣的聲響，而且，那並非外部的回聲，而是一種內在共鳴的迴響。我試著在那些因而變得珍貴的事物中尋回心靈投射其上的反光，結果失望地發現，在自然世界裡，那些事物似乎欠缺它們在我們的思想中因為近似某些意念而有的魅力。有時我們將這心靈的全副力量轉換成靈巧，轉換成璀璨光芒，以便作用於那些我們確實感到位於我們之外、卻永遠無法觸及的存在。因此，若我每每將我喜歡的女人所在之處想像成我最渴望前去的地方，若我想要由她來帶我參觀，為我開啟通往未知世界的道路，那可不是單單一次湊巧的思考整合，不，那是因為我的旅行之夢與愛戀之夢——今日的我刻意以藝術手法區隔兩者，如同在一道虹彩繽紛、看似靜止的噴水柱上切分出不同的高度——皆只是在同樣窮我畢生之力的一次直挺噴湧中度過的片刻。

最後，我繼續由內而外地緊隨意識中各種同時並列的狀態變化，在達到能一覽無遺的真正地平線之前，我又發現另一種樂趣，那就是好好坐著，嗅聞空氣中的香味，不被來客打擾的樂趣：當聖伊萊爾鐘樓敲響下午一點，只見已流逝的午後片片落下，直到聽見最後一響，讓我加出總和，碧藍空中，繼之的漫長寂靜似乎展開所有為我留待的時間，讓我好好閱讀，直到法蘭索瓦絲料理的可口晚餐上桌，撫慰我在閱讀時一路追蹤主人公的疲累。每到一個小時，我都覺得先前那個小時的鐘聲才剛敲過。天空中，近一次的鐘聲緊挨著前一次的響聲登記報到，我無法相信六十分鐘能納進兩個金色標記之間那一小段的藍色弧形。有幾回，這提早到來的一小時甚至比前次多敲響兩下，所以那之間有一次是我沒聽見的，某件確實發生過的事對我來說竟沒有發生；閱讀的興味，神奇如一場深眠，騙過我被迷幻的耳朵，將敲響在那片蔚藍寂靜上的金色鐘聲消了音。那些美麗的週日午後，貢布雷花園的大栗樹下，我精心淨空我個人存在裡的平凡俗事，置換為一場在流水潤潤的國度中充滿奇異冒險與遠大抱負的人生。每當想起你們，你們就會再度令我聯想到那樣一場人生，而你們確實包含了它，因為你們曾一點一滴地勾勒出它的輪廓，圈住它——彼時我的閱讀往前進展，白天的燠熱氣溫下降——將它圈入持續累積、緩緩變化、穿越叢叢枝葉，由你們那些寂靜、響亮、香氣瀰漫、清澄明朗的時刻凝成的結晶。

有幾次，午後剛過半，園丁的女兒使得我從閱讀中抽離。她像個瘋子似地一路狂奔，途中還撞倒一棵橘子樹，割傷一根手指，摔斷一顆牙，嚷著：「來了，來了，他們來了！」法蘭索瓦絲和我連忙跑過去，完全沒錯過好戲。那些日子，因駐軍程序所需，軍隊穿越貢布雷，通常走聖伊德嘉爾德街。我們家的僕人們排排坐在花欄杆外的椅子上，觀看貢布雷星期天的散步者，同時也讓他們觀看自己，園丁的女兒則從遠處車站大街上兩幢房屋的間隙瞥見了鋼盔的亮光。僕人趕忙將椅子收進來，因為，當身穿胸甲的騎兵隊行經聖伊德嘉爾德街時，會占去整條街幅，邁開小跑步的馬蹄掃過房屋，淹沒人行道，宛如奔騰激流衝上河床過窄的堤岸。

「可憐的孩子們！」法蘭索瓦絲說。她才剛到欄杆旁便已目泛淚光，「可憐的年輕人，即將像鐮刀割草那樣被剷平；光是想到這個，我就驚嚇得要命。」她一隻手捂著心臟邊說著，也就是受到這驚嚇的位置。

「多美好呀！不是嗎，法蘭索瓦絲夫人？看這一群年輕人不惜犧牲生命？」園丁說，想「鼓舞」她。

他這話可沒白說：

「不惜生命？那要愛惜什麼？連生命這仁慈的上帝從來不給第二次的唯一禮物也不顧？可嘆啊！我的上帝！話說，他們倒也真的不惜生命！七〇年那時我見過一些，他們在那些悲慘的戰爭中已經不再怕死，成了不折不扣的瘋子，連吊死都還嫌浪費繩子的廢物，他們已經不是人，是獅子。」（對法蘭索瓦絲而言，將人比喻為獅子，她咬牙切齒逐字說出的「獅－子」，完全沒有褒獎之意。）

聖伊德嘉爾德街轉彎的幅度太小，沒辦法看著隊伍遠遠過來，要透過車站大街那兩幢房子的間隙，才能瞥見不斷有新的頭盔加入奔馳，在陽光下閃耀。園丁原本想知道是不是還有很多士兵沒走完，但他口渴了，因為烈日當頭。這時，他的女兒突然往前衝去，彷彿從一個被包夾的地點突圍而出，抵達街角，冒著九死一生的危險為我們帶回消息，附加一壺甘草檸檬水：軍隊有上千人，正馬不停蹄地從提貝爾吉和梅澤格利斯[36]前來。法蘭索瓦絲與園丁達成和解，討論起發生戰爭時該如何自處：

「您看看，法蘭索瓦絲，」園丁說，「說起來，革命還好一點，因為一旦宣布開戰，願意參戰的才會去。」

「啊！是啊，這樣至少我還能理解，坦率多了。」

園丁認為宣戰後所有鐵路都將停擺。

「可惡，為了不讓我們有機會逃走。」法蘭索瓦絲說。

園丁則說：「啊！他們真是狡猾，」畢竟他認為戰爭就是國家試圖耍弄人民的一種卑劣招數，而且只要有辦法，一定沒有人不逃跑。

但法蘭索瓦絲急著回姨媽身邊，我則是回去繼續看書，僕人們又回門前坐好，觀看士兵揚起的激情和塵土落下。恢復寧靜後又過了許久，一波平日難得見到的散步人群仍將貢布雷的街道擠成黑壓壓一片。每間屋子門口，即使是沒有如此習慣的人家，家僕、甚至坐著觀看的主人們，大伙兒排成了一條歪歪扭扭的深色彩帶，裝飾著門檻，宛如大潮退遠之後，遺落灘岸的海藻與貝類點綴而成的縐紗與刺繡。

相反地，在那些日子以外，我通常都能安靜讀書。但有一次，斯萬來訪打斷了我的閱讀，他還帶來一些評論；當時我正在讀的是一位對我而言全新的作者：貝戈特。結果，從那時開始，有好長一段時間，入我夢中的女性不再是從綴有叢叢紡錘形紫花串的牆上浮現，而是改換成截然不同的背景，從一扇哥德式大教堂的拱門前跳脫而出。

36　梅澤格利斯（Méséglise），通往斯萬家那邊的路。

我先前曾聽說過貝戈特，第一次是透過較我年長的同學布洛赫，當時的我對他十分欽佩。聽到我向他表白對《十月之夜》[37]的讚美，他爆出小號般響亮的哈哈大笑，對我說：「小心你對繆塞先生那頗為低級的仰慕。他這個怪傢伙極度卑劣，是個相當陰險的粗人。此外，我得坦承，他，甚至還有那位有名的拉辛，他們在世時各自寫了一首音韻不錯的詩，根據我的看法，那些詩句的最高成就，就是絕對的毫無意義。『潔白的歐洛松與潔白的卡蜜兒』[38]和『密諾斯與帕西法埃之女』[39]。我會注意到這兩句詩，是因為我至親至愛的大師、令不朽眾神歡喜的勒孔特[40]老爹寫了一篇為這兩名惡徒開脫的文章。關於這一點，這裡有本書，我現在沒時間讀，這位偉大的好人似乎相當推薦。據說，這書的作者貝戈特先生是他認為觀察最入微的好傢伙之一；雖然他有幾次表現出的寬厚實在難以解釋，對我而言，他的話還是堪比德爾菲神諭[41]。所以，讀讀這些抒情散文吧！如果這位寫出〈薄伽梵〉和〈馬格努斯的獵兔犬〉[42]集詩韻於大成的偉大作家說得沒錯，以阿波羅之名，親愛的大師，你將嘗到奧林帕斯的瓊漿之喜。」先前，他曾用一種嘲諷的語氣要我喊他「親愛的大師」，接著他自己也這麼稱呼我。事實上，我們在這遊戲中得到不少樂趣，畢竟當時還很接近自以為命了什麼名，就真能創造出什麼的年紀。

可惜的是，與布洛赫閒聊，請他解釋，並無法平息他丟給我的困擾。在布洛赫告訴我美妙的詩句（對我這個唯獨期望從詩句中得到真相啟示的人來說）之所以美妙，是因為它們絕對毫無意義之後，其實他就再也沒獲邀到家裡來過。他最初還受到熱烈款待。的確，外公常認為，每每我和某個同學交往特別密切，還帶來我們家，那對方一定是個猶太人。基本上，他不會因而不悅——他的朋友斯萬也是猶太裔——只要他沒認定我選擇的朋友往往不是最優秀的人。因此，每當我帶新朋友回家，他很少不哼起歌劇《猶太女》[43]當中的段落：「噢！上帝我們的天父」或「以色列斷開鎖鍊」[44]，雖說他當然只是哼出曲調 Ti la lam, talam, talim[45]，但我總害怕同學是不是會認出調子，把對應的歌詞補上去。

見到人之前，光是聽到他們的姓氏，而且通常根本毫無特別的以色列根源，外公不僅就已從中猜出了我那些確實是猶太裔的朋友的出身，偶爾甚至還料到他家可能有什麼難纏的人。

37　《十月之夜 La Nuit d'Octobre》，法國十九世紀浪漫派詩人繆塞（Alfred Musset, 1810-1857）著名的《四夜組詩 Les Nuits》中最後寫成的一首長詩。
38　「La blanche Oloossone et la blanche Camire」，出自繆塞《五月之夜》。
39　「La fille de Minos et de Pasiphaé」，法國十七世紀劇作家拉辛的詩句。
40　勒孔特・德・李勒（Leconte de Lisle, 1818-1894）法國高蹈派詩人（Parnassien），一八八六年獲選為法蘭西學院院士。
41　阿波羅神諭，自古在德爾菲的阿波羅神廟舉辦儀式，由女祭司皮媞亞頒布神諭。
42　〈薄伽梵 Bhagavat〉、〈馬格努斯的獵兔犬 Levrier de Magnus〉，皆是勒孔特作品中的詩篇。
43　《猶太女 La Juive》，法文歌劇，由法籍猶太裔音樂家阿萊維（Fromental *Haléy*）作曲，劇作家及歌劇作詞人史克里比（Eugène Scribe）創作腳本。一八三五年二月於巴黎歌劇院首演。
44　聖桑（Saint-Saën）歌劇《參孫與大利拉 Samson et Dalila》第一幕第二景中參孫所唱的句子。
45　根據普魯斯特的寫作筆記，這些音節應是希伯來文的讚美詩。

「所以你那個今晚要來的朋友姓什麼？」

「杜蒙，外公。」

「杜蒙！噢！我可得小心了。」

然後他便唱了起來：

「弓箭手們，嚴陣以待！

屏息不作聲，警醒不懈怠；」

機伶地向我們追問幾個較深入的細節之後，他常大聲嚷嚷：「當心哪！當心！」或者，已來到我家的受審者若是經過一次暗藏心機的盤問，不知不覺間被他強迫供出自己的出身，那麼，外公為了讓我們知道他已確認不疑，便只盯著我們看，聲音小到難以察覺地哼唱：

「這個膽小的以色列人，

什麼，您竟領他來到此處！」

或者

「父親的曠野，希伯侖，柔美的山谷。[46]」

又或者：

「是，我是上帝的選民。」

外公這些小癖好並不是對我同學懷有任何惡意。布洛赫不討我父母喜歡，另有原因。首先，他惹火了我父親；父親見他身上淋濕，便很感興趣地向他搭話：

「布洛赫先生，現在天氣如何？剛下過雨嗎？我真不明白，氣壓計明明顯示天氣好得很。」

但他只得到這樣的回應：

「先生，我完全無可奉告有沒有下過雨。生活中的物質瑣事我完全置之度外，因此無意勞動我的感官去注意。」

「我說，我可憐的兒子啊，你的朋友是個傻子。」布洛赫離開後，父親對我說，「怎麼！他甚至不能告訴我當時的天氣狀況！有什麼事比氣象更重要！這人真是愚蠢。」

布洛赫接著又惹得我外婆不悅，因為，午餐後，由於她說身體有點難受，他突然就哽咽起來，頻頻拭淚。

「你要我怎麼相信這是出自他的真心？」她對我說，「他根本不認識我。不然，他就是個瘋子。」

最後，他惹得所有人都不高興，因為他在午餐開飯後一個半小時才姍姍來遲，一身泥巴，不但沒先道歉，還說：

「我從不讓自己被壞天氣或常規制訂的時間影響。我很樂意重新提倡鴉片菸管和馬來短劍，

46　此句出自法國作曲家梅宇（Étienne Méhul, 1763-1817）的歌劇《約瑟夫》。這個段落中外公所唱的其他曲子則出處不明。

但不懂鐘錶和雨傘這些毒害更甚、而且乏味至極的布爾喬亞器具有何用處。」

儘管如此，原本他還是可以再來貢布雷的，然而他不是爸媽希望我結交的朋友。到頭來，他們認為他為外婆身體微恙而流的淚水並非假裝，但他們憑著直覺或經驗知道，我們的敏感衝動對我們連串的行為及生活中的舉止影響甚小，而尊重道德規範，對朋友赤膽忠心，創作一部作品，遵守一項制度，其扎實的根基主要是源自盲從的習性，而非來自短暫、熱烈、卻無法開花結果的激昂情緒。比起布洛赫，他們寧願我結交的同伴能夠謹守布爾喬亞的道德規範，不超出友誼允許之限度多給我什麼，也不會未經知會、只因那天親切地想起我，便寄來一籃水果；那樣的同伴不會因為單單一次的想像與敏感，便令衡量友情的義務與要求的公正天秤偏向我這邊，不會反而更加誤使它有損於我。正因我們有愧，所以難以擺脫種種必須承擔的天命，姑婆即是箇中典範。多年來，她和姪女相處不睦，從不跟她說話，卻也沒因此更改遺囑，仍然指定將所有財物留給她，因為那是她最親的親戚，「理應」如此。

但我喜歡布洛赫，爸媽想順我的心；關於《密諾斯與帕西法埃之女》的缺乏意義之美，我百思不得其解。這些問題讓我更為疲累、苦惱，勝過我若是罔顧母親認為那些談話害人不淺，還與他展開新的對談可能造成的煩惱。我們本來還是能在貢布雷接待他的，要不是那次晚餐後，就像他剛告訴我的——這訊息後來對我的生活造成許多影響，使之更幸福，而後又更不幸——所有女人都以愛情為重，沒有一個抵擋得了我們的征服，他再三保證說他曾聽過一則言之鑿鑿的傳聞，說我姑婆年輕時過得風風雨雨，還曾被公開包養。我忍不住把這些話重述給爸媽聽，此後他再來貢布雷時便被擋在門外，後來我在街上跟他搭話時，他對我極度冷淡。

但是關於貝戈特，他說的是實話。

頭幾天，宛如一段會令人醉心不已的曲調，但我們尚未辨識出來，應該讓我喜歡得不得了的文風並未顯現。我離不開他那本我正在讀的小說，但以為自己只是對題材感興趣，就像戀愛初期，我們天天前去某個聚會、某種娛樂場所找一個女人，還以為吸引我們的是那些消遣。而後，我注意到他罕見的表述方式，幾乎過時，但他喜歡用於某些時刻，而那時，一股和諧的伏流，一首內在的序曲，恰恰烘托出了他的風格；也正是在那些時刻，他開始談「生命的徒然幻思」、「美麗表象滔滔不絕的激流」、「理解與愛之無解又美妙的折磨」、「動人的真身雕像，使大教堂可敬又迷人的門牆恆久高貴」；他將一種全新的哲思傳達給了我，用的是精彩絕倫的意象，簡直可說是這些意象喚醒了那豎琴悠揚的吟唱，伴隨這歌聲，造就出某種神妙的東西。貝戈特這些段落中有一段，第三或第四段吧，我特別從中挑了出來；這段相較於第一段之所獲，給我的喜悅更是無以倫比，我覺得那喜悅來自我內在一塊更深層的區域，更一致，更廣袤，障礙與藩籬似乎都已拔除。因為，認出這份同樣偏愛罕見表述的品味，這股同樣音樂性的宣洩，這種同樣理想主義式的哲思，早在其他幾個時刻，在我猶不自知時，便已是我感到樂趣的原因。我不再覺得攤現眼前的是貝戈特某本書中一個單獨的段落，只在我的思想表層單單用線條勾勒形貌，而是貝戈特

「最理想的段落」，貫通他所有其餘著作，類似章節盡數融入其中，將可造就一種厚度，一種體積，我的才智似乎也因而壯大。

我絕非貝戈特唯一的仰慕者，他也是我母親一位文學素養很高的女性友人最喜愛的作家。況且，為了讀他的最新作品，布爾彭醫生甚至還不惜讓病人久等。最初幾粒醉心貝戈特的種子，就是從他的診所以及一座鄰近貢布雷的公園為起點開始揚起。這些種子當時還那麼稀少，如今卻已散播全世界，歐洲，美洲，就連最小的村落，到處都能找到他那人人共賞的理想之花。我母親的女性友人，據聞，還有布爾彭醫生，他們對貝戈特書中特別喜愛之處，就和我一樣，也是那如歌般的流瀉，那些古老的用語，還有另一些非常簡單且廣為人知的說法，但他安插得令人眼睛為之一亮，彷彿因而透露出獨特品味；最後，悲傷的章節帶有某種突兀感，一種近乎粗啞的腔調。想必他自己應該也覺得這些皆是他最大的魅力。因為，在後來出版的書中，若是他遇上某個偉大真理，或是一座著名大教堂的名字，他便打斷敘事，在一段乞靈召喚、一段當頭棒喝的斥責、一段悠長的祈禱當中，大開自由之門，讓這些在他早期作品中猶被鎖在散文內的氣息揮灑出來；這些氣息當初僅隨表層的波盪起伏流露，而在像這樣蒙上一層紗，應當無法明確指認出它們的呢喃從何而生、又散向何方之際，或許揮發得還更輕緩、更和諧。他得意的這些段落正是我們最喜愛的段落。以我為例，我都能默記在心，倒背如流。當他重回敘事主線，我總有失落之感。每次論述某樣事物，他總讓我覺得自己以往從來不知其美：松樹林、冰雹、巴黎聖母院、《阿塔莉》或《菲德爾》[47]，他讓這份美感在某個意象裡爆發，噴濺到我心中。因此，我感受到，若非他將之拉近到我身旁，這宇宙中有多少事物是我微弱的感知無法辨別的；對於萬事萬物，我多想擁有如他那樣的看法，他的比喻方式，尤其針對我有機會親眼見到的事物；而在這些事物之間，特別是法國古老建築與某些濱海風景，由於他在作品中屢屢提及，那執著證明了他認為當中蘊含豐富的意義與美感。可惜，幾乎所有事物，我都不知道他的看法。我相信那與我的看法全然不同，既然這看法來自一個未知世界，而我試著晉升至那個世界：我深信，相較於他那完美的才情，我的想法顯得純粹愚蠢，我曾那麼多次將一切清空，以至於當我偶然在他的某本書中遇見一項我已抱持的看法，心便漲得好滿，彷彿有位仁慈的神將之交還給我，並宣告這看法合理且美妙。偶爾，貝戈特書中某一頁恰恰說起我在夜裡睡不著時常寫給外婆和母親、述說給她們聽的內容，那文字如此相似，讀來根本就像是一篇能放進我信件開頭的題詞大全。甚至到後來我也開始寫書時，當某些句子的質感不足，讓我無法堅定繼續寫下去，我也能在貝戈特的書寫中找到對應的語句。但唯有在他的作品裡讀到那些句子時，我才能歡喜享受；若是由我自己來寫，一心希望文句能精確反映我思我見，擔心不夠「貼切到位」，我總會花時間慢慢反省我所寫的是否令人愉悅！但事實上，我

47 《阿塔莉 Athalie》，拉辛最後的悲劇作品，創作於一六九一年，被譽為拉辛最成熟的作品。《菲德爾 Phèdre》則是拉辛的悲劇代表作，以亞歷山大體詩寫成的五幕劇，一六七七年於巴黎首演。

真正喜歡的也只有這類句子，這類想法。我那些提心吊膽、心有不滿的努力正是一種愛的標記，少了歡愉、但深刻的愛。因此，當我突然在別人的作品中發現這樣的句子，也就是說，我不再左右顧忌，不再一絲不苟，不再折磨自己，終於能陶然自在地展現我偏好這類型文句，那就好比一名廚師總算不必下廚，能有時間好好當個饕客。有一天，我在貝戈特書裡一段關於一名老女僕的敘述中讀到一則玩笑話；作家精彩又莊重的語言讓笑話更顯諷刺，但那正是我常對外婆提到法蘭索瓦絲時會開的玩笑。另有一次，我讀到他毫不避諱在那些堪稱真相明鏡的著作中反映一則批評意見，恰恰類似我在某個場合對我們的朋友勒葛朗丹先生有過的評論（對法蘭索瓦絲和勒葛朗丹先生的評論確實是我最毫不猶豫便獻給貝戈特的祭品，因我深信他不會對他們感興趣）。我突然覺得，我卑微的人生和那位本尊的王國相距並不如我以為的遙遠，甚至在某些點上還碰巧契合；於是，在自信與欣喜交集下，我對著作家的書頁哭了起來，彷彿投入失散多年的父親的懷抱。

根據作品，我將貝戈特想成是一個孱弱失意的老頭，從來未能釋懷喪子之痛。於是我在讀著、心裡默唱著他的散文時，或許比他文章寫就的速度還更「柔」、更「緩」[48]，就連最簡單的句子也以慈愛的語調向我娓娓道來。所有當中，我最喜歡的是他的哲思，決意永遠捨身追隨。他的哲思令我等不及想快快長大到能上中學的年紀，好進入大名鼎鼎的哲學課堂。但我不希望班上教授其他課程，只想生活在貝戈特的思想中；若是有人事先告訴我，日後我必須仰賴的形而上學大師們和他毫無相似之處，我的失望大概會有如一個戀愛中的人，畢生想獻出真愛，但旁人總跟他說他日後會結交諸多情婦。

某個星期天，我正在花園裡讀書，被來探訪我爸媽的斯萬打斷。

「您在讀什麼？我可以看看嗎？呦，是貝戈特？是誰把他的作品介紹給您的？」

我告訴他是布洛赫。

「啊！是呀，那男孩我在這裡見過一次，長得真像貝里尼畫筆下的穆罕默德二世[49]！噢！實在很驚人，他有同樣的拱形眉、彎勾鼻，高顴骨，等他長出一把鬍子，那就真的是同一人了。總之，他有品味，貝戈特確實是個迷人的才子。」看到我那麼仰慕貝戈特，向不提自己交友廣闊的斯萬，出於好心破例對我說：

「我跟他很熟。如果在這書上題幾個字能讓您高興，我可以請他這麼做。」

我不敢貿然接受，但向斯萬問了一些貝戈特的事。「您可以告訴我他最喜歡的演員是誰嗎？」

「演員？這我不知道。但我倒是知道，在他心目中，沒有一位男性藝術家能跟他最尊崇的拉．貝瑪相提並論。您聽過她的戲嗎？」

「沒有，先生，我爸媽不准我上劇院。」

48　「dolce」、「lento」，音樂術語。

49　真蒂萊．貝里尼（Gentile Bellini, 1429-1507），藝術家喬凡尼．貝里尼（Giovanni Bellini）的兄弟，文藝復興時期威尼斯藝術家，曾在拜占庭帝國君士坦丁堡宮廷中工作，為蘇丹穆罕默德二世作畫。

「太可惜了，您應該跟他們爭取。《菲德爾》、還有《熙德》[50]裡的拉．貝瑪，容我這麼說，可不是區區一個女演員而已。您知道，我不認為藝術的『階級！』有那麼重要。」（由於這一點在他和外婆的姊妹們的對話中常讓我印象深刻，我注意到，每當他談及嚴肅正經的事情，使用一種看似在重要主題上發表某種意見的說法時，他總會刻意把那個詞分開來說，語調十分特別，機械化，帶著諷刺，彷彿框在引號當中，彷彿不想為這個語詞負責，說：「階級，您知道，就像可笑的人們說的那樣？」但這麼一來，如果這是可笑的說法，他為什麼又要講階級呢？）過了一會兒，他又補充說：「那會給您一幅跟任何傑出畫作同樣高貴的景象，無論哪一齣，我不知道……像是……」他笑了起來，「沙特爾王后列像[51]！」此前，他對於正經地表述自己意見的這份恐懼，在我看來有某種優雅、是巴黎人才有的，與外婆姊妹那種外省的教條式思想正好相反；而我也懷疑，那在斯萬往來的小圈圈當中是一種才情的表現：在那圈子裡，為了反抗前幾個世代盛行的抒情主義，他們特意誇張重建過去以庸俗聞名的細微末節，禁止「辭藻華麗的文句」。但現在，我覺得斯萬這種處事態度當中有令人反感之處。他似乎不敢有意見，只在能一五一十地給出精確資訊時才安心。所以他不知道，這些細節的精確之所以重要，就在於公開意見，提出假設。於是我又想起那頓晚餐：當時我心中如此悲傷，因為想著媽媽大概不會上樓來到我的房間，他則說了雷昂親王夫人家舉辦的舞會不具任何重要性。然而他正是為了那種樂趣而消耗人生。我覺得這一切矛盾極了。他究竟是為了另外哪樣的生活而這麼拘謹著，不肯乾脆正經地說出自己當下的想法，有條理地講出他大可不必放入引號的評判，不再守著吹毛求疵的禮節，單刀直入他同時也明言可笑的事物？我同時注意到，斯萬和我談論貝戈特的方式中，倒是有些許特質並非他獨有，而是彼時我母親的女性友人、布爾彭醫生，以及這位作家的所有仰慕者共有的。如同斯萬，他們這麼形容貝戈特：「他是一位迷人的才子，那麼特殊，有種他獨有的敘事方式，有點刻意講究，但又那麼令人愉悅。不必看署名，立刻就知道是他的作品。」但這些人誰也不至於會說：「他是一位偉大的作家，擁有偉大的才能。」甚至不說他有才能。不說，因為他們不知道。我們要花很長一段時間，才能從一位新作家的特殊表象認出世俗想法的博物館中稱得上「才能卓越」之名的模範。正因為這新的表象前所未見，我們便覺得他不全然像是可被稱為「才能之士」的人。我們寧可提創意、魅力、巧妙、力道，而後有一天，我們發現，這一切正是才能。

「貝戈特曾經在作品中提到拉·貝瑪嗎？」我問斯萬。

「印象中，在他那本關於拉辛的薄冊子裡提過，但那書應該已經絕版了。不過也許再版過，我去打聽看看。此外，您想要什麼，我都可以向貝戈特說，一年當中他沒有哪個禮拜不來我家晚餐的。他是我女兒的好朋友。常一起去參觀歷史古城，大教堂，城堡等等。」

---

50 《熙德 Le Cid》，法國十七世紀劇作家高乃依的名作。

51 實指沙特爾教堂西拱門上刻畫《聖經》所載之列王列后的雕像。

由於當時我毫無社會階層概念，而長久以來，父親認為我們與斯萬夫人和斯萬小姐絕無往來的可能，這多少有些影響，使得我想像她們和我們之間距離遙遠，使得她們在我眼中別具威望。我遺憾母親不染頭髮，不搽口紅，不像我先前從鄰居薩扎哈夫人那兒聽說的斯萬夫人那樣打扮自己，但斯萬夫人這麼做不是為了丈夫，而是為了取悅夏呂斯先生。而且我猜想，我們是她輕視的對象，尤其讓我難過的是斯萬小姐；人家告訴我，她是個很漂亮的小女孩，我常幻想她的長相，每次見到一張同樣任性又迷人的臉龐，就借來挪用在她身上。但當我那天得知斯萬小姐是個條件如此難得之人，得天獨厚地浸淫在享有那麼多特權的環境，以至於她問她的雙親是否有誰能來共進晚餐時，得到的答案是「貝戈特」這幾個充滿光明的音節，是這位黃金貴客的大名，但對她來說，那不過是一個家族老友；此外，所謂餐桌上的親密閒聊，就我而言，相當於我與姑婆的對話，但她得到的是貝戈特的妙語如珠，關於他無法在他的書中探討的一切題材，我多想親耳聽他降示神諭啊；最後，當她去一些城市觀光時，他陪伴在她身旁同行，無人認出，自負得意，如同兩個下凡的神仙。就在那時，我領悟到斯萬小姐這樣一個人的身價，在她眼中，我該是顯得多麼粗俗無知。我的痛苦如此劇烈，不可能成為她朋友的體悟如此之深，一時之間滿腔欲望與失望。現在，當我想起她，最常浮現的景象是她站在一座大教堂拱門前，為我說明各個雕像代表的意義，並且，帶著說我好話的笑容，將我以朋友的身分介紹給貝戈特。各地大教堂給我的所有想法充滿魅力，法蘭西島[52]的山坡與諾曼地平原風景迷人，那些迷人魅力的光采匯流到我心目中的斯萬小姐形象上：我隨時可以愛上她。愛情需要各種嚴格的條件才能誕生，當中最重要、令其餘一切皆相形失色的，即是要我們相信，有個人過著我們未知的人生，而透過他的愛，我們將能深入其中。即使那些宣稱只從外在相貌來評斷一個男人的女性，也能從這副外表看見一個特殊的生命大放異彩。這就是為什麼她們喜歡軍人和消防隊員：制服讓她們對臉孔長相不那麼挑剔；盔甲之下，她們相信自己正吻著一顆不一樣的心，那顆心既勇於冒險又和善溫柔；而一位年輕君王，繼承大業的王子，若要在他走訪的異國裡展開最甜言蜜語奉承體貼的追求，並不需要一副對場外證券掮客而言也許不可或缺的端正相貌。

我在花園讀書，若在星期天以外的日子這麼做，我姑婆恐怕不能理解：週日這一天禁止操忙任何正事，她不拿針線做女紅（若是在週間，她大概會對我說：「你怎麼還在讀書取樂，今天可不是星期天。」這麼一來，她在「取樂」這個詞中就摻進了幼稚和浪費時間的含意）。這段時間，雷歐妮姨媽跟法蘭索瓦絲閒聊，等著尤拉莉來訪。她告訴法蘭索瓦絲，她剛才看見古畢爾夫人走過，「沒帶傘，穿著她在夏托丹訂製的絲裙。要是她在晚禱前還有很遠的路要走，很可能會把裙子給沾濕弄髒。」

52　法蘭西島（Île-de-France），塞納河與羅亞爾河中游之間，以巴黎為中心的行政大區，出現於十世紀的卡佩王朝，自古是王公集結之地。如今有時被稱為「大巴黎地區」。

「或許吧，或許吧（意思是或許不會）。」法蘭索瓦絲這麼說，為了不就此排除另一種更合理的可能。

「對了，」姨媽拍了一下額頭，「這倒是讓我想起來，我完全不知道她究竟是不是在舉揚聖血聖體儀式過後才到了教堂。我可得記得要向尤拉莉問個清楚……法蘭索瓦絲，您看看，鐘樓後面那片烏雲，還有照在屋瓦上的毒辣太陽，今天當然不可能不下雨。一直這樣，真受不了，天氣實在太熱了。雨越早下越好，畢竟若是不閃電打雷，我的薇姿礦泉水可就下不來。」姨媽又說。在她的想法中，急於代謝薇姿礦泉水的渴望，遠遠勝過擔心目睹古畢爾夫人毀了她的絲裙。

「或許吧，或許吧。」

「只是呢，一旦下起雨，廣場上能躲雨的地方並不多。」

「什麼，已經三點了？」姨媽突然嚷了起來，臉色發白，「所以晚禱已經開始了，我竟然忘了我的胃蛋白酶！現在我終於懂了為什麼我的薇姿礦泉水還一直留在胃裡。」

她急忙抓起一本彌撒書，紫色絨布燙金裝幀；匆忙之中，不小心讓一些圖片從書裡掉了出來：那些圖片邊緣綴飾了一條泛黃薄紙花邊，插在遇上節日的那幾頁中。姨媽邊吞下藥水，邊用最快的速度誦念經文，由於不確定喝下薇姿礦泉水這麼久之後，胃蛋白酶的藥效是否還能追上，讓水分下來，她腦筋稍微有點昏鈍。「三點，真不敢相信時間是這麼過的！」

玻璃窗發出一小記聲響，彷彿被什麼東西撞上，接著是一陣大規模的輕聲墜下，好比有人從樓上窗戶灑下沙粒；然後墜落範圍擴大，恣意歡快，配上一種節奏，益發流暢，鳴響，有音樂性，不可計數，涵蓋一切：下雨了。

「好極了！法蘭索瓦絲，我剛剛是怎麼說的？我就說會下雨嘛！不過，我想我聽到花園側門的鈴鐺在響，快去看看，是誰在這種天氣還跑出門。」

法蘭索瓦絲回來後報告：

「是阿瑪迪夫人（我外婆）說她要出去逛一圈。可是這雨下得很大哪！」

「我一點兒也不驚訝。」姨媽朝天翻了個白眼，「我一直都說她的腦袋跟大家都不一樣。幸虧這種時候在外面的是她，而不是我。」

「阿瑪迪夫人呀，她永遠在別人追不上的極端。」法蘭索瓦絲說得委婉，要留待和其他僕人共處時，才會說她覺得我外婆有點「神經兮兮」。

「彌撒儀式都做完了！尤拉莉不會來了。」姨媽唉聲嘆氣，「大概是這天氣讓她卻步了。」

「但現在還不到五點呢，歐克塔夫夫人！才剛四點半而已。」

「四點半而已？我不得不捲起小窗簾才能照到一點可惡的陽光。才四點半哪！祈願節[53]前一

53　祈願節 Rogations，基督教中的祈願節落在復活節後的第三十七至三十九日，也就是耶穌升天日的前三天。在這段期間，教徒進行齋戒，向上帝祈願。

個星期！啊！我可憐的法蘭索瓦絲！仁慈的上帝不生我們的氣都不行。還有，如今這世道實在太誇張！就像我可憐的歐克塔夫以前常說的，人們過分遺忘上帝，會遭祂報應的。」

姨媽的臉頰頓時有了血色，整個紅潤起來：尤拉莉來了。可惜的是，才剛把她引進門，法蘭索瓦絲也進來了，臉上還帶著微笑，因為她確信自己的一番話必能激發姨媽的喜悅歡呼，於是也想加入齊唱。她一個音節、一個音節地將字咬清楚，意在展現，儘管使用間接句語式，她這個盡責的女僕仍忠實傳達了訪客的惠允之言：

「本堂神父先生將深感榮幸，欣喜，倘若歐克塔夫夫人願意犧牲休息時間接見他。本堂神父先生並不願打擾。本堂神父先生在樓下，我已請他進到大廳。」

事實上，神父的來訪並不如法蘭索瓦絲猜想的那樣令姨媽高興；她每次宣告神父來訪時自以為該掛在臉上的欣喜表情，也同樣不完全對應病人的感受。本堂神父（非常好的人，我遺憾未能和他再多交談，因為他雖對藝術一竅不通，倒是通曉許多字根來源）習慣提供參觀者印象深刻的教堂資訊（他甚至想寫一本關於貢布雷教區的書），長篇解釋無止無盡，因而令她這個病人疲憊，更何況內容永遠一成不變。當他剛好與尤拉莉同時抵達，對姨媽而言，他的到訪就真的變得非常討厭了。她多希望能好好享受尤拉莉的到訪，而不是所有人擠成一團。但她不敢不接待本堂神父，只好對尤拉莉示意，要她別跟神父一起離開，她希望待神父走了之後再多留她一會兒。

「神父先生，這陣子大家不知跟我說過多少次了，有個藝術家把他的畫架架在您的教堂裡，好臨摹一面彩繪玻璃。我活到這把歲數，可說從來沒聽過這樣的事！也沒聽過教堂裡有過比這個更粗鄙的事情！」

「我倒不至於會說那是歷來最粗鄙的事，畢竟，若說聖伊萊爾確實有值得參觀之處，那麼其他部分也已非常老舊了；我可憐的座宗聖殿，整個教區就只剩它還未修繕！上帝啊，那入口拱門又髒又舊，但終究帶有一種崇高的特質；以斯帖的壁毯也還算不錯，雖然我自己不認為那有什麼價值，但行家卻哄抬說那是僅次於桑斯大教堂的收藏[54]。此外，我承認，在某些稍嫌寫實的細節之外，這些壁毯倒也呈現了別種細膩，見證一種不折不扣的觀察精神。不過，但願大家別來跟我談彩繪玻璃。這有道理嗎？那些窗戶，不讓光線透進來，甚至還用一種我不知該如何定義顏色的各種光影欺騙視覺，設在一座地面沒有兩塊石板鋪得等高的教堂裡，還稱說那是貢布雷歷任神父和蓋爾芒特家族歷代領主及古代布拉邦歷朝伯爵的墓地，所以拒絕幫我更換。當今的蓋爾芒特公爵的直系祖先也是公爵夫人的直系祖先，因為她原本就是蓋爾芒特家的小姐，嫁給了她的表親。」（由於我的外婆實在對人太不感興趣了，最後竟將所有姓名全混在一起；每當有人說到蓋爾芒特公爵夫人的名字，外婆就以為她應該是維勒帕里西斯夫人的親戚。人家每每哄堂大笑；於

54 桑斯大教堂（cathédrale de Sens）位於勃艮第，藏有十五及十六世紀的壁毯，呈現一幕幕宗教場景，以斯帖加冕圖尤其著稱於世。

是她引用一封喜喪通知帖試圖辯解：「我記得這內容似乎提到了蓋爾芒特。」難得一次，我和其他人一樣反對她，因為我無法認同她在寄宿學校結識的朋友會跟潔妮維艾芙・德・布拉邦的後代有親戚關係。）

「看看魯森維爾，那地方如今只是個農民小教區，儘管古時多虧了羽毛帽業和掛鐘業的興盛，一度是個商業重鎮。（我不確定魯森維爾的字源，很願意相信它原始的名稱是魯維爾，Rouville, Radulfi villa，就跟夏朵魯一樣，Châteauxroux, Castrum Radulfi，但這個故事我下次再告訴您）。好極了！那裡的教堂擁有華美的彩繪玻璃，幾乎每一面都是現代產物；還有那面氣勢逼人的《路易－菲利普進入貢布雷》，放在貢布雷本地應該更適得其所；據說它的價值可比沙特爾那面著名的彩繪玻璃。我昨天還見到佩爾斯皮耶醫生的兄弟，他是這方面的愛好者，他就視這彩繪玻璃為一件傑作。」

「但是，正如我常問那位藝術家的，話說這人相當有禮，而且顯然也是個揮灑畫筆的高手，所以您覺得這面比起其他花窗稍嫌陰暗的彩繪玻璃，有何不同凡響之處？」

「我確定，您要是向主教大人開口，」姨媽的口氣無精打采，開始認為自己就快厭煩了，「他不會拒絕給您換片新的。」

「您想得倒好，歐克塔夫夫人。」本堂神父回應，「但偏偏就是主教大人挺身而出，處置了這塊晦氣的玻璃。他證實這幅畫呈現的是惡王吉爾貝，蓋爾芒特大人，出身蓋爾芒特的潔妮維艾芙．德．布拉邦的直屬後代，得到聖伊萊爾的寬恕赦罪。」

「但我沒看到聖伊萊爾在哪裡呀？」

「當然在，就在彩繪玻璃的角落，您從來沒注意到一位身穿黃色長袍的貴婦嗎？這就對了！那就是聖伊萊爾，您知道的，在某些省分也稱為聖伊利耶、聖埃利耶，在汝拉省甚至叫聖伊利。此外，在所有聖人姓名當中，聖者伊拉盧斯之名的這種種曲解還不是最奇怪的產物。就像您的主保聖人，我好心的尤拉莉，聖女尤拉莉亞，您知道到了勃艮第地區變成什麼嗎？很簡單，聖安利：她成了個男聖者。您能想像自己死了之後被當成男人嗎？尤拉莉？」

「本堂神父先生總是愛說笑。」

「吉爾貝的兄長，夏爾勒．勒．拜各，虔誠的王子，但早年逝父，他的父親就是瘋子丕平[55]，死於精神疾病。這王子極權獨裁，仗著年輕，自負到了極點，沒有規矩；一旦看城裡哪個人的長相不順眼，便派人屠村，殺到最後一個居民。吉爾貝想向夏爾勒討回公道，下令燒毀了貢布雷的教堂。當時那座原始的教堂屬於戴歐德貝；更早以前，他帶著臣子離開距此不遠、位在提貝爾吉（戴歐德貝爾亞庫斯）的鄉間別屋，前去攻打勃艮第王室。他曾許諾，要是聖伊萊爾助他贏得勝利，他便在聖人的墳上蓋起一座教堂。現在殘存的僅有岱歐多應該已經帶各位去過的地下

55 Charles le Bègue、Pépin Insensé，兩者皆是普魯斯特虛構的君王。

聖堂，因為吉爾貝把其餘部分全給燒光了。然後，在征服者威廉[56]（神父的口音說成威洛）的協助下，他擊潰倒楣的夏爾勒。因此，許多英國人也會來此地參觀。不過，他似乎不懂如何贏得貢布雷的民心，因為，這裡的居民在他離開彌撒時砍下了他的腦袋。其餘的，岱歐多出借的一本小書裡都有詳盡解釋。

「不過在我們的教堂裡，最殊勝的無疑是從鐘樓上向外望去的視角，雄偉壯闊。當然了，您的身體不是那麼強健，我不建議您去爬那九十七階樓梯，那階數還只是著名的米蘭大教堂的一半。這對一個健康的人來說就已經夠累的了，更何況，要是不想撞破頭，還得彎著腰，因而把樓梯間的蜘蛛網全給沾攬到了身上。總之，您一定得穿得夠暖，」他又補充道（渾然不覺自己竟失禮地讓我姨媽生出她有辦法登上鐘樓的想法），「因為一登到那上頭，風可是大得不得了！有些人斷言在那上面感受到了瀕死之寒。星期日，成群遊人會不惜遠道而來，讚嘆一望無際的美景，心醉神迷地踏上歸途。無所謂，下個星期天，如果還是好天氣，您一定能見到不少人，畢竟那天是祈願節。此外，可也得承認，從鐘樓望去能享受到一種夢幻仙境般的視野，平原上遠遠浮現的各式景觀別有一番風味。天氣晴朗的時候，視線甚至能遠及凡諾伊。最特別的是，可將平時看得到這一樣、就見不到那一樣的景物一次盡攬眼底，像是維馮內河的河道，和聖－阿西斯－雷斯－貢布雷的灌溉溝渠，被一排如簾幕般的大樹隔開；又或者像是茹伊－勒－維貢特（如您所知，Gaudiacus vic comitis[57]）的各條運河。我每次去茹伊－勒－維貢特，的確都會看到一段運河，轉過一條街之後又會看見另一段，但前一段已不在視線內。透過思考的運作，我將那些全部置於一起，這其實多此一舉，起不了多大作用。從聖伊萊爾的鐘樓上望去，完全是另一回事：整片地方就陷在一片大網之中。只是呢，您分辨不出水流，那倒像是一條條大裂縫，巧妙地切割城市，分成好幾個區塊；整座城就像一個布里歐麵包，一塊一塊地聚集在一起，但其實早已預先切妥。要是有本事同時身處在聖伊萊爾的鐘樓和茹伊－勒－維貢特，那可是最理想了。」

本堂神父讓姨媽太過疲累，以至於他才剛走一會兒，她就不得不請尤拉莉打道回府。

「拿著吧，我可憐的尤拉莉。」她虛弱地說著，邊從手裡的小錢包拿出一枚錢幣，「這是為了讓您別忘記為我祈禱。」

「啊！可是，歐克塔夫夫人，我不知道該不該拿。您很清楚我不是為了這個而來！」尤拉莉每次都同樣地猶豫和為難，都彷彿像第一次那樣，而且還故意擺出不滿的神情，令我姨媽覺得好

---

56 征服者威廉，即威廉一世（1028-1087），第一位諾曼英格蘭國王，一〇六六年起始統治英格蘭，直到一〇八七年去世為止。他是維京掠奪者羅洛的後裔，一〇三五年起成為諾曼第公爵威廉二世，一〇六六年，諾曼征服英格蘭。威廉要求成為英格蘭國王，率領一支由諾曼人、布列塔尼人、佛蘭芒人和來自巴黎和法蘭西島的法國人組成的軍隊入侵英格蘭，即著名的諾曼征服，故亦得名「征服者威廉」。

57 在《斯萬家那邊》中，本堂神父那些關於地名的字源說法大多來自十九世紀史學家儒勒・基舍拉（Jules Quicherat）的著作《古地名之法文化 De la formation française des anciens noms de lieu》。

笑，卻又不至於讓她討厭；畢竟，哪天尤拉莉要是拿了錢幣，看起來又沒有平時那麼不好意思，我姨媽就會說：

「真不知道這尤拉莉是怎麼了；我給的明明就跟平常一樣，她看起來卻不太高興。」

「我相信她沒什麼好抱怨的。」法蘭索瓦絲嘆了一口氣。她傾向把姨媽給她或給她孩子們的視為小錢，而把每個星期日放進尤拉莉掌心裡的那幾枚小硬幣，當成是姨媽失心瘋浪費在忘恩負義之人身上的珍貴寶藏，但那錢幣塞得那麼低調，法蘭索瓦絲從來沒能看見。這並不是說姨媽給尤拉莉的錢，法蘭索瓦絲也想得到。姨媽擁有的，她也享用了不少，因此很清楚女主人的財富也提升了她家女僕在眾人眼中的地位；而她，法蘭索瓦絲，在貢布雷、茹伊－勒－維貢特和其他地方之所以有分量，受尊重，乃是因為姨媽名下擁有多筆田產，本堂神父頻繁且冗長的拜訪，和蔚為奇觀的薇姿礦泉水消耗量。她之所以小氣，不過是為了我姨媽著想；要是能由她來管理她的財產——這可是她夢寐以求之事——她會以凶猛的母性抵禦外人的盤算。然而她素知我姨媽為人慷慨到無可救藥，不覺得姨媽隨意贈予有何大不了——如果餽贈對象是富人的話。也許她是這麼想的：富人並不需要我姨媽的禮物，所以不可能有因為禮物才喜歡她的嫌疑。此外，送給具有極大財富優勢的人，像是薩扎哈夫人、斯萬先生、勒葛朗丹先生、古畢爾夫人等與我姨媽「同個階級」，而且「在一起很相配」的人們，在她看來，那些禮物就像是融入了那些富人奇特又耀眼的生活所需；這些富人打獵，開舞會，互相拜訪，她對此總是帶著微笑讚嘆。但是，姨媽大方揮霍的受惠者若是法蘭索瓦絲口中「跟我一樣的人，比我好不到哪裡去的人」，也就是她最看不起的人，那事情可就不同了；除非他們喊她「法蘭索瓦絲夫人」，而且不把自己看得「比她低」。當她發現，姨媽罔顧她的苦口婆心，仍然一意孤行把錢往水裡扔——至少法蘭索瓦絲是這麼認為——送給卑微的小人物，她便開始覺得，相較於在她想像中尤拉莉得到的豐厚數目，姨媽平時給她的簡直就是蠅頭小利，乃至於貢布雷周遭的田地無一不讓法蘭索瓦絲猜疑，能被尤拉莉靠著每次來訪的所得輕易買下。事實上，尤拉莉也持著同樣的想法在估算法蘭索瓦絲暗地裡的龐大資產。通常，尤拉莉才剛離開，法蘭索瓦絲便立刻推測起她又有了多少進賬，毫不避諱。她恨尤拉莉，但也怕她，認為尤拉莉在場時自己應該要給她「好臉色」。她人一走，法蘭索瓦絲便振作起來，不再實際提到她的名字，而是提高嗓門，如西卜林女巫宣判神諭那般大聲講出聖經〈傳道書〉中那種普世皆準的陳述，而這種話術姨媽不可能充耳不聞。掀起窗簾一角確認尤拉莉已確實關門出去後，她說：「諂媚阿諛之人懂得如何受到歡迎，並從中圖利；但耐心等著瞧，總有一天，仁慈的上帝會讓他們所有人得到報應。」目光斜睨，帶著袞阿斯特意影射阿塔莉時的暗中嘲諷所說：

「惡人的幸福如急流驟然而逝。」[58]

但若是本堂神父也來拜訪，而且沒完沒了不肯走，使得我姨媽精疲力盡，法蘭索瓦絲便會跟

58 拉辛劇作《阿塔莉》第二幕中的台詞。

著尤拉莉離開房間，並說：

「歐克塔夫夫人，我不打擾您休息了，您看起來很是疲累。」

姨媽甚至不答話，深深嘆出一口氣，彷彿那就是最後一口了；她雙眼緊閉，如同死人。不過，法蘭索瓦絲才剛下樓，四聲鈴響便以最猛烈的聲量在屋內迴盪，姨媽已從床上坐起，大喊：

「尤拉莉已經走了嗎？妳相信嗎？我忘了問她古畢爾夫人是否趕在舉揚聖體聖血儀式之前抵達教堂！快去追她！」

但法蘭索瓦絲沒能追上尤拉莉，無功而返。

「真惱人，」姨媽邊說邊搖頭，「我要問她的事情裡就唯獨這件最重要！」

雷歐妮姨媽的生活便是這麼度過，每天一模一樣，愜意地一成不變，如她假裝輕蔑、實則溫柔所稱的，她的「小日常」。所有人都共同小心維護著，因為家中每個人都有經驗，知道建議她多注重身心健康根本沒用，逐漸也就順從了她這樣的生活節奏；但不僅家人，就連鎮上隔我們三條街那個包裝工人，在要釘箱子之前，也都會派人來問法蘭索瓦絲，看看姨媽是否「沒在休息」——然而，那一年，這規律的日常作息曾遭到擾亂。如同一顆被遮蔽的果子，沒人注意到它已成熟，而且自行落果：某天夜裡，廚房女僕分娩了。但她實在痛得受不了，貢布雷又沒有產婆可為她接生，法蘭索瓦絲不得不在天都還沒亮時便趕往提貝爾吉找一位過來。女僕的慘叫使得我姨媽無法休息，儘管兩地距離不遠，法蘭索瓦絲卻拖到很晚才回來，讓她十分掛心。於是，那天上午，媽媽對我說：「那你就上樓去看看姨媽有沒有什麼需要吧！」我進到寓所第一個廳室，從敞開的門看見姨媽側躺著，她睡著了；我聽見她輕微的鼾聲。我正打算悄悄離開，但想必先前發出的聲響已經打擾到她的睡眠，就像人家在談論汽車時說的，「換了檔」，因為打鼾的樂聲停頓了一秒，隨即以較低沉的音調重新奏起，接著她便醒了過來，臉轉過來一半，恰巧讓我看得清清楚楚：那臉上帶著一種驚恐的神情，顯然她剛做了惡夢。從她的位置，她看不見我，而我就僵在原地，不知該上前還是退下。但她似乎已經回到現實狀態，辨識出先前害怕的謊性視覺，一抹喜悅的笑容，虔誠感謝上帝讓生活不似夢境殘酷，微弱地照亮她的臉龐，並帶著她已養成的那個以為周遭只有自己一人、因而放聲自言自語的習慣，喃喃地說：「讚美上帝！我們的麻煩只有臨盆的廚房女僕一個。真沒想到會夢到我可憐的歐克塔夫復活，而且要我每天出去散步！」她伸手探向放在小桌上的念珠，但再度襲來的睡意使得她無力搆取；平靜下來之後，她又睡著了。我踮起腳尖離開房間，無論她或其他人，從來沒有人知道我當時聽見了什麼。

當我說，除了非常鮮見的事件，例如廚房女僕這次臨盆以外，姨媽的日常運行從未遭到任何變動，我說的不是每隔一定時間就反覆出現、在制式之中再加入另一種制式的同樣變化。因此，每週六，由於法蘭索瓦絲總會在下午去魯森維爾-勒-班的市集，我們的午餐時間因此會提前一個小時。姨媽對這每週一次有違她習慣的例外已經如此習慣，於是把這習慣也當成其他習慣一樣堅持著。姨媽把這習慣，如法蘭索瓦絲所言，嚴重「例行公事化」，以至於要是某個星期六她得等到正常時間才能用午餐，就會覺得「無所適從」，彷若另外不知哪一天，她又得把午餐往前調整到星期六的用餐時間一樣。此外，對我們而言，午餐時間往前調也賦予了星期六一種特殊、寬容，而且頗為可親的形象。通常在輕鬆用餐前還有一個小時要過的時候，我們知道，再過幾秒鐘，就能見到一道道菜端上桌：趁嫩摘下的苦苣、一份特別招待的煎蛋、一塊教人擔當不起的牛排。這不對稱的星期六又快到來，這原是一件家內的、地方上的，幾乎是尋常百姓間的小事，在寧靜生活與封閉社會中營造出了某種全國性的關連，變成最受歡迎的話題、玩笑題材、盡其所能地浮誇敘事的主題：若是我們當中哪個人擁有能寫出長篇史詩的頭腦，這現成就是一個傳奇社交圈的核心思想。從一大早開始，在尚未穿戴整齊之前，沒有什麼理由，只想體驗一下團結力量大的有趣，我們帶著好心情、真摯誠懇之意、家族的自豪感，彼此互相提醒：「沒時間可浪費了，別忘了今天是星期六！」然而，邊想像這天應該會比平時漫長，邊跟法蘭索瓦絲商量著，我的姨媽說：「若是您能給他們料理一塊美味的小牛肉就好了，畢竟今天是星期六。」假如到了十點半，有哪個誰閃神拿出懷錶說：「加油，再過一個半小時就到午餐時間了。」每個人都會很高興能逮到機會對他說：「拜託，您在想什麼啊？您忘了今天是星期六！」我們直到一刻鐘以後都還能拿這件事說笑，甚至擅闖上樓，把這迷糊健忘的插曲講給姨媽聽，逗她開心。就連天空似乎也跟著改變了面貌。午餐後，太陽意識到那天是星期六，便在高空多閒逛了一個小時；有人以為我們去散步的時間晚了，發現聖伊萊爾鐘樓這才敲了兩響（冷清的街道上，鐘聲通常還遇不到人，因為大家或是在用午餐，或是在睡午覺；聲響沿著連釣者都暫時棄守的湍急、亮白的河流，孤單地穿越僅剩幾朵雲懶懶徘徊的空蕩青空），說：「怎麼才兩點？」所有人則齊聲回應：「您會弄錯，是因為我們已提前一個小時用了午餐。您明知今天是星期六！」一個在十一點到家裡來找我父親談話的野蠻人（我們這麼稱呼所有不知道星期六有何特別的人），他的訝異最令法蘭索瓦絲開心。不過，訪客不曉得我們週六會提早用午餐，無言以對，這件事固然令她覺得有趣，更讓她覺得滑稽的是，我的父親完全沒想到這個野蠻人竟可能不知道此事，而他面對那人看見我們已坐進餐廳時的訝異，也不多做解釋，只說：「拜託，今天可是星期六呢！」法蘭索瓦絲描述到這裡時，忍不住笑得頻頻拭淚，而且為了加強這樂趣，她還延長對話，自創訪客對這個什麼也沒說明的「星期六」作何回應。我們非但不嫌她畫蛇添足，反而覺得意猶未盡，說：「可是我覺得他好像還又說了什麼。您第一次敘述的版本比較長。」就連姨媽都放下手上的書，抬起頭，從手持眼鏡上緣注視這邊。

星期六還有一項特別之處：五月之中，每到這一天，我們在晚餐過後會出門參加「瑪利亞之月」[59]的儀式。

59 瑪利亞之月，歐洲天主教傳統將繁花盛開的五月獻給聖母瑪利亞。十八世紀盛行尊崇聖母的法國當月會舉辦各種活動及儀式，例如念頌《玫瑰經》。

由於我們偶爾會在那兒遇見凡特伊先生，他對「世風日下，不修邊幅的可悲年輕人」又非常嚴厲，母親因此會特別留意我的衣著沒有任何不妥，然後一起出發去教堂。回想起來，我就是在瑪利亞之月喜歡上白山楂花的。不僅在那麼神聖的教堂裡，凡我們有權進入之處、甚至祭壇上，皆擺放了與它們所參與的儀式的神祕感密不可分的白山楂花；它們並列綁起的枝芽在火炬與聖瓶之間鋪上了一層節慶的基調，大量綴滿亮白小花蕾的葉叢宛如新娘禮服長長的拖襬，將花綵雕刻裝飾得更加漂亮。但是，我不敢直視，只敢偷瞄，感到這華麗而盛大的背景生氣蓬勃；正是大自然本身在葉叢中鑿刻出這一朵朵花形，增添這些白色蓓蕾的究極妝點，使這幅布景畫面既具凡人的歡欣鼓舞之感，又達到神祕莊嚴的境界。稍高一點，白山楂花冠遍處盛開，優雅且無憂無慮，彷彿最後一筆雲霧般輕盈的淡妝，不經意地托住雄蕊束，而雄蕊細如蛛絲，讓整株花朵綻放芬芳；我起而效之，試著在心底模仿它們盛開的姿態。想像中，彷彿有一位白衣少女，心不在焉又活潑有朝氣，瞇著眼睛，目光嬌俏，不經心地迅速甩了甩頭。凡特伊先生帶著他女兒來到我們旁邊坐下。他的家世良好，曾是我外婆姊妹們的鋼琴教師，在妻子去世後繼承了財產，退引來到貢布雷附近，我們常在家裡接待他。但他太過靦腆，後來就不再來訪，以免遇見斯萬，因為斯萬結了個他稱為「隨波逐流，門不當戶不對的婚姻」。我的母親得知他會作曲，便殷勤地對他說，日後她前去探訪時，請他務必讓她聆聽幾段他的作品。凡特伊先生本來大可滿懷喜悅，但他的禮貌和善意過度擴張到了疑神疑鬼的地步，永遠設身處地在為他人著想，擔心對別人造成困擾，深怕萬一自己聽從了內心的渴望、甚或只是讓人猜到了他的渴望，在別人眼中就會顯得自私。我爸媽去拜訪他的那天，我也跟著去了，不過他們允許我待在外面就好。凡特伊先生的屋子位在蒙朱凡村，由於坐落在一個灌木叢茂密的土墩低處，我藏身的灌木叢所在高度正好對著房子三樓的沙龍，距離窗戶大約五十公分。當僕人進去通報我父母來訪時，我看見凡特伊先生急忙把一份樂譜擺在鋼琴上的明顯位置。然而我爸媽一進入廳內，他又抽走那份樂譜，放到角落。想必他擔心他們起疑，以為他之所以高興見到他們，只是因為能彈奏自己作的曲子給他們聽。拜訪中，我母親鍥而不捨地重提願望，他則多次重申：「真不知道是誰把這東西放在鋼琴上，它不該出現在這裡的。」然後轉移話題，正因為他對那些新話題較不感興趣。他唯一熱衷的是他的女兒，她女兒看上去像個男孩，身形那麼壯碩，以至於人們見她父親對她百般呵護，總是往她肩上再多披幾條長披肩時，總會不禁發笑。我外婆常提醒我們注意：那個滿臉雀斑的孩子，她粗魯的目光中經常閃過一種溫柔、細膩、幾乎害羞的神情。當她開口說完一段話，便會以說話對象的想法去理解這段話，提醒自己可能出現的誤會；於是，在那張「善良魔鬼」的男性化面孔之下，宛如透明般地，能見到一個憂傷少女那種較細緻的輪廓清晰浮現。

到了該離開教堂的時刻，當我在祭壇前跪下，隨後起身時，突然間，我聞到一股杏仁的苦甜氣味從白山楂花枝飄散出來；於是，我才發現，花朵上有些小小的地方偏向淡淡的黃色，我猜想香味就藏在那下方，如同藏在杏仁蛋奶酥餡餅焦黃部分下方的味道，或凡特伊小姐紅褐雀斑下方的臉頰氣味。儘管白山楂花默默不語，這一陣陣的郁香宛如它們緊湊一生的呢喃，祭壇因而輕顫，就像受到生靈觸角探訪的一道鄉間圍籬，那觸角是在看見某些幾近紅褐色的雄蕊時會產生的聯想：花蕊彷彿保留了如今變形為花朵的昆蟲那份春天的生猛與刺激性。

走出教堂時，我們和凡特伊先生在拱門前閒聊了一會兒。他走進廣場上的孩童群中調停他們的爭吵，保護弱小的孩子，令大孩子發誓永不再犯。雖然他女兒嗓音粗啞地說她見到我們有多高興，卻彷彿立刻被一個比較敏感的妹妹上身，為自己這些呆頭呆腦、男孩子氣的話語臉紅，深怕我們以為她是在要求我們邀請她到家中作客。她父親往她肩上披了一件外套；兩人坐上雙輪輕便馬車，由她駕駛，父女倆一起回蒙朱凡。至於我們，由於隔天是星期日，起床後要做的只有去參加大彌撒，若是當晚月色正美，氣溫暖和，父親榮譽心作祟，他不像平時那樣會讓我們直接回家，而是要我們以耶穌受難像為起點，進行一場漫長的步行。母親的方向感和認路能力極為有限，這使得她把這趟健行看作是策略天才的一記高招。有幾次，我們步行直至鐵路高架橋下，從車站開始就出現的一彎彎石拱，對我來說，就代表著被驅逐至文明世界以外的絕望與沮喪，因為，每年從巴黎過來時，大家總是建議，若是要來貢布雷，一定要小心別坐過站，要提前準備下車，因為火車靠站兩分鐘後就會再發車，爬上高架橋，駛出在我心目中以貢布雷為最遠邊界的基督教國度。我們走回車站大道，鎮上最舒適的莊園都位在那條路上。每座花園中，月光，如于貝爾·羅貝爾的畫，灑在白色大理石階、噴泉、微微敞開的雕花欄杆大門上。光亮摧毀了電報局，只剩一支碎裂一半的圓柱，但仍保有不朽廢墟之美。我的步伐沉重，頻頻瞌睡，椴花的芳香宛如只有極度疲憊才能換得的獎賞，其實根本不值得。相隔甚遠的一座座雕花欄杆大門邊，被我們孤獨的腳步吵醒的犬隻，吠聲此起彼落，就像現在我夜裡偶爾還會聽見的那樣；犬吠聲中，應該是車站大道前來棲身（當原址蓋起了貢布雷的公共花園），因為，從我如今所在的地方，一旦吠聲響起，傳至遠方，我便朦朧瞥見那條大路，伴隨著沿途的椴樹與月光照亮的人行道。

父親突然要我們停下腳步，並問我母親：「我們現在在哪兒？」一步行已讓母親精疲力盡，但她仍以父親為尊，溫柔地坦承她真的毫無頭緒。父親聳聳肩，笑了起來。這時，彷彿是他從背心口袋掏鑰匙順便掏出來似地，他向我們指出，眼前那扇小門正是我們家花園的後門，聖靈街的街角也連帶來到這陌生路線的盡頭等著我們。母親欽佩地對他說：「你還真不是一般人！」一從這一刻起，我一步也不需邁出，這座花園的土地會自動為我行走；在這裡住了這麼久，我的行動已不再帶有刻意的專注：習慣之神自來將我擁入懷中，將我像個小小孩似地抱上床鋪。

若說提早一個小時、而且少了法蘭索瓦絲的星期六，對我姨媽而言，過得比別的日子慢，她從每週初始卻又焦急地等著星期六再度到來。她衰弱又偏執的身體所能忍受的新鮮事和消遣彷彿全都含納在那一天裡。然而，這不表示她就不會偶爾對更大幅度的改變有所憧憬，不會有那些例外的時刻，渴望有別現狀的事物出現；在那樣的時刻，礙於缺乏體力或想像力，無法自行整理出一套做法來洗心革面的人們，會要求即將到來的那一分鐘，要求按鈴的郵差，哪怕是更糟的也好，為他們帶來新的刺激，一份感動，一場痛苦；在那樣的時刻，敏感度因歲月靜好而沉默無語，如同一座閒置的豎琴，想在一隻手的撥動下發出聲響，即便那是一隻粗魯的手，琴弦會扯斷也無所謂；意志力原本好不容易才拿下盡情放縱欲望及沉湎苦痛之中的權利，在那樣的時刻，又想把韁繩交由急迫的事件來掌握，儘管事態殘酷。約莫由於姨媽只要稍微勞累便精疲力盡，力氣只能從休息中一點一滴地緩慢恢復，活力之庫需要很久才能重新注滿，要等好幾個月後，她才能享有別人在工作中要避開的這微微的活力過盛，而她又不知道該如何使用，也下不了決心去用。於是，我相信——如同換吃白醬馬鈴薯的渴望，持續渴望一陣子後竟也生出了樂趣，就和每天回頭吃她「吃不膩」的薯泥所帶來的一樣——這些經年累月的單調日子最終恐怕使得她癡癡等著家中發生一場大災難，持續不過片刻，但能迫使她一鼓作氣，成就某項改變，是一種她明知有益自己身心、但又下不了決心去做的改變。她真心喜愛我們，若剛好是在她身體舒服，沒有全身發汗的時候傳來消息：屋子陷入了火海，我們已全部罹難，而且不久後連牆壁也將燒得連一塊石頭也不剩，她應該會樂於為我們哭泣；但對這場火災，她本也可以有充分的時間從容逃出，前提是她要立刻起身下床。這樣的消息應該經常縈繞在她許願的心頭，彷彿將讓她在漫長的悼念中細細品味自己對我們是多麼溫柔，以及既勇敢又飽受煎熬地，以起身的垂死病人之姿主持我們的葬禮，震驚全鎮這兩項次要好處，結合到另一項更難能可貴的好處上，那就是強迫她在沒時間可浪費、不可能產生焦慮猶豫的適當時刻，前去她位於米魯格朗那座有著一道瀑布的秀麗農莊避暑。由於她在獨自沉浸於數不清的各種耐心遊戲時必然籌劃、謀求成功的這類事件未曾發生（而且恐怕在剛開始要實現，剛出現這類無預警的小狀況時，便已讓她對那段用令人永遠再也忘不了的腔調宣布的噩耗用詞灰心，對帶有實際死亡印記的一切灰心，因為那與合理又抽象的可能死亡大不相同），她於是退而求其次，偶爾把生活過得有趣些，加進一些想像出來的轉折，興致盎然地追蹤後續發展。她喜歡突發奇想，猜想法蘭索瓦絲偷了她的東西，然後憑藉小聰明去確認，當場抓她個人贓俱獲。通常，她自己一個人玩牌，既打自己的牌又打對手的牌，這時她會自言自語，操著法蘭索瓦絲侷促、不好意思的語氣向自己道歉，隨即又怒火沖天、大發雷霆來回應；我們當中若是有誰在這些時刻進去，便會看見她大汗淋漓，眼中閃著怒光，假髮歪斜，露出光禿的額頭。也許法蘭索瓦絲偶爾會在隔壁房間聽到尖酸刻薄的挖苦衝著她來，若這些編造始終維持在純屬虛構的狀態，若姨媽的低聲碎念沒讓這些話更有真實感，那麼恐怕還不足以讓她本人出氣。偶有幾次，姨媽覺得就連這場「床上大戲」都還不夠，她想讓她的劇本正式上演。於是，某個星期日，門全都神祕地關上，她對尤拉莉全盤託出，說自己懷疑法蘭索瓦絲的手腳不乾淨，而且有意擺脫她；另有一天，她卻私下告訴法蘭索瓦絲，說她懷疑尤拉莉不忠心，不久後大門就不會再為她而開。幾天後，她對前一晚的心腹感到厭煩，又與叛徒言歸於好；此外，在下一場演出中，心腹與叛徒將互換角色。不過，尤拉莉偶爾能給她的猜忌靈感不過是曇花一現，很快就失效，因為缺乏後續補給，畢竟尤拉莉不住在這間屋子裡。至於法蘭索瓦絲，那就不一樣了：姨媽始終有感於自己與她住在同一個屋簷下，卻因為害怕走出被窩會著涼，不敢下樓去廚房查證自己的懷疑是否合理。漸漸地，占據她心神的唯有一件事：她時時刻刻努力猜想著法蘭索瓦絲正在做什麼，又有意隱瞞她什麼。她注意女僕面容上任何一絲稍縱即逝的變動，言語中的矛盾，似乎想掩飾的某種欲望。她自己則對女僕表現出一副已經拆穿她的樣子，只消一個字就能讓法蘭索瓦絲臉色發白，而姨媽似乎已經找到那個字，能刺穿那可憐人的心臟，一項殘酷的消遣。下一個星期日，尤拉莉揭露了一件事——就像那些新發現，為困在泥沼中打轉的某一門新興科學驀然開啟一片領域——證明我姨媽的猜想還遠遠低估了實情。「這下子法蘭索瓦絲應該知道您給了她一輛馬車。」

「我竟然給了她一輛車！」姨媽驚呼。

「啊！這我可不知道，應該沒錯，我剛才看見她乘著四輪馬車經過，一臉得意洋洋，要去魯森維爾的市集。我本來還以為是歐克塔夫夫人您給她的車呢！」如此，漸漸地，法蘭索瓦絲和我姨媽就宛如野獸與獵者，此後彼此不斷試圖搶先使詐。母親只怕再這麼下去，法蘭索瓦絲真的就要對極盡刁難之能事的我姨媽萌生恨意。無論如何，法蘭索瓦絲對姨媽所說的任何一句話、所做的任何舉動，關注皆非比尋常。當她有事相問，總會遲疑許久，拿捏著該採取何種方式開口。而問出口之後，她便暗中察言觀色，試圖從我姨媽臉上的表情猜測她腦子裡想到了什麼，又將作出什麼決定。於是——話說某藝術家[60]讀了十七世紀的《回憶錄》[61]，渴望親近國王陛下，以為自己正當其道，於是捏造出一份族譜，以示自己是某個歷史家族的後代，或與某位當今歐洲君王維持書信來往，卻偏偏背離了他謀求之事，只怪他的方式千篇一律，也就是說，死板過時——一名外省老婦，她的所作所為只是真誠地聽從自己無法抗拒的怪癖和衍生自生活無所事事的壞心眼，從來不曾遙想路易十四，僅著眼在她一天當中最沒意義的小事，包含起床，午餐，小憩，藉由這些事情專制的特性，得到一點聖西蒙稱為凡爾賽宮廷生活「機制」[62]的好處，她也可能相信，她的沉默或外表透露出的一絲好心情或高傲，對法蘭索瓦絲而言，皆是評論的目標，或熱烈激昂，或擔憂畏懼，正如一名侍臣、甚或最顯要的王公貴族，在凡爾賽某條小徑的轉角，提交一份請願書給國王時，要面對他的沉默、好心情或高傲。

某個星期日，本堂神父與尤拉莉同來拜訪我姨媽，過後，她小憩了一會兒，我們都上樓去和她道晚安。對於那每每使得訪客同時到來的楣運，媽媽向她表達了惋惜之意：

「我知道下午的事情還是那麼不盡人意，雷歐妮，」她語氣溫柔，「您得一次接待所有的朋友。」

這話還沒說完就被姑婆打斷：「再多的好事也……」因為自從她女兒病了之後，她便相信對

60 普魯斯特在隱射畫家竇加（Edgar Degas, 1834-1917）的身世。竇加的祖父在大革命期間逃往拿坡里王國，為謀發展，將姓氏拆為兩個字，變成像貴族頭銜的「De Gas」。

61 參見貢布雷一注30。

62 此處的「機制 la mécanique」包括君王及其周遭人員的每日時間運用與地點安排，需要調整到如同鐘錶的機械運作一般精準。

事情應該永遠正向看待，藉此讓她振作。但我父親插話：

「我想，」他說，「趁著全家都在這兒，向您報告一件事，以免我得個別從頭再說一次。我們恐怕跟勒葛朗丹有些不快。今天早上，他差一點沒跟我道早安。」

我沒留下來聽父親敘述來龍去脈，因為望完彌撒、遇見勒葛朗丹先生那時，我就在他身邊。我下樓去廚房詢問晚餐菜單，那就像從報上讀到新聞一樣，每天提供我消遣，又像慶典的節目表那樣令我興奮。由於勒葛朗丹先生步出教堂時從我們附近經過，走在鄰村一位我們只見過、但不認識的城堡女主人身邊。父親那時打了個友善但又拘謹的招呼，不過我們並未因此停下腳步。勒葛朗丹先生幾乎沒有回應，一臉驚訝，彷彿沒認出我們，就像有一種人，目光帶著無意與人為善的特殊眼神，而且迅速從眼底延伸、拉長，看起來就像是在一條長得不得了的道路盡頭瞥見您，距離那麼遠，所以他僅微微向您點個頭，以符合您如戲偶般的大小。

然而，陪在勒葛朗丹身邊的女士倒是德高望重，絕不可能是他在運氣好、受到青睞之時，被人不期撞見因而尷尬惱怒，我父親檢討自己怎麼會惹得勒葛朗丹不高興。「若是知道他因此生氣，我會很遺憾。」父親說，「尤其在穿著講究的眾人當中，他那身筆挺的小短外套，輕柔的軟質長領結，流露著毫不流俗的格調，那麼真實的簡單，加上表情又幾近天真，顯得非常友善可親。」但家族會議成員全數認為是我父親自己多慮了，或者，勒葛朗丹在那當下正想著別的事，因而心不在焉。此外，父親的顧慮到了隔天晚上便也煙消雲散。我們散步繞了一大圈回來，在舊橋附近瞥見勒葛朗丹；因為假日，他在貢布雷多待了幾天。他過來跟我們握手：「愛讀書的先生，」他問我，「您可曾聽過保羅・德加登[63]的這句詩？

樹林已黑，天空尚藍……

這豈不是此時此刻的最佳寫照？或許您從未讀過保羅・德加登。讀讀看吧！我的孩子；據說，他如今轉行當了道明會修士，但他過去有很長一段時間曾是個風格清澈的水彩畫家……

樹林已黑，天空尚藍……

但願天空永遠為您而藍，我年輕的朋友；即使在現下衝著我來的這個時刻：樹林已黑，夜幕遽落，您也能像我這樣，凝望天空，得到慰藉。」他從口袋裡掏出一根菸，目光停留在地平線許久。「別了，同志們。」他突然對我們說，隨即離去。

63　保羅・德加登（Paul Desjardins, 1859-1940）曾是普魯斯特的老師，其弟 Abel Desjardins 是普魯斯特的中學同學。這句詩出自其詩集《晚間之聲 La Voix du soir》中的〈遺忘之人 Celui qu'on oublie〉。

在我下樓探聽菜單的這個時刻，晚餐已開始準備；法蘭索瓦絲宛如仙境童話中巨人受雇為廚，揮灑著渾然天成的力氣助威，敲碎木炭，加大燜燉馬鈴薯的蒸氣，用最適當的火候烹煮道道美味佳餚，各式食材皆已放入陶製容器：從大鍋、湯鍋、小鍋和長形魚鍋到野味用的陶土深盤、各式糕點模具、奶醬小罐，還有一整套尺寸齊全的長柄鍋。我駐足看向桌上：廚房女僕剛剝好豆莢，豌豆按數量排好，宛如一顆顆綠色小彈珠。不過，最讓我欣喜若狂的是蘆筍，整支透著海青與粉紅，穗尖細細綴上點點淺紫碧藍，自然地往下漸層擴散，直到根部——那兒還沾著些許泥土——散發著並非源於大地的虹彩光澤。在我看來，這些天上才有的細微色差似乎洩露了造物主的美妙創造，搖身變成蔬菜取樂，喬裝成緊實的可食莖肉，讓人從這些乍現曙光的霞彩，這些尚未成形的彩虹草樣，這夜藍色的閃爍光芒中，察覺那珍貴的精華本質，在我晚餐吃過蘆筍後的一整夜裡，當它們在莎士比亞式的幻境中搬演既詩意又粗俗的笑鬧劇，將我的夜壺變成薰香瓶時，我都還認得出來。

可憐的喬托「慈悲」女神，斯萬如此稱呼她；法蘭索瓦絲派她去「削」蘆筍皮，一整籃蘆筍就放在她旁邊。她看起來很痛苦，彷彿感受到世間所有不幸；而蘆筍粉紅長袍上方那一圈碧藍色的輕巧小冠冕，一顆星星、一顆星星地，描繪得精巧細緻，如同帕多瓦的壁畫上「美德」的化身額頭圍繫的那一圈花兒，或是插在籃中點綴的那些。法蘭索瓦絲轉著一支烤雞串，因為只有她知道如何烤出美味；她這身好手藝的名聲，在貢布雷就如香氣遠揚，以至於烤雞端上桌時，在我對她個性的特殊看法中，溫柔那一面占了上風：她使雞肉如此濃郁多汁，肉質如此柔嫩，對我而言，那即是她某種美德散發的原味馨香。

但是，那一天，父親在家庭會議上徵詢與勒葛朗丹相遇一事的意見、而我下樓去廚房的那一天，也是喬托的慈悲女神產後身體非常不適的一天，她根本站不起來。法蘭索瓦絲少了個助手，備菜進度已經延遲。我到樓下時，她正在面對著雞圈的小廚房中殺雞。想當然，母雞絕望抵抗，但法蘭索瓦絲已情緒失控，在試圖從耳下斬斷雞脖子時連聲怒罵：「可惡的畜牲！可惡的畜牲！」使得我們這位女僕神聖的溫柔與熱忱打了折扣，不若隔天晚餐呈上烤雞那好似祭披的繡金表皮，以及從聖體盒中瀝滴而得的珍貴汁液時那般光輝燦爛。雞死了之後，法蘭索瓦絲盛接牠流淌不停的鮮血，卻未能淹沒她的憤恨，她突然又暴跳如雷，瞪著敵人的屍體，最後又罵了一次：「可惡的畜牲！」我全身發抖地回到樓上，真希望大人立刻把法蘭索瓦絲趕出家門。但若如此，那麼誰來為我做那樣熱騰騰的肉丸、香醇的咖啡，甚至，這些烤雞？事實上，這懦弱的盤算，所有人都和我一樣曾經衡量過。因為雷歐妮姨媽素來都很清楚——但我當時還不知道——為自己的女兒和外甥可以付出性命也絕無怨言的法蘭索瓦絲，對其他人卻是格外刻薄。儘管如此，姨媽還是將她留在身邊，因為雖然曉得法蘭索瓦絲為人殘酷，她卻更欣賞她的服務。我漸漸發現，法蘭索瓦絲的溫柔、一臉正經、種種美德背後，藏有許多小廚房裡上演的悲劇，正如歷史揭發教堂彩繪玻璃上那些雙手合十的國王與王后，都標記著一起起的血腥事件。我這才明白，除了她自己的親戚家人以外，生活離她越遠者遭逢的不幸，越能引發她的憐憫。在報上讀到陌生人的悲慘遭遇，她淚流如瀑，但若能稍微精確地揣想出那個不幸之人的樣貌，她的眼淚便很快就收乾。廚房女僕產後的某個夜裡，突然腹痛如絞；媽媽聽見她呻吟哀嚎，便起床去喊醒法蘭索瓦絲。法蘭索瓦絲渾然無感，宣稱那女僕喊痛是一場鬧劇，不過是想「擺擺架子」罷了。醫生早已擔心會出現這些突發急症，事先便在我們家中一本醫療書裡做了記號，將書籤絲帶夾在描述這些症狀的那一頁，告訴我們可在這一頁找到急救指示。母親派法蘭索瓦絲去找那本書，叮囑她別弄掉了書籤絲帶。一個小時過後，法蘭索瓦絲還沒回來。母親發怒，認為她又回去睡覺了，於是要我親自去書房看看。到了那裡，我發現法蘭索瓦絲為了查看標記的那一頁，竟然讀起了急症救治的敘述，還陣陣啜泣，因為書裡寫的是一個她不認識的典型病人。每讀到一項書中論述提及的痛苦症狀，她便哭喊：「哎呀，我的聖母，仁慈的上帝怎能讓這樣一個不幸的人承受如此之苦？唉！可憐的女人！」

但是我一喊她，要她回去喬托的慈善女神床邊，她的淚便立刻停止；她既無法辨識心生憐憫帶來的愉悅之情，以及她明明很清楚，常在讀報紙時得到的柔軟心地，也無法感受任何同種的喜悅；大半夜裡為了廚房女僕起床，這樣的麻煩和氣惱，再加上目睹與曾令她落淚的描述同樣的痛苦，她只能心情惡劣地嘟囔著，甚至尖酸刻薄地在以為我們都已離開、聽不到她說話時口出惡言：「還不就是該做的都沒做，才落得這般下場！這下子她可高興了吧！拜託，這女人現在別再裝模作樣了！不管怎麼說，還得有個小子被仁慈的上帝遺棄才走得到這一步。啊！我可憐的母親老家那話說得果然沒錯：

『情人眼中，狗屁股都能看成玫瑰花。』」

如果換做是她的外孫腦袋受了點風寒，即使自己生著病，她也會不睡覺，連夜出發，要趕去看他有沒有什麼需要，在日出前徒步走上四里路，以便在上工之前趕回來。相反地，在處理其他僕人的手段上，她對親人的這份關愛，以及確保她家族未來人丁興旺的渴望，可轉譯成一句永恆箴言，那就是，永遠不讓其他僕人踏進我姨媽房門；此外，她也擺出某種高傲姿態，不讓任何人靠近姨媽，就算自己生了病，她寧可起床親自給我姨媽送上薇姿礦泉水，也不准廚房女僕走進她主人的房間一步。如同法布爾[64]觀察到的泥蜂，那種膜翅目昆蟲為了讓幼蟲在自己死後還有新鮮的肉可吃，便藉助解剖學來達成殘忍的目的，獵捕象蟲和蜘蛛，用神乎其技的知識和靈巧，刺穿牠們足節活動仰賴的神經中樞，但不傷及其他生命機能。泥蜂在被麻痺的昆蟲旁邊產下卵，待幼

64 法布爾（Jean-Henri Casimir Fabre, 1823-1915）為法國博物學家、昆蟲學家、科普作家，其作《昆蟲記 Souvenirs entomologiques》是兼具自然科學與文學性的經典名著。

蟲孵出後，這昆蟲就成了牠們溫順的獵物，沒有攻擊性，無法逃跑或反抗，但不會有任何腐化變質。為了貫徹她的堅決意志，讓其他僕侍皆管理不了這幢屋子，法蘭索瓦絲想出各種極有學問、又極為無情的詭計。多年之後，我們才得知，那個夏天，我們之所以幾乎每天都吃蘆筍，是因為那氣味會引發負責削皮的可憐廚房女僕氣喘，程度嚴重到迫使她最後不得不辭職離開。

可惜！我們不得不徹底改變對勒葛朗丹的看法。在舊橋上遇見他，導致父親必須坦承錯誤之後的某個星期日，由於彌撒已近尾聲，再加上外面的陽光和雜響，某種不太神聖的東西混進了教堂，以至於古畢爾夫人、佩爾斯皮耶夫人（所有在我剛才稍稍遲來之際已入神專心祈禱的那些人；若不是他們的腳在那同時輕輕推開阻礙我入座的小長凳，我本可相信沒有人看到我進來）開始和我們高聲交談，聊的全是世俗之事，彷彿我們已經出了教堂來到廣場上。我們看見，在拱門熱得發燙的門檻前，勒葛朗丹就在那兒，凌駕於市集的嘈雜紛亂之上，而我們最近才在他身邊遇見的那位貴婦，她的丈夫正將他引介給附近另一位大地主的夫人。勒葛朗丹臉上流露著一種蓬勃的活力，一種極度的熱忱；他深深鞠躬，加上二度後仰的動作，背部猛然受到牽引，超出了原本該保持的位置。當初教他這麼做的應該是他姊妹德．康布列梅耶夫人的丈夫。這個迅速恢復直挺的動作使得勒葛朗丹的臀部肌肉激烈有力地湧現，我沒想到他的臀部如此豐滿，也不知道為什麼，這陣純粹實質的波動，這股全然肉感的洶湧，毫無精神靈性的表現，而且被充滿低俗感的匆促如狂風暴雨般襲擊，竟讓我瞬間靈光一閃，想到勒葛朗丹可能擁有另一副面貌，與我們認識的那個他截然不同。這位婦人請他去向她的馬車夫傳話，而他走到馬車旁的這一路上，獲人引介當時留下的那害羞又虔敬的喜悅始終印在臉上，未曾消退。他欣喜若狂，恍如作夢，微笑著，然後急呼呼地趕回那婦人身邊，由於走得比平時快，兩肩可笑地左右擺動，看起來卻如此全然投入，心無旁騖，淪為了被動的機械玩具，任憑幸福戲弄。我們走出教堂大門，經過他身邊；他教養極好，雖不至於撇過頭去，但目光突然滿載深沉的幻夢，聚焦於地平線上遙遠的一點，所以無法看見我們，因此也就不需跟我們打招呼。輕軟直挺的短外套彷彿身不由己，迷失在令人厭惡的奢華之中，而外套上方，依舊是一臉無辜，還有一只圓點拉瓦耶蝴蝶結，隨著廣場上的風勢凌亂起舞，繼續在勒葛朗丹身上飄蕩，如同一面旗幟，彰顯他自命不凡的孤高與高貴的獨立自主。回到家後，媽媽發現我們忘了聖多諾黑蛋糕，便請父親帶我回頭，叫人立刻送過來。我們在教堂附近碰見勒葛朗丹駕著馬車載著同一位婦人迎面而來。他與我們擦身而過，但沒有中斷與鄰座女性的談話，而是以他的藍眼睛對我們微微使了個眼神示意，大致作用在眼皮內部，不至於影響到他的臉部肌肉，完全不會被他的談話對象發現；但是，他試著加強情感以彌補稍嫌狹隘的表情範疇，在特意關照我們的那一角碧藍之中，友好善意殷殷閃爍，更甚詼諧，幾近狡黠；他巧妙傳達細膩的和善，甚至串通似地眨眨眼，話中有話，語出言外之音，仰賴神祕的默契，最後不惜誓言溫柔，告白愛意，熱烈盛讚友誼之穩固不移，以城堡女主人察覺不出的無精打采，隱祕地，在冰冷的臉龐上，只對我們點亮一隻情意濃厚的瞳孔。

就在前一天，他請我父母今日送我過去與他共進晚餐，「來陪陪您的老朋友。」當時他這麼對我說，「如同一位旅人從我們再也回不去的國度寄來的花束，請讓我從您那距我已遠的年少青春，吸聞多年前我亦曾穿梭其間的春花芬芳。請您過來，帶著報春花、纈草、毛茛；帶著巴爾扎克的花草世界中，真愛花束所用的黃景天[65]；帶著耶穌復活日之花、雛菊，以及在復活節驟雨後殘留的雪球尚未消融的時節，已讓您姑婆的花園小徑瀰漫清香的雪球花。請您過來，帶著可與所羅門王匹敵，如穿著絲綢華服的百合[66]，以及琺瑯般多彩的三色堇；尤其請您帶來最後一場霜凍後依然沁涼的微風，為從今早即在門口等候的兩隻蝴蝶，輕輕吹開耶路撒冷的第一朵玫瑰。」

家裡，大人們還猶疑是否仍該送我去和勒葛朗丹先生共進晚餐。但外婆不願相信他有失禮冒犯之嫌。「你們自己也承認，他來的時候總是穿著樸素，毫無社交氣。」她直言，無論如何，即便做最壞的設想，假使他的確未能謹守禮節，也不過是佯裝沒看到我們而已。說實話，對勒葛朗丹的態度最惱火的是我父親，或許他對勒葛朗丹那態度當中的含義還存有最後一絲懷疑。一如所有能揭露某人深藏不露性格的態度或行為：這態度與其人先前的言行不符，我們無法用不認罪之人的證詞來確認；因此，面對這則片斷、而且前後不連貫的回憶，我們只能靠自身感官的自由心證，前提是這些感受未淪為幻覺之玩物。於是，那樣的態度，那些尤其重要的態度，常讓我們留有幾許不確定。

我和勒葛朗丹在他家露台上晚餐，月色明亮。「此刻的寂靜頗為美妙，不是嗎？」他對我說，「對於一個受傷的心靈如我，一位日後您長大些會讀到的小說家宣稱，唯暗影與幽靜適宜[67]。我的孩子啊，您知道，生命終有那麼一刻，現在離您尚遠，但在那一刻，疲憊的雙眼僅能容下一種亮光，那是如今夜般的美麗夜晚利用幽暗醞釀滲泌出的光；在那一刻，雙耳僅能聆聽月光從寂靜的長笛中吹奏出的樂音。」我傾聽勒葛朗丹先生的話語，始終覺得令人如此愉悅，卻又被一個我最近才初次見到的女人的回憶擾亂；我同時又想，如今我既已知道勒葛朗丹和附近好幾位貴族名流關係不凡，或許他也認識那一位。於是我鼓起勇氣對他說：「先生，不知您是否認識蓋爾芒特城堡的女……的主人們？」同時覺得藉著說出這個姓氏，我對它便有了某種掌控權，心中十分高興，只因能將它從我的幻想中解脫出來，賦予它客觀、有聲的實質存在。

然而，一提及蓋爾芒特這個姓氏，我看見我們這位朋友的碧藍雙眼裡顯露出一道褐色小缺口，彷彿剛被隱形的刀尖刺穿，瞳孔其他處則湧出一波波湛藍來回應。他的眼周瞬間黯淡，眼皮垂了下來，印著一道苦澀紋痕的嘴角以最快的速度恢復原狀，擠出微了笑，眼神卻依然痛苦，宛如全身插滿箭的悲壯殉難者。「不，我不認識他們。」他這麼說，但給出如此簡單的訊息，如

65 在巴爾扎克的作品《幽谷百合 Le lys dans la Vallée》和《幻滅 Illusions perdu》中，都有以景天花這個植物象徵純潔真愛的場景。

66 《馬太福音》6:28-29「何必為衣裳憂慮呢？你想野地裡的百合花怎麼長起來，它也不勞苦，也不紡線，然而我告訴你們：就是所羅門極榮華的時候，他所穿戴的還不如這花一朵呢！」

67 此句為巴爾扎克的小說《鄉村醫生 Le Médecin de campagne》的題詞。

此毫不驚人的回答時，他的語氣卻非應有的自然流暢，反而逐字地強調，同時點頭、晃著腦袋致意，既帶著說服人去相信一項難以置信之事的堅持——彷彿他之所以不認識蓋爾芒特家族，只能歸咎於某種特殊的偶然——又帶著無法對自己難受的處境不置一詞之人的誇張，寧願大肆張揚，好讓別人知道自己對這番供詞完全不尷尬，說出來很簡單、愉快、心甘情願，好似那個處境——與蓋爾芒特家族之間欠缺關係——原本不會變成這樣的困境，但那是他出於自願，由於某項家庭傳統、道德規範或神祕誓願之故，他無法衝著蓋爾芒特這個姓氏與那個家族交往。「不，」他又回說，以自己的語氣解釋剛才的話，「不，我不認識他們，從來就不想認識，我一向堅持保有我個人完整的獨立性；其實我的腦袋裡裝著雅各賓思想[68]，您是知道的。許多人都要來拯救我這顆腦袋，跟我說不去蓋爾芒特是大錯特錯，說我讓自己顯得像是個粗野之人，就像一頭年邁老熊。不過，這樣的名聲可嚇不倒我，說得還真對！其實，在這世上，我喜歡的東西只剩幾座教堂、兩三本書，比兩三幅稍多一點的畫作，還有當您那青春微風將我這雙老花眼已看不清的花壇芬芳帶到我面前來時的皎潔月光。」我不明白，原來不去不認識的人家裡是因為需要維持自己的獨立性；我也不懂，為何這麼做又會讓人看來像個野人或一頭熊。但我知道，勒葛朗丹說他只喜歡教堂、月光和青春年少這其實不太誠實；他非常喜歡擁有城堡的人，在他們面前總是誠惶誠恐，深怕惹得他們不快，所以不敢讓他們看到自己的朋友當中竟有布爾喬亞階級，公證人的兒子或是證券交易代理人；一旦紙包不住火，他寧可自己不在場，離得越遠越好，最好「抗傳不到」；他是個勢利鬼。在他那些我父母和我都那麼喜歡的辭令當中，想必從來沒談過任何與此相關的事。而我若是提問：「您是否認識蓋爾芒特家族？」說話高手勒葛朗丹會直接回答：「不，我從來不想認識他們。」只可惜，他要等第二次才這麼回應，因為，有另一個勒葛朗丹被他悉心祕藏於內在深處，不願顯露，這另一個勒葛朗丹熟知我們認識的勒葛朗丹，熟知他的勢利心態，還有他那些有損聲名的過去；那個勒葛朗丹受傷的眼神，嘴角勉強揚起的苦笑，回應時過度沉重的語氣，還有那穿心萬箭，不斷射向我們這位勒葛朗丹，使得他頓時活力盡失，有如一名勢利鬼世界中的聖塞巴斯提安[69]；那一切早已給了答案：「唉！您讓我多麼難過！不，我不認識蓋爾芒特家族，別喚醒我此生最大的痛苦。」由於這個可怕執拗的小孩勒葛朗丹，這個咄咄逼人的勒葛朗丹，他沒有另一位勒葛朗丹的華美詞藻，發言卻遠遠更為匆促，充滿所謂的「反射性回應」；聊天高手勒葛朗丹想強迫他緘默，他卻已經把話說了出口，於是我們的朋友只能徒然悔恨，對於另一個自我揭露出的壞形象，他無能為力，只能設法掩飾。

當然，這並不意味勒葛朗丹先生在嚴厲斥責自命不凡的勢利眼之際是言不由衷。他無法知道，至少無法自行得知，他自己其實也屬於此類，因為我們向來都只曉得別人熱衷之事，關於自

68　雅各賓派，或雅各賓主義（Le jacobinisme）一詞源自法國大革命時期的雅各賓俱樂部，在十八世紀時是指捍衛法蘭西共和國之人民主權及個體性的意識形態。

69　聖塞巴斯提安（Saint Sébastien），據傳在西元三世紀羅馬迫害基督徒期間被捆綁在樹樁，遭亂箭射死的殉道聖人。

已熱衷之事，我們究竟能知道多少，就只能透過他人得知了。這熱情僅能在轉過一手之後才得以在我們身上起作用，透過想像，以後續較合宜的動機取代最初的動機。勒葛朗丹的勢利眼從不慫恿他常去探望某位公爵夫人，反而支使他的想像力讓那位公爵夫人彷彿集所有優雅於一身似地出現。勒葛朗丹接近公爵夫人，自認屈服於她那種精神與美德的誘惑，那可是下流的勢利眼們無從得知的。唯有旁人能知他也是其中一員，因為，他們正好沒有能力了解他想像力的居間運作，因而直接看到了勒葛朗丹在社交圈的活動與他的初衷相互呼應。

現在，在家裡，我們對勒葛朗丹先生再無任何幻想，與他的關係也疏遠甚多。媽媽每次當場逮到勒葛朗丹犯下他不肯認帳之罪，總覺得逗趣得不得了，而他還繼續言之鑿鑿，直斥那行為就是自命不凡的勢利。我父親呢，他則是難以這樣置身事外輕鬆看待勒葛朗丹的傲慢。有一年，當他們打算送我和外婆去巴爾別克度暑假時，他說：「我一定要告訴勒葛朗丹你們要去巴爾別克，看他會不會主動把你們介紹給他姊妹。他應該已不記得自己說過她就住在距離當地兩公里外的地方。」外婆認為，去到海水浴場，就該從早到晚都待在沙灘上吸嗅鹽分，而不是去結識誰，因為參觀、走訪和散步多少會剝奪吸收海洋氣息的時間；她反而是請家人別向勒葛朗丹提起我們的度假計畫，已可預見他的姊妹，德·康布列梅耶夫人，會在我們正要出發去釣魚時來到旅館，逼得我們不得不關在室內接待她。但媽媽笑她太多慮了，心中暗想，這危機根本沒那麼緊張，勒葛朗丹才不會這麼急著讓我們跟他姊妹搭上關係。然而，我們都還沒向他提起巴爾別克，沒想過我們竟會打算去那地方的勒葛朗丹，某天晚上，在維馮納河畔遇見我們時，卻來自投羅網。

「今晚的雲彩紫藍交間，十分美麗，可不是嗎，我的同伴？」他對我父親說，「尤其是，與其說那是天空藍，毋寧說花朵藍，瓜葉菊之藍，在空中令人驚艷。而那一小片粉紅雲朵不也呈現花朵的色澤，如康乃馨或繡球花？唯有在英吉利海峽地區，諾曼地和布列塔尼之間，我才能針對這種大氣氛圍中的植物王國進行這麼豐富的觀察。巴爾別克那附近，距離這些荒蕪之地不遠處，有一個恬靜、迷人的小海灣，歐日地區[70]的夕照，此外，那是我遠不敢藐視的艷紅又金黃的夕照，到了那兒，則毫無特色，沒有可看性；然而在那潮濕、溫暖的大氣中，這些上天的花束在傍晚時分盛綻，藍與粉紅的花簇或深或淺，無與倫比，通常歷經好幾個小時才枯萎。還有些彩雲碎花則是立即凋謝、剝離，此時更美，只見整片天空散布無數花瓣，有的硫黃，有的玫紅。在這座人稱蛋白石海岸[71]處，一片片金色沙灘更顯柔細，宛如金髮的安朵美達[72]，被鎖綁在附近海岸

70　歐日地區（Pays d'Auge）位於法國諾曼地，包含現在的卡爾瓦多斯（Calvados）、翁涅（Orne）及厄爾（Eure）等省分。此地傳統文化與自然生態兼容並蓄，二〇〇〇年曾獲藝術與歷史地區認證標章。

71　蛋白石海岸（Côte Opale）位處法國東北海岸，皮卡地海岸北方，英吉利海峽與北海交接處，正對英格蘭東南岸峭壁。一九一一年，畫家愛杜華・雷維克（Edouard Lévêque）將這片海岸取名為蛋白石海岸，以讚嘆其特殊多變的光影。

72　在希臘神話中，安朵美達（Andromèdes）因美貌觸怒了海神之妻，被拴在岩石上準備獻給海怪，後來被柏修斯以美杜莎的人頭救出。

那些嶙峋猙獰的岩石上，困在這因發生多起船難而知名的不祥海岸；每個冬天，有不少船隻在這片海域遇難沉沒。巴爾別克！我們這片土地上最古老的地質結構，真正的阿爾—莫爾[73]，也就是大海，陸地的盡頭，安納托．法蘭西[74]——我們這位小朋友該拜讀的迷人魔法家——筆下描繪得那般傳神的受詛區域：籠罩在亙久不散的迷霧中，活像《奧德賽》中辛梅里亞人的國度[75]。尤其是，巴爾別克已蓋起幾間旅館，層疊錯落在古老而迷人的大地上，但無損之。到距離這些如此美麗的原始地區僅僅幾步之遙的地方出遊散心，是何等美妙之事。」

「啊！您在巴爾別克可有認識的人？」我父親說，「正巧這孩子要跟他外婆去那裡度假兩個月。我妻子也許也會一起去。」

勒葛朗丹當場被這個問題難倒，雙眼瞪著我父親好一陣子，無法將目光移開，反而一秒比一秒盯得更緊——同時黯然一笑——他注視著談話對象，一副友好、坦率及不畏對視的表情，彷彿那張臉變成透明，而他得以望穿，並在此刻清楚看見臉孔後面、上方高處，有一朵鮮豔的彩雲，為他創造了心不在焉的證明，讓他能夠在別人問他在巴爾別克是否有認識的人時，將這情況布署成自己此時正在想著其他事，沒聽到問題。那樣的眼神通常會讓談話對象說：「您到底在想什麼？」不過，我那好奇的父親已被激怒，冷酷無情地追問：

「您在那附近可有朋友？既然您對巴爾別克這麼了解？」

最後的努力亦告絕滅，勒葛朗丹微笑的目光已到達極限的溫柔、迷濛、真誠和漫不經心，但是他大概認為只要有個回應即可，於是對我們說：

「四海皆有我的朋友，只要那兒有成群樹木受傷，但尚未倒下不起，彼此拉近，拿出悲壯固執的精神，一起懇求對它們殘酷無情的上蒼。」

「我想問的不是這個，」父親打斷他，就和那些樹木一樣固執，同上蒼一樣冷酷，「我問的是，萬一我岳母發生什麼事，需要有個照應，不至於求助無門的時候，您在那兒是否有認識的人？」

「在那兒與任何地方皆然，我誰都認識，也誰都不認識。」勒葛朗丹答道，還不肯這麼快就投降，「我認識許多事物，但極少人物。不過，那兒的事物也與人物相似，像那些難得一見的人物，擁有一種精妙本質，恐怕會被生命辜負。有時，那是一座您在崖邊遇見的小城堡，停駐路旁，在天空尚呈粉紅、金月初升、回航的舟船在絢爛的水面畫下條紋、船桅上插上火把滿載色彩

73 阿爾－莫爾（Ar-mor），是布列塔尼亞在凱爾特語中的名稱，意為「在海上」。

74 安納托．法蘭西（Anatole France, 1844-1924）法國小說家，一九二一年諾貝爾文學獎得主。《追憶逝水年華》中作家角色貝戈特的主要原型人物。「人生太短，普魯斯特太長。」即為他的名句。

75 辛梅里亞（Cimmérien）是一支古老的印歐人遊牧民族。根據希臘史學家希羅多德記載，辛梅里亞人棲居在如今的克里米亞半島。出現在《奧德賽》卷十一和十四中的「神祕民族」也被稱為辛梅里亞人，生活在一塊位處大洋之外、冥界邊緣的黑暗多霧的土地上。安納托．法蘭西在《皮耶．諾齊埃 Pière Nozière》中引用《奧德賽》，將布列塔尼亞喻為辛梅里亞。

的傍晚，兀自哀傷；有時，那單單是一幢孤獨的房子，其貌不揚，看似害羞但小說性十足，欺瞞所有眼睛，藏著某種不朽的幸福與覺悟之祕密。這個沒有真理的國度，」他以一種馬基維利主義式的權謀話術補充，「這純粹虛構的國度，對孩子而言是一本不良的讀物，我當然不會選擇它推薦給我這位親愛的小朋友，他的心容易受到牽動感染，已經有那麼嚴重的憂鬱傾向。戀愛的心事和無用的懊悔，這類氛圍或許適合我這種已經醒悟的老人，但對一個個性尚未成形的人終究有損健康。相信我，」他繼續堅持，「這座海灣已有一半在布列塔尼亞，對於如我這般不再完好的心靈，一顆已無法彌補的受損之心，其中的海水或可帶來鎮靜之效，此外這還有待商榷。這片大海與您的年齡相剋啊，小男孩。『晚安了，鄰居們』。」與我們告別時，他依例又突兀、不知所云地加上一句，回頭對我們伸出醫生的手指，總結診斷成果：「五十歲前別去巴爾別克，而且還要視心靈狀態而定。」他對我們高喊。

父親後來再遇見他時，復又提起此事，連串發問折磨他，卻徒勞無功：如同那個博學的騙子，為了偽造古書耗費許多辛苦與學問，明明只要其中的百分之一就足以確保他獲得更高的利潤，而且還賺得正大光明[76]。至於勒葛朗丹先生，要是我們不肯罷休，他最後恐怕寧可建立起一套低諾曼地的風景倫理學和天空地理學，也不願向我們坦承他的親姊妹就住在巴爾別克兩公里外的地方，不願被逼得為我們寫一封引介信；他心中若是篤定，這封信對他而言就不該是需要這麼惶恐之事——事實上，依他對我外婆性格的體認，他本該安然篤定才是——他應該知道我們絕對不會藉這封信去占人便宜。

我們散步完後一向早歸，好在晚餐前去看看我的姨媽雷歐妮。晝短的季節之初，來到聖靈街時，屋子的玻璃窗上還亮著一抹夕陽的暮光，耶穌受難紀念雕像那片樹林深處尚存一道紫紅，映入稍遠的池塘；那紅光，經常伴隨刺骨的寒冷，在我心中，與上方烤著雞的紅色火光連成一氣，以美食、暖意及休憩等享受，接續散步所得的詩情畫意。夏日裡，相反地，回程路上太陽尚未西落，探視姨媽雷歐妮的時候，低斜的日光觸及窗戶，駐足於窗簾和簾繩之間，切分開來，分支眾多，那日光經過篩濾，在檸檬木抽屜櫃上鑲進點點小金塊，以矮樹叢中練成的輕巧，斜斜地照亮房間。但在極少數的某幾日，在我們回家途中，抽屜櫃上暫時的鑲金已消失許久，抵達聖靈街時，成排映照在玻璃窗上的夕陽彩暉絲毫不存，耶穌受難像下方的池塘沒了那方火紅，甚至有幾次已呈現不透明的顏色；一道長長的月光逐漸擴散，橫越水面，被池水所有的波紋細細打碎。快

76　十九世紀中葉，曾有一個博學的騙子偽造了簽名，將近三萬份誇張不實的古文件售予一位數學家。其中包括畢達哥拉斯寫給亞里斯多德、耶穌門徒拉撒路復活後寫給聖彼得、埃及豔后寫給凱撒的書信等。

要抵達屋子時，我們發現門口有個形影。媽媽對我說：

「天啊！是法蘭索瓦絲出來探看我們的影蹤，你姨媽在擔心，這表示我們回來得太晚了。」一於是我們顧不得尚未卸下衣物，便迅速上樓到雷歐妮姨媽的住處，讓她安心，向她證實，跟她想像的完全相反，我們什麼事也沒發生，不過是去了「蓋爾芒特那邊」；真可惱，當我們往那方向散步時，姨媽明知從來沒人能確定我們會幾點鐘回來。

「這會兒，法蘭索瓦絲，」姨媽說，「我不是跟您說了嗎？他們可能去了蓋爾芒特那邊！我的上帝！他們應該餓壞了！等了這麼久，您的羔羊腿應該也已經烤柴了。花了一個鐘頭才回到家！怎麼，你們竟然去了蓋爾芒特那邊！」

「我以為您曉得這件事，雷歐妮。」媽媽說，「我想，法蘭索瓦絲有看見我們是從菜園旁的小門出去。」

因為在貢布雷附近的散步路線分為兩「邊」，而這兩邊彼此截然反向，我們從家裡出發時確實不走同一個門，端視要往這邊還是那邊而定：梅澤格利斯－拉－維內斯，亦稱斯萬家那邊，因為要去那裡必得先經過斯萬先生的莊園；另一條路則通往蓋爾芒特那邊。說實話，在梅澤格利斯－拉－維內斯這條路線上，我始終只看過「這邊」以及星期日來貢布雷散步的陌生人，而這裡所說的這些人，姨媽和我們都「完全不認識」，基於這特徵，他們被視為「大概是從梅澤格利斯來的人」。至於蓋爾芒特家族，有朝一日我知道的會更多，但那已是許久之後。在我整段青少年時期，若說梅澤格利斯對我而言彷彿遠在天邊，難以抵達，視線無法觸及，那麼，我們取道一片地形高低起伏、已不像貢布雷地貌的土地所能及的最遠處，蓋爾芒特，在我看來，則只像是它自己「那邊」的一個偏理想而非真實的名詞，一種抽象的地理表達，一如赤道線，南北極，東方。於是，「經過蓋爾芒特」去梅澤格利斯，或反過來走，都讓我感覺就像要去西邊卻走東邊一樣，是一種荒誕不經的說法。由於父親常說梅澤格利斯那邊的平原風光是他生平見過最美麗的景致，而蓋爾芒特那邊則是河岸風景的典範；所以，我把它們兩方視為完整的兩人區塊，並且賦予只有我們的想像創造才有的那份連貫性，那種一體感。這兩邊各自任何一方小土地都讓我覺得彌足珍貴，顯現出它們最傑出的特點；而與它們相比，在抵達這邊或那邊的神聖領土之前，理想的平原與理想的河岸景致所在的道路，則純粹僅具實質功能，不值一顧，約莫就像熱愛戲劇藝術的觀眾無視劇院周遭的小街。不過，我特別喜歡在想起它們時，除了以公里計算的距離，另外再加上這兩邊在我腦中的距離：在神智中，這樣的距離只會將兩邊拉遠、分隔開來，放入另一種空間配置，而這樣的壁壘分明後來也變得更加絕對，因為我們的習慣是從來不會在同一天、或同一次散步時兩邊都去，而是一次去梅澤格利斯那邊，一次往蓋爾芒特那邊，如此一來，不同的午後，兩邊各自封閉在一方，互不認識，與外界隔絕，彼此沒有交流往來。

想去梅澤格利斯那邊時，我們出門就像是隨意要去哪兒那樣地（不會過早，即使雲層密布也無妨，因為這散步路線沒有多長，不會拖太久），從姨媽家對著聖靈街的大門口走出去。這路上，製造兵器的匠人和我們打招呼，我們順道把信投進郵筒，路過時替法蘭索瓦絲傳話給岱歐多，轉告說她的油或咖啡用完了，然後從沿著斯萬先生家花園的白柵欄修築出的小路出城。抵達那條小徑之前，我們常聞到園中的丁香，那芬芳對著外人撲鼻而來。丁香的花朵從鮮嫩的綠色心型小葉叢中好奇地探出頭，將它們淡紫或雪白的羽狀花冠伸到柵欄外，即使在樹蔭下，也將先前沐浴過的陽光映照得更為閃亮。其中幾株半隱在供守衛居住、被稱為弓箭手之屋的小瓦房後方，喚拜塔[77]狀的粉紅花串超出了小屋的哥德式山牆，與在這座法式花園中保有波斯細密畫[78]裡那鮮豔而純粹的色調的年輕天堂美女[79]並列，春天的寧芙仙子似乎也相形失色。雖然我渴望環抱它們柔軟的腰肢，將那散發芳香的滿頭星狀卷髮拉到面前，但家人的腳步卻不停，直接經過。自從斯萬結了婚之後，我父母就不再去湯松村了；為了不讓別人以為我們在朝園子裡張望，我們因此不走沿著圍欄直通原野的那條路，而是改走另一條同樣能抵達的路，但這曲折的路線要走完實在太遠。有一天，外公對我父親說：

「您還記得吧？斯萬昨天說他妻子和女兒去了漢斯，他要趁這機會去巴黎待上二十四個小時。既然那兩位女士不在，我們可以沿著這園子走，這樣能省下不少路程。」

我們在柵欄前稍作停留。丁香的花季已近尾聲；其中幾株尚如高高掛起的淡紫色吊燈，垂瀉細緻的碎花燈泡，但枝葉上有好幾處，不過一個星期前還層層湧生帶著清香的花沫，如今已枯蔫，萎縮，變黑，成了空洞，乾扁，香氣不再。外公指給我父親看，自從老斯萬喪妻那天與外公在此散步之後，某些地方如何看出樣貌始終如一，哪裡又可發現其實已有改變，他也抓住這個機會，再次講起那次散步的情況。

在我們前方，一條兩旁長滿旱金蓮的小徑在大太陽底下朝城堡緩緩上坡。右手邊，相反地，園子在平坦的土地上繼續延伸。環繞著花園的大樹樹蔭讓斯萬的父母挖出的那池水塘顯得幽暗；但人類最矯揉的創作即在於著墨自然。某些天然景物依舊對其周遭的一切發揮著獨特的影響，將它們古遠得無法追憶的徽章標記在這花園裡，一如原本可在遠離任何人類的介入，因展現之必要而萌生，與人類作品緊密呼應，在處處籠罩的孤獨當中所進行之事。因此，在俯臨人造池塘的林徑下方，兩行勿忘草和蔓長春花交織，組成了一頂天然花冠，精巧的藍色冠冕圍繞水塘明暗不定的前額，劍蘭則一派皇族式的閒適慵懶，任由其長柄刀般的花莖垂彎，它那執掌湖濱王國的權杖，百合狀花朵皺碎、零落，或紫或黃，頹散遍布在澤蘭與水毛茛之上[80]。

77 喚拜塔（Minaret）源自阿拉伯語的「燈塔」，又稱光塔或叫拜塔，是清真寺常見的建築，用以召喚信眾禮拜。

78 波斯細密畫為伊朗傳統藝術，是精緻細膩的小型繪畫。在波斯時代主要繪於書籍插圖和封面、扉頁徽章、盒子、鏡框等物件，以及寶石、象牙等首飾上，多以人物肖像、圖案或風景，風俗故事為題材，採用礦物顏料，甚至以珍珠、藍寶石磨粉製作。

79 在伊斯蘭教中，信仰虔誠者、尤其是殉教烈士，在進入天堂後，會由真主賜予年輕貌美、白皙皮膚的天堂美女（Houris）。《可蘭經》中多處提及，稱之「大眼睛、身體白皙的仙女」。

80 百合是法國的國花，百合花飾常見於法國王室的紋章與旗幟，象徵政治王權。

斯萬小姐出門遠行——此事替我解除了看見她現身某條小徑，與她結識，並被這位以貝戈特為好友，還與他同去參觀各大教堂的天之小驕女輕視的危機——使得我在初次能凝視湯松村時沒有特殊感受，但在我外公與父親眼中，這座莊園似乎反而因此添了幾分便利舒適，暫時顯得可愛，而且，好比去山間郊遊時恰遇萬里無雲，讓這一天格外適合到這一邊來散步。我多麼希望他們的盤算破滅，出現奇蹟，斯萬小姐會與她父親一起現身，突然離得這麼近，以至於我們來不及避開，被迫與她認識。於是，當我突然瞥見草地上一只遺落的捕魚簍，而帶著釣線的軟木則漂浮在水面，彷彿暗示她可能在場時，我連忙將父親和外公的目光帶往另一邊。此外，斯萬曾跟我們說過，他對自己也不在家於心有愧，因為這陣子有親人過來住，所以那釣線也可能屬於某位來客。小徑上未聞任何腳步聲。不確定哪棵樹的中段，一隻看不見的鳥兒想盡辦法讓人覺得白晝苦短，用拉長的音符探索周遭的孤寂，卻得到了無生氣的回應，回響的衝擊加倍寂靜，加倍毫無動靜，簡直像是剛把牠試圖快轉的那一刻給永遠暫停。無情的日光固定不移，直教人想避開上天的關注；滯流的池水不斷被各種蟲子騷擾，難以成眠，它想必夢見自己是一股巨大渦流，徒增看見軟木浮標帶給我的困擾，那假想出的渦流彷彿迅速將浮標捲入水中那一大片沉寂的藍天倒影，它看起來幾近垂直，隨時準備沉下；我心中已開始猶疑，姑且不論自己對於結識斯萬小姐這件事的渴望與害怕，我難道不該去通知她魚已上鉤——此時我得邁步快跑，才能追上在前方呼喚我的父親與外公，他們原本已走入通往原野的上坡小路，訝異我竟然沒有跟上來。抵達時，我發現小路瀰漫著濃濃的白山楂花香。樹籬宛如一連串小禮拜堂，消失在聚集祭祀花壇的大片花海下；而花樹之下，陽光在地面照出一塊明亮的長方形，彷彿剛穿越一面玻璃窗；那花香如此濃郁，擴散的形態界定得如此清晰，彷若我當時就站在聖母的祭壇前，而這片華麗、浮誇的花海，朵朵皆不經意似地挺著閃耀的雄蕊，細長放射狀的葉脈呈哥德火焰式[81]風格，一如教堂中聖壇屏鏤空的支架或彩繪玻璃窗柱，以草莓花般的白色質感盛開怒放。相較之下，幾個星期後也將在燦爛艷陽下沿著同一條鄉間小路爬上坡道的野薔薇，那一陣風就吹亂的單色漸層紅絲胸披，是多麼天真又土氣。

不過，我流連白山楂樹下，盡情吸取那無形卻又揮之不去，失去而又復得的花香，隨之陷入不知該如何作想的思緒，我努力與樹木噴綻花朵的節奏合而為一，這裡一朵，那裡一朵，青春歡快，間隔時間如某些樂曲段落那般出其不意，如那些連續演奏了一百遍、卻未能進一步往下挖掘其奧祕的旋律，這些花朵有意無意地施予我無窮豐富的同一種魅力，卻不讓我深入探究，一切皆成徒勞。我暫時轉身離開花兒，恢復新鮮活力後再回來親近。我一直走到白山楂樹籬後方的陡坡前，驟升的地勢通往大原野，幾株罌粟零零落落，幾株矢車菊懶洋洋地躲在後面，以花朵點綴田野，有如一張織毯上的邊線，稀稀疏疏地顯露著鄉村情調的圖案，若是框起來必能成為賞心悅目

81　哥德火焰式（style flamboyant）是十四世紀中葉法國興起的晚期哥德式建築風格，而後流傳至西班牙、葡萄牙等地。其風格華麗，以火焰式曲線花飾窗格為主要特徵，因此得名。火焰式建築在諾曼第地區尤其豐富，如首府魯昂（Rouen）的聖旺教堂（Saint-Ouen）、聖馬克盧教堂（Saint-Maclou）皆是此風格的代表建築。

的畫面；此處花朵還十分稀少，有如分散坐落的獨棟屋子預示著村落已近那般，宣告前方將有一大片的遼闊風景就要展開，其中麥浪陣陣，雲朵綿聚成羊，只見單單一朵罌粟花竄出黏稠的黑土，挺立細莖頂端，紅色的火苗隨風飄盪，我的心也隨之搏跳，一如那旅人，才剛在低窪地瞥見船身捻縫[82]工人正在修理一艘擱淺的小船，尚未多看到什麼，他便已放聲高喊：「大海！」

我又回到白山楂樹林前，視它如那些以為暫時停止觀賞後，回頭將能看得更加詳盡的傑作。但是，即使我用雙手遮陽，以便眼中只見這些花樹又如何，它們在我心中喚起的感受依然晦暗朦朧，無論我如何努力釐清，努力依附在白山楂花上，也沒有成果。白山楂花既不能助我豁然開朗，我也無法請其他花兒來滿足這份感受。這時，好比看見自己最喜歡的畫家有一幅作品與先前已識的那些截然不同，或者，像是有人將一幅我們原先只見過鉛筆草稿的畫作拿到我們面前，又或如原先僅聽過鋼琴彈奏的曲子後來被加上交響樂的色彩呈現，外公給了我這樣的喜悅，他喚我過去，指著湯松村的園籬，告訴我：「你最喜歡白山楂花，來看看這株粉紅色的，多漂亮啊！」那確實是一株山楂，不過是粉紅色的，比白色的更美。粉色山楂也有節日的扮相，屬於僅存的幾個真正節日，也就是宗教性的節日；這是因為沒有任何偶發的任性作用在宗教節日上，不像對世俗節日那樣可以隨意訂在某一天，即使那不是特別指派給它的日子，也沒有絲毫基本的節日本質——而那扮相更加富麗，因為繫在枝幹上的小花，朵朵層層相疊，不容任何空隙，沒有裝飾，有如纏在一支洛可可風格的牧羊人杖上的流蘇絨球，「著上了色」，因此，根據貢布雷的地方審美觀，品質也就更為高級；這從廣場上的「商店」或卡穆家的商品訂價即可看出：在那些店裡，粉紅色的餅乾總是賣得比較貴。我自己呢，我也比較喜歡粉紅果漿奶酪，大人允許我把草莓壓碎。這些花兒正好選擇了這種可食之物，或在為盛大節日裝扮增添柔美時會使用的色彩，因為這些顏色給了事物價值高等的理由，在孩子眼中，它們的美麗再明顯不過，而且正因為如此，也記住了這些顏色中某種比其他色彩更鮮明、也更自然的成分，即使後來明白顏色完全不保證食物的美味，也並非由裁縫師選定。的確，就像面對白山楂之際，甚且更令我驚艷地，我立即感受到花朵傳達出的節日氣息並非矯揉做作的人造產物，而是大自然出於本能的表現，藉由村裡某個執行裝飾花壇工作的商販婦人的天真想像，在小樹上綴上過多這種色調太柔、帶著外省龐巴度風[83]的小薔薇。枝枒高處，如同那些用蕾絲花邊紙包藏起來的玫瑰小盆栽，盛大節慶時，在祭壇上散發纖細的光束，長滿上千個小花苞，色澤較淡，微微綻放，讓人看見，宛如在一只玫瑰大理石盃底部，斑斑血紅，比花朵本身更直接透露出山楂那難以抗拒的特殊本質：無論在哪兒結苞，即將在

---

82 捻縫（calfater）是將麻絲、桐油和石灰等會隨船板一起熱脹冷縮的捻料嵌進船板縫隙，藉此讓隔艙板不會透水。

83 法王路易十五最著名的情婦，在文學、建築與裝飾藝術等領域品味高超的龐巴度夫人（Madame de Pompadour, 1721-1764），曾支持與建路易十五廣場（今協和廣場）、軍事學校及塞夫勒瓷器廠（Manufacture de Sanuf）等建設。在其影響下，塞夫勒瓷器成為流行飾品，該瓷器的經典粉紅色因此也稱為「龐巴度玫瑰紅」。她喜愛的建築風格則被稱為「龐巴度風格」，現今的法國總統府艾麗榭宮即是一例。

哪兒綻放，都只能是粉紅色。插植在樹籬行間，但如此與眾不同，宛如穿著便服只能留在家裡的女人群中，一名一身節慶華服打扮的少女，準備前往瑪麗亞之月的活動；象徵著天主教、而且秀麗可人的小樹，在清新的粉紅裝扮下燦爛微笑，似乎早已是其中一員。

透過樹籬可見花園中一條小徑，兩側開滿茉莉花、三色堇和馬鞭草，其中夾雜香紫羅蘭，敞開香氣十足的粉紅色新鮮囊袋，化為一片古老的金革[84]；而碎石路上，一捲漆成綠色的長水管舒展開來，架在花毯上方，管身的小孔汲取花香，噴灑出七彩小水滴，形成一面散發稜光的直立扇形水幕。突然間，我停下腳步，動彈不得，因為我見到一幅景象，不僅直逼我們的視線，還深入各種官感，隨意掌控我們整個人。一個髮色金紅的小女孩看似剛剛散步回來，手上拿著一把園丁鏟子，揚起粉紅雀斑點點的小臉看著我們。她的黑眼珠閃閃發亮，由於當時我還不懂，後來也從沒得知該如何將注視的事物凝縮成一種強烈印象，由於當時我沒有，如人家說的，足夠的「觀察精神」，無法理出那雙眼眸的色彩表示的意念，在很長一段時間中，每每想起她，對那雙眼睛光芒的回憶便立即湧上，彷彿那是一種強烈的湛藍，既然她有著一頭金髮：以至於，或許若是她的眼眸沒有那般烏黑——這總讓初次見她的人大為驚訝——我便不會如後來曾經的那樣，格外深深地墜入愛河，愛上她，愛上她的藍眼睛。

我看了她一眼，起初以只是代表雙眼發言的目光，但那目光之窗旁探出所有感官，焦慮且驚愕，想觸碰，捕捉，將注視的軀體連同其心靈一起掠走的目光；然後，我那麼害怕外公與父親下一秒就會發現這個少女，會要我走開，叫走在前面的我跑遠一點，於是我再看了第二眼，下意識地流露懇求之情，試圖強迫她注意我，來認識我！她的眼眸朝前方及旁邊探視，辨識外公和父親，結果得到的想法想必是我們這一行人古怪可笑，因為她轉過身去，一副倨傲輕蔑，蠻不在乎的模樣，她走到一旁，以免臉孔進入他們的視線範圍；然而他們繼續走著，沒看見她，超越到我前面。她任由目光朝我的方向遠遠投射過來，不帶特殊表情，不像看見我，但目不轉睛，隱隱微笑；依據我學到的關於良好教育的概念，我無法不將如此表現詮釋為是侮辱輕視的證明，而且她的手同時還暗暗比了個不雅的動作，若在大庭廣眾下對著一個不認識的人這麼做，我隨身攜帶的文明小字典只會給出一種解釋：那是一種無禮的意圖。

「真是的，吉兒貝特，過來！妳在做什麼？」一個尖銳而威嚴的聲音斥喝。我先前沒看見那位白衣女子，另外還有一位穿著斜紋棉布外套的先生，我不認識他，而他那雙簡直要從頭上掉出來的眼睛則盯著我看。女孩猛然收起微笑，拿起鏟子，一副順從的模樣，令人看不透心思，神情陰鬱地走遠離去，沒再回頭朝我這邊看一眼。

吉兒貝特這個名字就這麼從我身旁經過，宛如一枚護身符的命名，也許有朝一日能讓我找回

84　金革的法文名稱 Cuir de Cordoue 源於西班牙城市 Cordoue（西文 Córdoba），是一種皮革貼金箔製成的壁紙，於西元九世紀從北非傳進西班牙。其製作工序繁複，多以古典文藝復興的華麗花樣為主題，十七世紀在皇家貴族的室內裝潢中相當盛行。

那個人：上一刻，她不過是一個模糊的意象，有了這個名字，她才成為了人。這個名字如此經過，在茉莉花與香紫羅蘭上方被人喊出，辛辣而清新，如綠色灑水管的水滴，浸潤它穿越——並隔離出的——那方淨土，使之散發七彩虹光；那神祕的生活屬於一個女孩，對於與她共同生活，一起旅行的幸運兒來說，就是這名字指稱的女孩；而在那株與我齊肩的粉紅山楂樹下，這名字擴散出一股熟稔、親近的氣息，他們對她、對那我一無所知而且無法走進的生活之熟悉，令我痛苦至極。

有一會兒（那時我們已經走遠，外公低聲自語：「可憐的斯萬！他們讓他扮演什麼樣的角色啊！竟然要他離開，好讓她跟她的夏呂斯獨處。確實是他，我認出來了！還有那小女孩，被攪進這淌渾水做什麼！」）在我印象中，吉兒貝特的母親對她說話時的語氣專橫，而她沒有回嘴，倒讓我看見她被迫服從的模樣，並非氣勢凌人於一切之上，這稍稍撫平了我的苦痛，給了我一點希望，也降低了我的愛慕之意。但很快地，有如一股反作用力似地，這份愛意再次熊熊燃起，我受辱的心靈想藉此提升，好匹配吉兒貝特，或是將她拉低到我的程度。我愛她，懊悔沒有足夠的時間和機智對她採取攻勢，讓她吃點苦頭，迫使她記得我。我覺得她如此之美，好希望能夠折返，聳著肩膀對她大喊：「我覺得您真醜，醜八怪，真是令我作嘔！」然而我只是走遠，從此帶走一個紅髮小女孩的意象：她滿臉雀斑，手裡拿著小鏟子，邊笑著，邊用不露情緒的奸詐眼神緩緩注視著我，宛如我這種孩子因不可能僭越的自然法則而無法獲得的幸福的最初原型。而且從那時起，粉紅山楂樹下，那聲她與我一起聽見的她的名字，使得這個地點繚繞著神聖的魅力，而這魅力壓過、覆蓋、熏染了親近它的一切——我的外祖父母曾有難以言喻之幸得以結識的她的祖父母，證券經紀人這份美妙的職業，她在巴黎住處所在的艾麗榭廣場，令我痛苦萬分的那一區。

「雷歐妮」，外公回家後說，「我真希望能立刻帶妳跟我們一起去走走。妳一定認不出湯松村了。要是我膽子大一點，真想為妳折下一枝妳那麼喜歡的粉紅山楂。」外公向雷歐妮姨媽這麼描述我們的散步，或許是想讓她散散心，也或許是還沒完全死心，希望拉她出門走走。畢竟，她以前非常喜愛那座莊園，此外，在她對所有人關上門時，斯萬曾是她最後還願意接見的幾名訪客之一。就像現在當他來探問她的近況時（她是我們家中斯萬唯一會特意求見之人），她總差人回說她很疲累，但下次一定會讓他進來；那天晚上，她說：「是啊，等哪天天氣好，我可以搭車直抵那莊園門口。」她說這話時是真心的。她真的很希望能再見到斯萬和湯松村；但當時她所剩的氣力僅足以心生渴望，實現渴望則早已非她能及。偶有幾次，晴朗的好天氣讓她稍有元氣，能起身下床，穿戴整齊；但在走到另一個房間之前，她便已覺得疲累，要求回床躺下。先前出現在她身上的——這不過是比一般人早開始——即是放棄抵抗、默默等死的老化心境，陷入作繭自縛的境地；那衰老讓我們察見，一旦到了那些苟延殘喘多時的生命盡頭，即使是最相愛的舊情人，心靈最契合的知交，他們，曾幾何時開始，已不會再為相見而啟程旅行或特地出門，不再書信往來，而且知道，此生不會再與外界溝通。姨媽應該十分清楚自己不會再見斯萬了，她永遠不會再離開家門一步；但依我們所見，這堅決離群索居的生活本該會使得她的日子過得比較痛苦，卻反而讓她頗為輕鬆：因為離群索居是她自知氣力逐日流逝而被迫做出的決定，而氣力流逝使得每一個舉止、每一個動作，都痛苦難當，或至少疲憊不堪，於是讓她得以在不做行動，隔絕外人，默不出聲之際，得到了休憩帶來的舒緩且溫和的復元。

姨媽沒去看那排粉紅山楂樹籬，但我無時無刻不問爸媽她會不會去看，還有她以前是不是常去湯松村，試圖要他們談談在我心目中如神般偉大的斯萬小姐的父母與祖父母。對我而言，斯萬這個姓氏幾乎變得有如神話，和爸媽閒聊時，我深深苦於想聽到他們提及這個姓氏的需求；我不敢親口說出，但經常引導話題，想讓他們談起吉兒貝特和她的家人，和她相關的人，好讓我自覺不至於離她太遠；然後，我會突然假裝誤以為，例如，外公那份差事，在他接管以前，早就由這家裡負責，或者，雷歐妮姨媽想看的粉紅山楂樹籬其實位在鎮上的公用土地，藉此逼父親糾正我的陳述，彷彿我攔不住，是他自己要提的那樣，對我說：「才不是，那份差事本來歸斯萬父親管，那排樹籬是斯萬家林園的一部分。」於是，我不得不重新調整呼吸，因為，那個姓氏停在它始終刻在我心頭之處，壓得我幾乎喘不過氣，在我聽來比任何姓氏都來得飽滿，因為它滿載著我預先在腦海中所做的每一次呼喊。它為我帶來一份歡愉快感，而我慚愧自己竟然敢向父母索求，畢竟那感受如此歡快，非得出動他們不可，需要他們費心耗神替我取得，而且沒有報償，因為那愉悅不屬於他們。因此，為了保持低調，我轉移了話題。其實也因為我自己疑神疑鬼。只要他們一講出這兩個字，所有被我放進斯萬這個姓氏的獨特吸引力，我皆能再度感受。於是，我突然覺得爸媽不可能察覺不到，他們正處於我的視角，也能窺見我的幻夢遐想，寬恕它，迎合它，於是我難過起來，彷彿我征服了他們，害他們墮落。那一年，爸媽訂下回巴黎的日期比往年早了一些。出發那天早上，他們差人替我燙捲頭髮，為了保險起見，又幫我戴上一頂我從沒戴過的帽子，穿上一件天鵝絨外襖，好準備拍照留念。但後來他們到處找不著我，最後是母親發現我在通往湯松村的陡坡小徑上哭成了淚人兒，正在向白山楂樹道別，雙臂環抱著多刺的枝枒，而且像悲劇中的公主似地，覺得身上多餘的衣飾太沉重，毫不感激細心將我的髮絲聚攏到額前，結出這一綹綹卷髮的那雙糾纏的手[85]，反而扯下滿頭紙卷和新帽子，踩在腳下。母親沒被我的淚水打動，倒是在見到被刺破的帽子和丟在地上的絨襖時不禁驚呼出聲。然而我充耳不聞：「噢！我可憐的小山楂！」我嚶嚶抽泣，「讓我傷悲，強迫我離開的不是你們，你們從來沒讓我難受過！所以我會永遠愛你們。」然後，我擦去眼淚，對它們許下承諾，等我長大後，絕對不會學其他人那樣過著那種沒有意義的生活；即使是在巴黎，大地回春時，我也不會四處拜訪，成天聽那些無稽之談。我會回來鄉間看初綻枝頭的山楂花。

85 此段描述引用了拉辛劇作《菲德爾》第一幕中的句子：「這些贅飾，這些面紗，多麼沉重！是哪隻煩人的手糾纏不清，將我的髮絲悉心聚攏在額前，打了這許多結？」

往梅澤格利斯那邊去時，我們一旦走入田野，就不再出來，如此直到散步結束。彷彿有個隱形的流浪工遊走其中似地，這片田地不斷被四面八方吹來的風穿透，對我來說，那風堪稱貢布雷特有的精靈。每年，在我們抵達的那天，為了感受自己確實已來到貢布雷，我總會爬上坡地，迎向竄入寬袖外袍的大風，追著它奔跑起來。梅澤格利斯那邊永遠有風伴在身邊，那片微微隆起的平原，綿延好幾里，不會遇見任何突發的地勢障礙。我知道斯萬小姐常去拉翁住上幾天，即使那座城鎮遠在好幾里外，通行無阻之便卻也抵消了那份距離感。在午後的燠熱高溫中，我看見同樣那陣氣流從地平線那端出發，壓低了最遠處的麥穗，宛如潮水，朝整片遼闊的原野延展開來，接著，穿過紅豆草叢與三葉草叢，暖暖地，低聲呢喃，來到我腳邊伏下。這片兩人共享的原野似乎將我們彼此拉近，合而為一；我幻想，這陣風兒曾經拂過她身邊，捎來她的訊息，在我耳畔低訴，雖然我無法明白，但趁著風兒吹來，我便攬之入懷。左方是名為尚皮厄（*Campus Pagani*[86]，本堂神父這麼說）的小鎮；右手邊則可眺見麥田上方，聖安德雷德尚兩座工法細膩、洋溢鄉村氣息的鐘塔，塔頂本身造型細長，鱗片般層層交疊，蜂巢般密密相扣的屋瓦，外牆綴有格狀紋飾，日漸發黃，粗糙結粒，有如兩根成熟的麥穗。

在那無從模仿、不可能與別種果樹混淆的枝葉襯飾裝點之下，蘋果花對稱、等距地綻放它們閃著綢緞光澤的白色闊花瓣，或懸掛起一小把一小把的羞紅嫩苞。在梅澤格利斯那邊，我初次注意到陽光普照的大地上蘋果樹的圓形樹影，以及斜照的夕陽在葉叢下織出那無可觸及的條條金絲，然後看著父親拄著手杖將之截斷，但從來無法令它那金絲轉向。

偶爾，月亮現身午後天空中，稀白如雲，稍縱即逝，黯淡無光，彷彿一名未上場的女演員，一身平常打扮，坐在廳裡觀看同行表演一會兒，低調隱身，不希望引起別人注意。我喜歡在畫作和書中再見到它的模樣，但這些藝術之作與其他作品截然不同——至少是早先年在布洛赫還沒打開我的眼界，讓我的想法適應更微妙的和諧之前——如今在那些書畫中，月亮看來很美，當年的我卻不懂品味。就好比聖汀[87]的某部小說，格萊爾[88]的某幅風景畫，月亮在夜空中清楚地裁切出一把彎彎的銀色鐮刀；還有如我自己的印象一般天真、不完整的那些作品，外婆的兩個姊妹見我喜歡那些作品，竟然還大發脾氣。她們認為，在孩子面前，應該擺放人到成年時猶能真正欣賞的作品；能先喜歡上這些作品的孩子就證明了自己有品味。想必，這是因為在她們想像中，美感的功效就和實體物質一樣，但凡張開的眼睛不可能無法察覺感受，並不需要在個人心中緩慢地培育同等價值，等它成熟。

同樣是往梅澤格利斯那邊，蒙朱凡村中，坐落於一片大池沼湖畔，背倚陡峭的灌木林坡地的房子，那是凡特伊先生的住宅。我們因而常在路上遇見他女兒，駕著一輛雙輪輕便馬車疾馳而過。曾

86 拉丁文，意謂「城郊之田野」，法文為 Champieu。
87 原名 Joseph-Xavier Boniface 的聖汀（Saintine, 1789-1865）為法國小說家及劇作家，以暢銷小說《獄中花 Picciola》聞名。
88 格萊爾（Marc Gabriel Charles Gleyre, 1806-1874），瑞士藝術家，畫風兼及古典主義和印象主義風格。

幾何時，我們不單遇見她一人，還有一個較她年長的女友，在當地聲名狼藉，有一天卻在蒙朱凡定居下來。人們說：「可憐的凡特伊先生一定是被甜言蜜語給蒙蔽了，否則怎麼會沒發現盛傳的流言，還允許他那個談吐不得體、常鬧笑話的女兒把那樣的女人弄進家裡，同住一個屋簷下。他說那是個高尚的女性，心思細密善感，若曾好好栽培，想必能發掘出不凡的音樂才華。有件事情他倒是可以確定：那女人關心的可不是她女兒的音樂。」凡特伊先生是這麼說過。無論對象，只要有了肌膚之親，一個人是多麼容易激發對方家人對自己品德的讚賞，這現象的確屢見不鮮。肉體之愛，如此受到不公平的攻訐，如此迫使人人毫不保留地表白其心地善良，其自我犧牲，以至於看在親近的旁人眼中，即使再微小不過的心意，也會閃閃發光。佩爾斯皮耶醫生完全不像是個背信忘義的混蛋，但他沙啞的聲音和粗濃的眉毛讓他可以隨意盡情扮演這樣的角色，完全不影響他面惡心善的名聲，那名聲難以動搖，卻不符其實；他會讓本堂神父和所有人笑到流淚，用粗魯的語氣說：「話說啊！那個凡特伊小姐，聽說，她跟她的女友在研究音樂呢！各位看起來吃了一驚是吧！我可不知道喔！是她爹凡特伊昨天又跟我說了一次。不管怎麼說，這女孩呀，喜歡音樂是她的權利。我總不能妨礙孩子們發展藝術事業。凡特伊看起來也不會那麼做。而且，他自己也跟她女兒的女友一起研究音樂呢。哎呀！糟糕，那一家子這下可成了個音樂盒了呢。話說，你們是在笑什麼？那些人做音樂還真是做過頭了。前幾天，我在墓園附近遇見凡特伊老爹。他兩腿都快站不穩囉！」

在那個時期，凡特伊先生遇到熟人就躲，一發現前有來人就刻意繞道，我們這些人眼見他在幾個月內一下子蒼老，陷入深深的憂傷，變得對無法直接為他女兒帶來幸福的事皆提不起勁，成天待在他妻子的墓前——誰都看得出他傷心欲絕，也很難假設他不知道那些流言蜚語在說什麼。他都知道，或許甚至還信以為真。或許，無論情操多麼偉大，他也不是個不會被複雜情境逼迫的人，終有一天會與那情操最嚴正譴責的罪惡為伍，還習以為常——此外，罪惡還喬裝成各種特殊事情，藉以欺近他，折磨他，使他無法明辨：奇怪的話語，無法解釋的態度，某天晚上，某個人，而且是他那麼有理由去愛的人。但是，對凡特伊先生這樣的男人來說，向世人錯以為僅見於波希米亞生活那種特殊圈子的情況投降，他肯定要比別人難受百倍：這些情況總在某種罪惡得為自己保留所需的空間和安全感時出現，而這罪惡正是大自然在一個孩子身上綻放出的成果，有時候，如同眼睛的顏色，不過是混合了父母雙方的優點而已。但是，凡特伊先生或許曉得他女兒的行為，對她的深愛卻未因此減少。這些事情走不進我們信仰所在的世界，不曾催生我們的信仰，也不摧毀它們；這些事情可以堅定有力地拆穿其謊言，卻不能削弱它們，如同一個家裡，儘管不幸或病痛如雪崩般不斷接連湧至，這家人也不會因而質疑他們的上帝是否慈悲，他們的醫生是否高明。但是，當凡特伊先生以世人的角度，顧及名聲，為自己和女兒設想，當他試著與女兒一起站在世俗觀感賦予他們的地位，這份社會評價，恰如他最厭惡的貢布雷居民大可加諸於他的那樣，他一肩挑起；他認為自己與女兒已被打落到最底層，沒多久，他的行為舉止便揉合了那份屈辱感，以及對那些他從下仰望、階級在他之上的人的尊敬（在此之前，他們比他低階許多），還有那試圖振作、與他們平起平坐的傾向，那是在經歷所有挫敗過後幾近機械般自動生成的必然結果。有一天，我們與斯萬一起走在貢布雷的街上，凡特伊先生已走至另外一條街的盡頭，猛然與我們迎面相遇，來不及躲開；斯萬展現了他上流人士的高傲慈悲，摒除自己所有的道德偏見，面對他人的惡名昭彰，只找到好意相待的理由，而旁人對他這份胸襟的見證目光，以及施惠者的自戀，皆刺激他躍躍欲試；比起受惠者，他自己更能感受到那些好評的珍貴。因此，他與凡特伊先生閒聊許久，但在此以前，他跟他其實無話可說；在與我們道別之前，他還請凡特伊先生找一天送他女兒來湯松村玩。那次的邀約若是在兩年前，恐怕會冒犯到凡特伊先生，但現在他滿心感激，因而更是認為絕對不可貿然答應。他覺得，斯萬對他女兒的友好態度本身即是極為可敬又極為美妙的慷慨支持，他甚至認為最好別真的用上，以便將之保存，擁有全然柏拉圖式的甜蜜。

「多麼細膩可貴的男人啊！」斯萬離開之後，他對我們這麼說，言中帶著如同對靈巧、漂亮的布爾喬亞女士的尊重，以及無視一位公爵夫人之醜陋與愚笨，依然拜倒她裙下那樣的熱切仰慕：「多麼細膩可貴的男人！卻結了那麼一樁門不當戶不對的婚，多麼不幸哪！」

這時，由於內心最真誠的人也難免夾雜虛偽，邊聊天邊剖析自己對說話對象的看法，待他一不在場就立刻表露無遺；我爸媽與凡特伊先生唉聲嘆氣地惋惜斯萬的婚姻，搬出各種原則和適當性（在這件事上，他們與他同聲出氣，成了志同道合的正人君子），彷彿默認蒙朱凡沒有違背善良風俗之事發生。凡特伊先生並未把女兒送去斯萬家。斯萬是第一個感到遺憾的人。畢竟，每次他才剛和凡特伊先生道別，便會想起，自己好一陣子以來一直想向他打聽一個人，那人跟他同姓，斯萬相信應該是他的親戚。而這一次，他本已下定決心，等凡特伊先生送女兒來到湯松村時，可別再忘記要跟他說什麼。

由於梅澤格利斯那邊是我們在貢布雷周遭兩條散步路線中較短的一條，大人們因此總留在天氣沒那麼穩定的時候去走。梅澤格利斯那一帶頗為多雨，我們一路都走在看得見魯森維爾林間空地的範圍，必要時，那兒濃密的枝葉能讓我們避雨。

太陽通常躲在一大片厚厚的雲層後方，那橢圓因而變形，邊上焦黃了一圈。鄉野間，亮光，而非光亮，被雲帶走，所有生命似乎停擺，小村魯森維爾則在天邊刻出一面浮雕，白色屋脊的清晰詳盡咄咄逼人。稍稍一陣風吹起一隻烏鴉，飛落遠方，而襯著越來越白的天色，遠方的樹林顯得更藍，彷彿裝飾古宅窗間牆面的單彩風景畫。

但另有幾次，下起大雨，應驗了眼鏡店門口那座晴雨鐘上的聖方濟布嘉遺修士像[89]對我們的威嚇；點點雨滴，宛如展翅群起的侯鳥，密密麻麻，成行成列地從天空落下。雨點密集難分，迅速通過，並不躁進，而是點點滴滴皆守著崗位，引來接續在後的那一滴，天色比燕子成群飛離時

89 布嘉遺修士（Le capucin）在此是指晴雨鐘上的人偶，在氣壓低、可能下雨時，人偶會像咕咕鐘的鳥兒那樣跑出來。巴爾扎克在《高老頭 Le Père Goriot》中也曾描述過。

更顯陰暗。我們進入樹林避雨。待雨滴的旅行大致結束，其中一些，較為孱弱，緩慢，才零星抵達。不過我們走出避難處，因為葉叢喜歡水滴，而土壤幾乎已乾；還有好幾滴雨點流連葉脈嬉戲著，棲懸在葉尖，沐浴在陽光下閃耀，突然從枝枒高處滑下，滴得我們一鼻子水。

我們也常混進聖人和宗主教的石雕像間，跑去聖安德雷德尚教堂的拱門下躲雨。這座教堂是多麼法國啊！大門上方，一尊尊的聖人，跨騎馬上手持百合的國王，婚禮和葬禮場景，活靈活現，簡直就是法蘭索瓦絲內心所想的樣貌。雕刻師也刻劃了幾則與亞里斯多德和維吉爾相關的軼事，那手法就和法蘭索瓦絲在廚房裡興高采烈地講起聖路易[90]時如出一轍，彷彿她認識聖路易本人似的，而且基本上是為了以他為指標，讓我那些沒那麼「公正」的祖輩們自慚形穢。感覺得出來：中世紀藝術家和中世紀農婦（仍殘存於十九世紀）的觀念中帶有古代或基督教歷史色彩，特色即為模糊與好心。他們這些觀念並非得自書中，而是源於一種既陳舊又直接的傳統，未曾間斷，口語相傳，悖離了原貌，難以溯源，卻又活靈活現。在聖安德雷德尚教堂哥德時期的雕刻中，我還認出另一個貢布雷的人物，源自雕刻師有如先知般的虛擬假想：那是岱歐多，卡穆家的年輕伙計。此外，法蘭索瓦絲也覺得與他土親人親，氣味相投，當雷歐妮姨媽病重得法蘭索瓦絲沒辦法獨自替她在床上翻身，抱她到沙發上時，她寧可叫岱歐多過來幫忙，也不讓廚房女僕上樓來，好藉此讓姨媽有機會對她「刮目相看」。而這個伙計，大家可沒誣賴他，是公認的壞胚子，但原來他懷著聖安德雷德尚教堂雕飾的靈魂，尤其是敬意，法蘭索瓦絲認為那歸功於「可憐的病人們」，歸功於「她可憐的主人」：為了將我姨媽的頭抬到枕頭上，他的表情既天真又認真，宛如浮雕上的小天使，手持著蠟燭，擠在衰弱的聖母身旁，彷彿石像灰白、光裸的面容，一如冬日的禿林，都不過是陷入一場沉睡，一次養精蓄銳，隨時準備在人間重新綻放成像岱歐多那樣平民百姓的，心懷敬意的，腦筋動得快的，如熟透的蘋果般紅通通的無數臉孔。有一尊聖女雕像，不似那些小天使那樣刻鑿在石壁上，而是突出拱門之外，比人還高，佇立於基石上，宛如站在一張小板凳上，避免腳踩潮濕的地面；聖女雙頰飽滿，乳房堅挺，衫袍因而鼓起，好比麻袋裡裝了一串成熟的葡萄；她的額頭窄小，鼻梁短而倔強，眼窩深陷，一副本地農婦的健壯骨架，粗枝大葉，勇敢無畏的模樣，這般逼真為雕像增添了一份我意想不到的溫柔，而且經常在某些種田女工身上得到印證。她跟我們一樣來此躲雨，她的出現，如同牆草的葉子長在石頭雕成的莖葉旁邊，似乎生來就是要讓人藉由與大自然的衝擊對比，評斷藝術品的真實性。我們的前方，遠遠的，應許或詛咒之地，魯森維爾；我從未穿過它的城牆，魯森維爾。有時，當我們這邊雨勢已停，它卻像聖經中的某個村莊，依然遭受暴雨萬箭齊發的懲罰，斜鞭抽打村民；或者，已得天父原諒，祂令再度露臉的太陽往村裡垂下一條條流蘇金絲，長短不一，有如祭壇聖體光的光芒。

90 聖路易是指卡佩王朝（Capétiens）法蘭西國王路易九世（Louis IX, 1214-1270）。天主教會於一二九七年將在位逾四十三年的他封為聖人。

偶爾，天氣任性到了極點，我們只得打道回府，關在屋裡。晦暗的天色與濕氣使得遠方田野看起來恍若大海，這裡一家、那裡一戶地，幾棟屋舍零星散布，攀附在沉入幽暗與雨水的山坡上，閃閃發亮，宛如一艘艘收起風帆的孤舟，整夜停泊在汪洋中。但是，狂風驟雨又如何，雷電交加又如何！夏日裡，壞天氣不過是理所當然且穩定的好天氣所發的一場短暫、粗淺的壞脾氣。這樣的好天氣與冬日那種無常又浮動的好天氣不同；夏天裡，相反地，好天氣安穩進駐大地，以茂密的葉叢加強鞏固，落下的雨水能順利滴乾，不至於破壞枝葉恆久不變的喜悅歡欣；整個夏季，這樣的天氣高掛起它或紫或白的絲綢小旗，遍及村莊裡的大街小巷，房屋的外牆與花園。我坐在小沙龍裡讀書，等待晚餐，聽著水滴從我們的栗子樹落下；但我知道，大雨只會讓它們的葉片更顯油亮，而且它們承諾在那兒待上整個雨夜，宛如夏季的抵押品，擔保好天氣必將持續，儘管明天湯松村的白圍籬上空下雨也無妨，滿樹心型的小葉片，數量依然那麼多，依然將如波浪搖曳；於是，當我瞥見佩尚街上的白楊樹向暴風雨苦苦哀求，絕望地彎腰行禮時，我毫不傷悲；聽見花園深處，丁香花叢間傳來最後幾陣雷聲隆隆，我毫不悲傷。

如果一大早天氣就不好，爸媽便會放棄散步，我也就不出門了。但後來我養成了習慣，會在那些日子獨自去梅澤格利斯－拉－維內斯那邊走走。那個秋天，我們必須回貢布雷處理雷歐妮姨媽的遺產繼承，因為她終究死了。那些宣稱會讓體力變弱的禁食療法終將害死她的人贏得了勝利，但始終主張她得的病並非臆想、而是的確有器官隱疾的那些人可也沒輸：事實擺在眼前，待她終於不敵病魔，懷疑此說的人也不得不服氣；她的死只對一人造成至深悲痛，而那人卻是個粗野下人。在姨媽最後一次發病的那兩個星期，法蘭索瓦絲片刻不離，她不換便衣，不讓任何人有絲毫插手照料的餘地，一步也不離開病人的身邊，直至下葬為止。這時我們才恍然大悟：法蘭索瓦絲先前一直活在對姨媽的惡言相向、疑神疑鬼和暴躁發怒的恐懼裡，而那種憂懼已在她心裡發展成一種情感；我們以為那是恨，其實那卻是崇敬與關愛。她心目中真正的主人總是會做出無法事先預料的決定，耍些麻煩難解的奸詐技倆，有顆容易感動的善心，她的女王，她神祕又無所不能的女君主，如今已不在人世。與她相比，我們實在不算什麼。遙想當年，我們剛開始去貢布雷度假那時，在法蘭索瓦絲眼中，我們還享有與姨媽同等的威望。那個秋天，我爸媽忙著填寫各種表格，與財產公證人和佃農們見面會談，毫無閒情逸致出門，更何況天氣也不理想，久而久之，他們便習慣讓我裹著一條大格紋毛呢披毯擋雨，獨自去梅澤格利斯那邊散步。我故意把毛毯披在肩上，覺得那些蘇格蘭格紋一定會激怒法蘭索瓦絲，她的觀念不容許此時的服裝顏色與喪事無關；此外，我們對於姨媽過世表達出的悲傷程度也讓她極不滿意，因為我們沒有準備喪家的告別宴，提起姨媽時語調也沒有特別變化，我甚至偶爾還哼著小曲。我確定，若在一本書中讀到——關於這一點，我自己其實也跟法蘭索瓦絲一樣——這類依循《羅蘭之歌》[91]和聖安德雷德尚教堂

91　《羅蘭之歌 La Chanson de Roland》是十一世紀的法蘭西史詩，歌頌查理曼大帝的忠臣羅蘭遭叛臣陷害，在戰役中孤軍奮戰，

拱門雕刻上的喪葬觀念，我會有認同好感。但只要法蘭索瓦絲一來到我身旁，我心中的魔鬼就會冒出來，想惹她生氣，於是我隨便找了個藉口，告訴她我懷念姨媽，理由是她的舉止雖然荒唐可笑，仍是個好女人，反倒完全不是因為她是我姨媽，說不定命運本來也可能安排她既是我姨媽，卻也讓我厭惡透頂，而她的去世完全不令我難過云云，諸如此類若寫在書裡會讓我覺得愚蠢荒謬的話語。

如果法蘭索瓦絲那時像個詩人似地，對於悲傷，對於家族的回憶，心中瀰漫著一股混亂思緒，抱歉無法回應我的理論，只說「我不知道該怎麼講」，我便會抓住她這番認輸，洋洋得意地對她說教，言中的諷刺和粗俗程度不下於佩爾斯皮耶醫生；若是她進一步又說：「無論如何，她總是個親族，人對親族[92]總該保有一份尊敬。」我會聳聳肩，自我解嘲：「我真是好心腸，跟這樣一個話都講不好的不識字婦人還討論這麼多。」這麼想的同時，我是以心胸狹隘的觀點在評斷法蘭索瓦絲，而在抱持這種觀點的人當中，那些如入定一般、不為外界所動者，最是看不起其他同類，但在生活中上演不堪劇碼時，卻極能勝任這個角色。

那個秋天，我的幾次散步都十分愉快，因為我總是在久久沉浸一本書中之後才出門。當我披著我的蘇格蘭毛毯在大廳看了一上午的書，覺得疲乏了，便出去走走：我的身體長時間被迫保持安靜不動，一到戶外便充滿積累已久的活動力與速度，然後，像顆旋轉起來的陀螺，需要朝各個方向將它們消耗殆盡。一面面屋牆，湯松村的樹籬，魯森維爾的樹林，蒙朱凡背倚的灌木叢，皆被我的長傘或手杖敲打，聽見我喜悅的呼喊，那呼喊出來的皆是讓我激動的各種混亂念頭，在靈光照耀下未能休息，比起緩慢、艱難地等待柳暗花明，寧可改採較輕鬆的方式，享受即時解脫的快感。因此，所謂傳達我們感受的表現，大部分皆不過是讓我們擺脫那感覺，以一種不會讓我們意識那感受的模糊形態將它從我們心中釋放出來。當我試著清點梅澤格利斯那邊賜予我的，在以那條路線為偶然背景或必要靈感泉源而得到的微小發現之中，我記得，就在那個秋天，某次散步時，在遮蔽蒙朱凡的灌木丘附近，生平第一次，我們的印象與這些印象的慣常表達之間的落差，讓我感到震驚。經過一個小時與風雨歡歡喜喜的對抗後，我來到蒙朱凡的沼澤畔一棟鋪蓋磚瓦的小屋前，凡特伊先生的園丁將工具鎖在那小屋裡。太陽剛露臉，天空中，樹梢上，小屋的牆面，猶濕的屋瓦，有隻母雞漫步其上的屋脊，重新鍍上了大雨沖洗後的爍爍金黃。陣陣吹來的風橫向拉扯從牆縫中探出的野草，母雞茸茸的羽毛任憑風兒穿梭，直至毛尖，一根一根地拂順，懶洋洋，輕飄飄。陽光又讓沼澤反照如鏡，鋪瓦屋頂倒映水中，形成一片粉紅大理石紋。過去我從未多加留意，此時見到水面及牆面上一抹蒼淡的微笑回應著天上的笑容，我激動極了，我揮舞收攏的長傘，不禁喊出聲：「哎，哎，哎，哎。」但在此同時，我也感覺到自己的任務正是切勿止於

卻令西班牙阿拉伯國王瑪希勒（Marsile）帶領的大軍全軍覆沒之功勳，是現存最古老的重要法語文學之作，作者已不可考。

92　在此，法蘭索瓦絲用的是一個錯字「parentèse」，混淆了「括弧」（parenthèse）與「親屬關係」（parentèle）兩個字的發音。

這幾個意味不明的字，而該試圖去看清楚自己的狂喜。

同樣也在那時刻——多虧一個農民經過，他看起來心情已經不好，臉又差點兒被我的雨傘打個正著，因此就更火大了。我打招呼：「天氣真好，不是嗎？多走走有益健康。」他卻反應冷淡——我因而學到：同樣的情緒不會在同一時間按事前建立好的順序，依次出現在每個人身上。後來，每當一段時間較長的閱讀燃起我討論的興致時，我急欲交談的那位同好卻總是正巧才剛和人盡情暢聊過，現在只希望別人能讓他安靜讀書。倘若我才剛滿懷溫柔地為父母著想，做了最明智、最適當的決定，要讓他們高興，同樣那一刻，他們卻把時間用來發現一樁我自己早已忘記的小過錯，在我奔過去想擁抱他們時，對我嚴厲指責。

偶爾，除了獨處帶給我的亢奮，另有一種我不知該如何明確細分的激情，源於渴望眼前出現一個農家女孩讓我擁入懷中。這種慾望突然生起，我來不及在紛紜的諸多想法中準確釐清它的成因，並且覺得隨之而來的快感，比起那些想法帶給我的歡愉，不過僅僅高出一等。當時在我腦中的一切：倒映的粉紅磚瓦，野草，許久以來一直想去的魯森維爾村，村林中的樹木，村中教堂的鐘樓，對於這些，我皆多添了一份讚賞，而這新的感動只讓我覺得它們勾起我更大的慾望，因為我相信是它們引發了那份感動，而且似乎只想在這情緒以一股不知從何而來、強而有力的順風鼓滿我的船帆時，領我航向它們。但是，若說有一女子現身的慾望在我心中為迷人的大自然更添增某種令人亢奮的成分，反過來說，大自然的迷人，則更拓展了那女子本可能太過侷限的魅力。

在我看來，樹木之美仍是那女子之美，而這片風景，魯森維爾村，那一年我正在讀的書，這一切的靈魂，皆可透過她的一吻傳遞給我。我的想像接觸到我的官能感受後恢復了活力，快感擴散到想像中所有領域，慾望再無極限。這也是因為——置身大自然中的這些夢幻時刻讓習慣的行為得以暫止，我們對事物的抽象觀念得以擱置，有時我們會深深相信創意，相信我們所在之處的獨特生命——呼喚我慾望的那名過路女子，在我看來，並非這平凡類型中的隨便一例：她是女人，但更是這片土地必需的自然產物。因為，在那段時期，所有非我自身、土地與人們的一切，在我眼中皆更顯珍貴和重要，生來即具一種比已成型之人更真實的存在。而土地與人，我總認為這兩者密不可分。我渴望一名梅澤格利斯或魯森維爾的農家少女，渴望一名巴爾別克的捕魚女，一如我渴望梅澤格利斯或巴爾別克。倘若隨意變更環境條件，我恐怕會覺得那些女性能給我的快樂便不再那麼真實，恐怕不再相信她的存在。在巴黎認識一名出身巴爾別克的捕魚女，或是梅澤格利斯來的農家女孩，就相當於收到一枚我不可能在沙灘上見到的貝殼，一株我不可能在樹林裡覓得的蕨類，相當於在那女子帶給我的歡愉中，除去了我以想像圍繞在她周遭的一切。但是，少了讓我擁入懷中的農家女孩，僅僅像這樣在魯森維爾樹林裡漫無目的地走著，可就相當於不識蘊藏這片樹林中的寶藏，不懂欣賞其深層之美。那位在我眼中總是滿布點點葉影的少女，對我而言，她即是一株當地植物，只是比其他植物高等一些的物種，而多虧其結構，能更貼近這片地區的深層風味。我可以更輕易地相信（而她為了令我能夠相信而給的輕撫，應該也是某種特別的撫觸；若不是她，換做別的女性，想必我無法體驗到這歡愉之感），正因為我在很長一段時間仍處於那樣的年紀，尚未抽離占有不同女性之樂趣，那種與她們共處才能嘗到的歡快，未將這份愉悅簡化成一種普通概念，讓這些女子從此被視為可互相替換的工具，藉此達到始終一樣的快樂。這快樂甚至根本不存在，它在思緒中被隔離、被區分、被具體想成是接近一名女子時追求的目標，是事前即會感受困擾的原因。我甚少把它當成必將到手的樂趣來想像，反倒是去召喚那女子本身的魅力，因為我想的不是自己，我只想著要從自己出來。這被暗中期待、藏於內在的歡快，只有等到實現身旁的她獻上的溫柔眼神及甜吻對我們造成的種種其他歡愉，才能推至如此高潮，以至於在我們自己看來，那快感更像傳遞著我們的感激，感謝伴侶的善意，感謝她對我們那令人動容的偏愛，而那愛意可從她填滿我們心房的恩惠與幸福感來衡量。

可嘆的是，枉費我殷殷懇求魯森維爾的塔樓，求它從村裡帶個孩子來到我身邊；當我在我們貢布雷的屋子樓上，那個散發鳶尾花香的小房間，只能透過微微敞開的窗戶玻璃看見它的高塔，心中卻懷抱如同展開一趟探險的旅人或絕望的自殺者那種悲壯的躊躇不決，有氣無力地自己在心中闖出一條未知的道路，自認那是一條死亡之路，直到垂落我眼前的野黑醋栗枝葉上多出一道如蝸牛爬過的自然行跡，視之為我初生慾念時的唯一知情者。此時此刻，徒勞無用地，我苦苦懇求。徒勞無用地，我將那一大片遼闊無垠納入視野，用一心想從中帶回一名女子的目光盡情吸收。即便我一直走到聖安德雷德尚教堂的拱門，那個農家女孩也從來不在，但若我與外公在一起，處於不可能與她交談的境地，卻又一定在那裡會遇見她。我遙遙盯著遠方一棵樹的樹幹，從那樹幹後面，她即將現身，向我走來。我偵伺許久的視線範圍內始終渺無人煙，夜色降臨，彷彿要吸出所有可能藏匿其中的女人似地，我將注意力集中在那片貧瘠之土，不毛之地，卻不抱希望；而我揮擊魯森維爾林中樹木的心情已不再歡快，而是帶著滿腔憤怒。那些樹木之中再也不會出現任何生靈，要不然，它們就是畫在一幅鳥瞰圖上的假樹，否則，在將我如此渴望的女子摟在懷中之前，我不能放棄，鎩羽而歸；然而我不得不折返走回往貢布雷的路，對自己坦承，偶然越來越不可能將她帶到我走的這條路上。再說，就算她真的出現，我敢與她攀談嗎？我覺得她應該會把我當成瘋子。在這些散步中形成、但未曾實現的慾望，我不再相信其他人也有所體驗，不再相信它在我內心之外也能當真。在我看來，那些慾念不過是我的脾氣創造出的產物，純粹主觀，無力，容易幻滅。這些念頭不再關乎大自然，無關從那時起就失去所有魅力和意義的現實，對我的人生而言，那現實僅是一副常規框架，好比對一個搭火車的旅人為了消磨時間而讀的小說虛構情節而言，他座位長凳所在的車廂。

或許那也是多年後在蒙朱凡得到的印象。當時，那個印象始終隱晦不明，要到許久之後，我才知道那來自我對施虐癖的想法。後來會知道，為了別種截然不同的理由，這則印象應該在我人生中扮演了相當重要的角色。那時天氣很熱，我爸媽整天都得外出，他們告訴我，我要多晚回家都可以。於是我一直走到蒙朱凡的沼澤，因為我希望再去看看磚瓦屋頂的倒影。我躺在樹蔭下，在屋子上方那座小丘的灌木叢中睡著了。之前有一天，父親去拜訪凡特伊先生時，我曾經在那兒等他。我睡醒時，天色幾已全黑，我想站起身，卻看見凡特伊小姐（應該沒認錯，畢竟我不常在貢布雷見到她，而且見到也是在她還小那時，如今她已逐漸長成了少女），她很可能剛回到家，面對著我，僅有幾公分之距，就在他父親曾經接待我父親的那房間，那地方現在已改裝成她的小沙龍。窗戶微微敞開，燈光亮起，我看得見房內所有動靜，但是她看不到我。不過，要是我邁步離開，恐怕會踩響灌木落枝，被她聽見，讓她以為我是故意躲在那兒偷窺。

她當時身穿重孝，因為她父親才剛過世沒多久。那時我們沒去探視她，我母親不願意，因為她身上唯一一個會限制行善成效的美德作祟，就是她的矜持。但她深深為凡特伊小姐感到惋惜。母親回想起凡特伊先生生前最後那段可憐的日子：他的人生先是被自己對女兒父兼母職及保姆般的呵護淹沒，後來又被這個女兒帶給他的痛苦吞噬。老先生臨終前那陣子，他成天受盡折磨的面容再度浮現母親眼簾；她知道他已經徹底放棄完成謄寫晚年所有創作定稿的工作，幾首可憐的樂曲，出自一個老鋼琴教師，小村曾經的風琴手；在我們想像中，那些曲子顯然毫無價值，但我們並沒有因而藐視小看，因為這些作品對他的意義如此重大，在他將生命奉獻給女兒之前，這些曾是他活下去的理由。然而大部分曲子甚至沒有記下來，僅存在他的記憶中；另外有些則是隨手寫在散亂的紙上，難以辨識，終究不為人知。母親想起另一項對凡特伊先生而言更殘忍、但他又不得不屈從的放棄：放棄女兒得到正當、且受人尊敬的幸福未來的希望。當她說起這位曾教過我姨婆們的鋼琴老師那被逼到絕路的無助悲痛時，是真心感到難過，並且惶然想像，凡特伊小姐的哀傷應該更為苦澀，摻雜了幾乎等於殺了自己父親那樣的懊悔。「可憐的凡特伊先生，」母親說，「他活著為了女兒，死也因為女兒，從來沒有得過報償。他死後會不會得到？又會是用什麼樣的形態得到？也只有她能給他了。」

凡特伊小姐的沙龍深處，壁爐上方，擺著一小幅她父親的肖像；聽見大路上傳來車輪轉動的聲響，有輛馬車駛近，她急忙跑進來找這幅照片，躺進長沙發內，將一張小圓桌拉近，擺上肖像，就像凡特伊先生上次刻意將我爸媽希望他彈奏的那張樂譜擺到身邊那樣。沒多久，她女友進來了。凡特伊小姐沒有為了接待她而起身，她雙手撐在腦後，挪退到沙發另一側，騰出一個位子。但她隨即覺得此舉似乎是在強迫人家接受某種態度，或許冒犯了人家。她猜想女友也許寧可離她遠一點，坐進另一張椅子。她感覺到自己的冒失，細膩的心思警醒了一下；於是，她重新占據整張長沙發，閉上眼睛，打起呵欠，表示她不過是因為想睡覺，所以才這麼地橫躺。儘管她對同伴不拘小節，態度強勢而粗魯，我還是看出她的動作當中有她爸爸那種討好奉承和欲言又止，還有那些唐突的猜疑。沒一會兒，她起身，假裝想關上遮陽百葉窗卻關不上。

「乾脆全部打開吧！我覺得熱。」她女友說。

「但這樣好煩，會被人看見。」凡特伊小姐回說。

不過，她約莫是揣想女友會以為她說這些話只是為了激她用別的話回應，而她的確也渴望聽聽，但她低調保守，想讓對方主動說出口。還有她的眼睛，雖然我看不清楚，但在她又急切補上幾句時，應該流露出曾討我外婆歡心的那種神情：

「我說被人看見，意思是看見我們在讀書；一想到無論做什麼小事，總有些眼睛在看著，就覺得好煩。」

出於慷慨的本能與對禮貌的講究，那些事前打好腹稿、為了徹底滿足慾望而非說不可的話，她沒說出口。在她自己心底，時時有一個羞澀又楚楚可憐的處子在苦苦哀求著，請一個作威作福的粗魯大兵別靠過來。

「對，這時間，人家是很有可能看見我們，這偏僻的鄉下還真有這麼多人來來往往呢！」她女友語帶諷刺地說。「那又怎樣？」她又說（而且相信說話的同時還應眨眨她那狡黠又溫柔的眼睛。這番話，宛如一篇她知道能讓凡特伊小姐感到快慰的文章，她懷著一片好意，努力用尖酸刻薄的語氣朗朗道出）：「就讓他們看見吧，那再好不過。」

凡特伊小姐一陣輕顫，站了起來。她多疑又敏感的心不知該直接反應出什麼話來對應她的身體求之不得的這個情況。她試著盡可能遠遠背離她真正的道德感，尋找她渴望成為的壞女孩的道地用語，但她覺得，那壞女孩真心會講的那些字眼，從她嘴裡說出似乎就全都變了樣。於是，她能做到的僅有裝出老成的語氣，而她那害羞的習慣卻又令那薄弱的膽識也動彈不得，只得胡亂兜起圈子：

「妳既不冷，又不太熱，妳不想一個人待著，也不想看書？」

「小姐今晚似乎滿念綺思遐想呢。」她終於這麼說道，大概是引述以前曾從小女友口中聽過的句子。

凡特伊小姐感覺到女友在她蕾絲胸衣的開口處輕輕啄了一吻，她微微尖叫一聲逃開，兩人隨後又跳又跑地互相追逐起來，寬闊的衣袖飄蕩，宛如翅膀，像一對熱戀中的鳥兒，咯咯嘎嘎，嘰喳喳。最後凡特伊小姐倒在長沙發上，女友的軀體壓在她身上，但轉身背向放有已故鋼琴教師肖像的小圓桌。凡特伊小姐於是明白，要是不刻意去引發注意，她根本看不到肖像，於是裝作剛才發現似地對她說：

「噢！我父親這張肖像盯著我們看。不知道是誰把它擺在這裡，但我已說過不下二十次：這不是它的位子。」

我還記得，當初談起樂曲時，凡特伊先生對我父親也說了同樣一番話。這幅肖像平時的用途想必就是在褻瀆儀式，畢竟她女友的回答活像是做禮拜時的啟應經文[93]，與她一搭一唱：

「就擺那兒吧！他已經不在了，不會來破壞我們的好事。妳還以為，那個醜老頭要是看見妳

93 啟應經文（Réponses liturgiques），「啟應」是基督教、天主教或猶太教的一種禮拜儀式，可以一對多，例如由祭司以說或唱帶領，會眾齊聲回應；也可由兩個詩班或人數相當的兩組人對唱，以群體間的唱讀共同回應上帝的「聲音」，也是一種信徒間的彼此呼應。

待在這兒，窗戶大開，又要愁眉苦臉唉聲嘆氣地來替妳加件大衣嗎？」

凡特伊小姐回以語氣溫和的責怪：「好了啦，好了啦。」足以證明她本性善良；說這話並非出於對她父親的那種議論所引來的羞憤感（顯然，那是一種她已習慣的感受，這是得自於什麼樣的詭辯法呢？竟能在那幾分鐘讓自己的內在噤聲），而是因為短短那兩句有如剎車，可用來阻止自己享受女友試圖為她營造的歡愉，以免顯得她自私。而且，回應褻瀆話語時的那份微笑自抑，那虛偽溫柔的責怪，對她坦率善良的天性而言，或許就像是一種格外羞恥的形態，一種她試圖領會的惡毒形態。但被一個對無力辯駁的死者如此無情之人溫柔對待的快感，是一種她無法抗拒的吸引力。她跳到女友腿上，純潔地獻上額頭讓她親吻，彷彿自己是她的女兒，津津有味地感受著，她們兩人即將如此殘忍地將凡特伊先生的父親尊嚴剝奪殆盡，連他都已進了墳墓也不放過。女友雙手捧起她的臉，在她額上吻了一記；她對凡特伊小姐寵愛有加，再加上渴望為孤女此刻愁苦的生活添點消遣，順從這索吻的心願並非難事。

「妳知道我想對這個老醜八怪做什麼嗎？」她拿起肖像。

接著，她在凡特伊小姐耳邊說了幾句，我沒辦法聽見。

「噢！妳才不敢呢！」

「我不敢呸在上面？呸這傢伙？」女友故意粗暴地說。

我沒能再聽下去，因為凡特伊小姐一臉慵懶，笨手笨腳，匆匆忙忙，真誠而悲傷地，走上前來關上了遮陽百葉板和窗戶。但我現在知道，凡特伊先生生前一輩子為女兒忍受了所有痛苦，死後從她那兒得到了什麼樣的報償。

然而，從那時起，我想，倘若凡特伊先生當時目睹了這一幕，或許還是不會對女兒的善良喪失信心，而他未必全然想錯。當然，在凡特伊小姐的諸多習慣中，邪惡的面貌顯現得如此完整，若不是在一名施虐者身上，實在不易遇上體現得這般淋漓盡致的惡行。令人看見一個做女兒的讓女友在一輩子只為她而活的父親肖像上呸吐之事的，根本是大道劇院裡的那些舞台聚光燈，而非現實中鄉間屋舍裡的燈光；也只有虐待之癖，才能為這種循通俗劇美感過日子的生活提供成立依據。事實上，姑且不論這些施虐癖特例，某家女兒或許也跟凡特伊小姐一樣殘酷，對死去的父親疏於思念，罔顧他的遺願，但並不會將這一切刻意濃縮成一項象徵性如此粗淺、又如此天真的舉動；她行為中的罪惡成分會遮掩得較不易為人察覺，甚至作惡的自己也看不見，不願承認。但是，表象之外，在凡特伊小姐內心裡，惡念，至少在初始時，想必並非黑白分明。一個像她這樣的施虐者堪稱惡的藝術家，那是徹頭徹尾的壞人做不到的，因為壞人的惡並非由外而來，惡在他看來理所當然，甚至與其本人合為一體；而美德，對亡者的追思，孝親之情，由於壞人沒有這方面的教養，所以也就不覺得輕蔑待之有何瀆聖樂趣可言。凡特伊小姐這類施虐者則是那麼純粹地情感豐富，天生品德高尚，乃至於肉體的歡愉在他們眼中是某種壞事，是壞人的特權。當他們自我妥協，片刻沉淪，試圖披上的即是壞人的皮囊，讓壞人來當共犯，以便得到短暫幻覺，以為自已逃脫了自己那副細心多慮又溫柔的靈魂，進入歡愉快感的無情世界。眼見此事對她來說有多麼難以達成，我明白她就有多麼渴望能做到。在她想當個和她父親截然不同的人之時，喚起我記憶的，卻是老鋼琴教師的思考方式和說話方式。豈止那張肖像照，她褻瀆的，用來增進她的樂趣、但擋在她與樂趣之間，妨礙她直接享樂的，更是她那副與她父親神似的長相，老先生得自自己母親那裡、又傳給了她的那雙傳家之寶般的藍眼睛，那些親切周到的舉動，這一切在凡特伊小姐的邪念與她本人之間橫插了一大套空洞的辭藻，一種與邪念格格不入的思想觀念，阻止了她去認識邪惡，去認清那種東西與她平時努力做到的諸多禮節十分不同。其實，並不是邪惡給了她歡快，令她愉悅，而是在她看來，歡樂似乎狡詐。由於每當她認真投入，其餘時刻在崇高心靈中並不存在的壞念頭總是隨之而來，最後，她在快樂當中找到了某種邪魅如魔的東西，將它等同於惡。也許凡特伊小姐覺得女友內心深處其實不壞，那些大不敬的言辭其實只是她的玩笑話。至少她樂意親吻她的臉，那些笑容、眼神也許是裝出來的，但其中邪惡粗鄙的表情是類似一個生性殘酷追求享樂之人、而非善良痛苦之人會有的神情。她可以稍稍想像自己其實真的在玩遊戲，跟一個同樣變態的女伴一起玩，而那是女兒在回憶父親時確實可能湧出的野蠻感受，可能會玩的遊戲。或許她不認為惡這種狀態如此少見，如此非比尋常，如此令人忘卻故我，移入惡的國度令人感到如此放鬆；卻已能看清自己和所有人皆有的那份冷漠，對他人造成痛苦也蠻不在乎，而，無論用何種名義稱呼，都是殘酷可怕且永恆的形態。

若說去梅澤格利斯那邊頗容易，往蓋爾芒特那邊就另當別論了，因為散步路線長，我們需要確定當時的天氣狀況。在似乎進入連續好天氣的時節，當法蘭索瓦絲萬念俱灰、埋怨老天爺一滴雨也不下，「可憐了田裡的作物」，又眼見平靜蔚藍的天空中稀稀落落浮著幾朵白雲，唉聲嘆氣嚷道：「現在看到的豈不恰恰像極了一群海狗，在那上面嬉戲玩耍，露出尖尖的鼻臉。啊！牠們可曾想到要為可憐的農民們降下幾滴甘霖！然後，等小麥長高了，卻又飄起陣陣細雨，下個不停，下得分不清楚雨水落在何處，究竟是不是下進了海裡。」當我父親再三從花園的溼度計得到穩定不變的有利回應，大家晚餐時便會說：「明天如果還是這種天氣，我們就去蓋爾芒特那邊。」我們總在隔天午餐後就立刻從花園的小門出發，來到街道狹小、形成了個急轉彎的佩尚街。佩尚街沿街長滿禾本植物，兩三隻野蜂在其間飛舞，成天採集花粉。佩尚街如其名，一樣奇怪，那似乎是從它的奇特之處及粗獷的個性衍生而來，那是在今日的貢布雷怎麼也找不著的特質[94]；古老的街道上早已建起小學。但我的胡思亂想（正如那些建築師，身為維歐萊－勒－杜克[95]

94　佩尚街（Perchamps）在法文中有「穿越田野」之意。

95　維歐萊－勒－杜克（Eugèug Emmanuel Viollet-le-Duc, 1814-1879），法國建築師與理論家，以修復中世紀建築聞名，但他為了恢復建築最原始的樣貌，無視經年累月的增減與變動痕跡，執意依初期藍圖打掉重建的做法在當時頗受爭議。

的弟子，以為在一面文藝復興時期的聖壇屏與一座十七世紀祭台下發現了羅馬祭壇的遺跡，便要將整幢建築重新設計成七世紀該有的狀態）不放過新樓房上的任何一顆石頭，重新鑽鑿，「重建」佩尚街。此外，這條街的重建工程中有一些修繕工人通常不會知道的精細資料：幾幅保存在我記憶中的意象，最新的幾則或許現在還殘存著，不久後注定毀滅，那是我童年時期的貢布雷；而正因為是這個貢布雷在消失前在我心中畫下了動人意象——若是能將一幅陰暗的肖像畫與外婆總喜歡給我複製品的那些榮耀的紀念章人像相比——一如那些複製《最後的晚餐》或真蒂萊·貝里尼那幅畫的古老版畫；在那些版畫中，可看到達文西的傑作與聖馬可主座教堂的拱門呈現一種如今已不復存在的狀態。

我們走過飛鳥街，老旅館「中箭之鳥」前方的大庭院，十七世紀時偶有蒙朋席耶、蓋爾芒特和蒙莫杭西[96]等家族的公爵夫人的馬車駛入，遙想當年，她們或為了解決與佃農的爭論，或為了接受表揚而來到貢布雷。我們走入林蔭道路，聖伊萊爾的鐘樓若隱若現。我真希望能在那兒坐下，讀上一整天書，邊聽鐘聲迴盪；因為天氣如此風和日麗，如此恬靜怡人，當報時鐘聲響起，我非但不會說它打斷了白晝的寧靜，反而覺得它淨空了這份寧靜，而且感到鐘樓以一個別無他事可忙之人那樣慵懶又細心的精準，在最恰當的時刻——為了擠壓出熱度緩慢而自然地聚積在那兒的幾滴金光，並任其飛落——前來加快令寧靜臻至飽滿的速度。

蓋爾芒特那邊最迷人之處，在於沿途維馮納河幾乎全程相伴。離開屋子十分鐘後，我們來到第一個渡河點，走的是名為舊橋的通道。打從抵達貢布雷的隔日，也就是復活節那天，聽完講道後若是天氣好，我便會一路跑到這裡。在那個重大節慶的忙亂早晨，幾項華麗盛大的布置工作使得尚未收拾妥的家用器具看起來更顯骯髒粗鄙。我眺望已映著天藍的河水流過尚且荒蕪的黑土大地，土地上僅有一群太早飛來的杜鵑鳥和提前綻放的報春花作伴，然而，這裡一株、那裡一株地，噘著藍色花朵的紫堇被盛在杯狀花冠中的芬芳露滴壓彎了莖幹。舊橋出口通向一條縴道，夏季中，一棵核桃樹的泛藍枝葉鋪展成蔭；樹下，一名戴著草帽的釣者已盤根多時。在貢布雷，我素知藏在瑞士軍裝或教堂唱詩班少年教袍下的是哪個馬蹄鐵匠或雜貨鋪伙計，唯有這名釣者，我從來沒能找出他的身分。他應該認識我父母，因為我們經過時，他舉起帽子致意。於是我想詢問他的姓名，但大人作勢要我噤聲，以免嚇跑魚兒。我們走進高出河面幾尺的縴道坡，對岸的地勢低緩，遼闊的草原延伸到村落，直至好一段距離外的火車站。古代貢布雷伯爵的城堡遺跡零落散布著，被荒煙蔓草埋沒了大半；在中世紀，貢布雷伯爵在這一邊藉著維馮納河防禦蓋爾芒特爵爺們和馬當維爾[97]的神父們的攻擊。如今這裡只剩幾處幾乎看不出來的殘垣斷樓致使草原凹凸起伏，幾座城垛，昔時弓弩手在此投射石頭，伺候在此，監看諾夫彭、克萊爾豐登、馬當維

96 蒙朋席耶（Duchesse de Montpensier）和蒙莫杭西（Duchesse de Montmorency）分別為十六和十七世紀人物。

97 即是下文的馬當維爾－勒－塞克（Martinville-le-sec）

爾－勒－塞克、巴右－萊克松浦特等所有附庸於蓋爾芒特之下的領地，而貢布雷恰恰是孤立其中的飛地。如今，那些屬地上的城鎮早已夷為平地，被教士學校的孩子們占領，來此上課或下課玩耍——此處幾乎低進土裡，像個散步乘涼的人那樣平躺在水邊，但賦予我豐富的幻想，讓我在貢布雷這個名字代表的今日這座小城以外，還加上一座迥然不同的城邦，以它半掩在毛茛花毯下那難以理解的昔時面貌，讓我魂牽夢縈。毛茛花繁茂盛開，選擇在這裡展開草地遊戲，或獨株孤立，或兩兩成雙，或大片成群，如蛋黃般的亮黃；由於無法將它們帶給我的視覺享受轉化成絲毫品嘗的意願，我於是將這份樂趣積存於它們那一片金燦，直到愉悅強烈到得以打造出無用之美，那花海在我看來似乎更顯耀眼。打從童年最初開始，我便從縴道上朝它們伸出雙臂；那時的我還無法完全拼出它們那如法國童話王子般的美麗名稱，它們或許是在好幾個世紀前來自亞洲，但始終以這座村子為祖國，滿足於平凡的視野，喜歡水畔陽光，忠誠守望著火車站那方小小的遠景，然而就像我們的某幾幅古老畫作，在平民百姓的簡樸當中仍保有一抹東方式的光輝詩意[98]。

我總會興味盎然地觀看孩子們放進維馮納河中捕捉小魚的瓶罐；裝滿河水後，這些玻璃瓶罐也被蓋上、鎖緊，透明的瓶身既像是裝著一份凝固之水的「容器」，也是浸入一個更大的流動液態水晶容器中的「內容物」，以比置於餐桌上更美妙、更強烈刺激的方式，讓我聯想到清涼的意象，但那在雙手難以捕捉的無形體流水和味蕾無法享受的非流體玻璃之間的恆常呼應中稍縱即逝。我暗下決心下次要帶著釣竿回來。家人剝下一小塊留著要當點心的麵包給我，我將它捏成小團，扔往維馮納河裡；區區這一點麵包團彷彿就足以引發過度飽和的現象，因為它周遭的河水立刻凝結成一串串橢圓形，其中聚集了營養不良的蝌蚪，想必在此之前牠們皆溶於水中，肉眼難辨，幾乎是正在結晶的狀態。

不久後，維馮納河的水流被水生植物堵住。先是有些被孤立，就像那朵蓮花：那花所在之處的水流不順，使得它幾乎無法喘息，就像艘機械式運轉的平底船，抵達一岸之後就必須轉回原來那一岸，永遠重複著來回往復的渡河航線。水流將蓮花推往河岸，花梗折彎，拉長，滑行，達到伸展極限，直至岸邊；到岸之後，水流卻又扯住它，綠色莖葉開始迴轉，把可憐的蓮花帶回那個稱為出發原點再適當不過的位置，待不到一秒，又再度離岸，反複著同樣的操作。一次又一次，每回散步，我總是一再看見它，困在同樣的狀況，令我想起某些神經衰弱者，我外公認為雷歐妮姨媽即屬其中之一。年復一年，他們一成不變地對我們搬演各種奇怪習性，每一次都自以為隔天就能鬆動、改正，其實卻始終帶在身上；他們陷入不自在、卻又戒斷不了的循環，為了脫離困境而做的徒勞掙扎只不過更加確保那循環的運作，並反覆啟動他們那奇怪、終究避不掉，招惹禍端的飲食控制法。那株蓮花也是如此，也類似那樣的可憐人，遭受著特殊的苦痛折磨，一再出現，

98　法文俗名為「金鈕釦」的毛茛花源於亞洲。傳說美男子 Ranunculus 愛上了自己的聲音，乃至抑鬱而歿，後被阿波羅救活，化為金鈕釦花，生長在水邊。

永無息日。這種痛苦引發但丁好奇，原本他可能會請受難者以更長的篇幅敘述其特殊之處與原因，若不是維吉爾大步超前，迫使他盡快追上，就像我爸媽催促我那樣[99]。

但在稍遠處，水流變緩，流經一座私人莊園，莊園主人開放此處，大眾皆可前往，他還熱衷在園裡栽培水生植物，讓維溤納河形成的諸多小池塘中盛開花朵，成了一座座名符其實的蓮花園。由於這一帶的河岸林木繁茂，大片樹蔭使得池水平時呈現墨綠色，但偶爾，某幾個傍晚，當我們經歷過午後雷陣雨，恢復平靜，從容回家時，我會看見一種明亮的鮮藍，幾近於紫，看起來就有如燒青琺瑯，頗有日本風情。水面上，這裡一朵，那裡一朵，蓮花染紅，草莓一般，中心赤艷，邊緣泛白。稍遠處花開更盛，色澤較淡，沒那麼光滑，顆粒較多，折痕明顯，偶然捲成了那麼優雅的姿態，教人以為見到長串重瓣薔薇花綵散開，順水漂流，宛如一場宴游傷感的曲終人散。另一處的某個角落似乎保留給一般品種，呈現香花芥潔淨的白與粉紅，有如家僕細心對待瓷器那般清洗過；再稍遠一點，花團錦簇，擠成一片漂浮花壇，簡直就像各座花園的三色堇如蝴蝶般飛來，在這方水上花圃透明的斜面上，停落一對對晶亮透藍的翅膀。這亦是一方神妙的花圃，因為它賦予花兒一種土壤，其色彩還比花朵本身的顏色更珍稀、更動人；而且，它或在午後讓睡蓮下方閃耀著一種專注、寧靜且動態的幸福萬花鏡，或在傍晚時分，如某座遠方港口，注滿夕陽餘暉的粉紅與幻夢，於色澤較固定的花冠周圍，不斷變化，以便與那個時刻中最深沉、最易逝、最神祕——再加上一些無窮無盡——的成分一直保持和諧，讓花朵看起來彷彿綻放在天空中。

出了這座園子，維馮納河又開始奔流。多少次，我看見一名划船手，鬆開船槳，仰著頭躺在他的小舟上，任憑漂流，眼睛只見上方的藍天緩緩移動，臉上流露提早嘗到幸福及平靜滋味的表情。我總渴望待我能隨心所欲活著時，仿效他這麼做。

我們坐進水畔的鳶尾花叢間。假日的天空中，一朵懶洋洋的雲慢吞吞地遊蕩。時不時地，偶有鯉魚實在受不了如此的百無聊賴，焦躁地躍出水面透一口氣。點心時間到。再出發前，我們在那兒待了許久，吃吃水果，麵包和巧克力，聖伊萊爾的鐘響聲聲傳至我們所坐的草地，迎面而來，力道已弱，但依然厚實鏗鏘。鐘聲越空而來良久，彼此卻無混淆，陣陣聲響的音波曲線連續跳動，如山丘起伏，掠過小花，在我們腳邊發出嗡嗡共鳴。

偶爾，走在林木圍繞的河畔，我們會遇見一幢所謂的度假別墅，遺世獨立，它所見的世界只有浸洗著牆腳的這條河。屋子那扇窗，最遠只能看見繫泊在門邊的小舟，窗口框著一位年輕女子，面容若有所思，優雅的面紗並非本地製品，想必，依時下流行的話語來說，她是來這裡「隱姓埋名」，品嘗那苦澀的樂趣，感受自己的姓氏，尤其是她無法拴住的那顆心所屬的那人的姓氏，在此處默默無聞。聽見岸邊樹叢後方有人經過，她心不在焉地抬起眼，即使尚未看見他們的臉，她已可確定他們素不相識，也永遠不會認識她這個變心的女人，他們的過去無處曾有她的痕

99　在《神曲—地獄篇》中，但丁與許多亡魂交談，古羅馬詩人維吉爾的靈魂則以保護者的姿態，在他呼救時出現，為其解惑。

跡駐留，未來也不會有任何機會再見到她。感覺上，她消沉放棄，刻意離開本可能至少會偶遇她所愛之人的地方，來到這些他從未現身之處。散步回程，走在她知道他不會行經的路上，我望著她雙手意興闌珊地脫下那雙優雅卻無用武之地的長手套。

往蓋爾芒特那邊散步時，我們從來沒能直溯維馮納河的源頭。那個地方常在我腦中盤旋，對我來說，那源頭的存在如此抽象，美化得如此理想，當人家告訴我它就位於這個省域，距離貢布雷不過幾公里時，我驚訝的程度不下於得知，在上古時代，地球上另有一個確切的地點是通往地獄的入口[100]。我們從來沒能走完全程，抵達我渴切抵達的目的地，蓋爾芒特。我知道那兒住著城堡主人，蓋爾芒特公爵及夫人；我知道他們是真實人物，現今仍然存在，但每次想到他們，浮現我腦中的有時是壁毯上的模樣，如我們教堂裡那幅《以斯帖加冕圖》中的蓋爾芒特伯爵夫人；有時染上變化多端的細微差距，如彩繪玻璃上的惡王吉爾貝，從包心菜綠轉為棗藍色，視我仍在掬飲聖水或是已經回到坐席而定；有時又變得完全失去觸感，如同魔幻燈投影在我房間窗簾或往上遊走到天花板的潔妮維艾芙．德．布拉邦的影像，而她是蓋爾芒特家族的祖先——總之，始終籠罩在墨洛溫王朝的神祕感中，如同沐浴在夕陽餘暉當中，浸淫在「芒特」這個音節散發出的橙紅亮光裡。但是，倘若，儘管如此，他們既然貴為公爵及公爵夫人，對我而言雖然陌生，卻仍是真實人物，而相反地，具有爵位之尊的他們卻過度膨脹，脫離了實體，以便能用人身收納他們以公爵及公爵夫人的封號代表的蓋爾芒特，整個陽光燦爛的「蓋爾芒特那邊」，維馮納河的流水，水中蓮花及兩岸的大樹，以及那麼多個美好的午後。我知道他們不僅受封為蓋爾芒特公爵及公爵夫人，其實從十四世紀以來，幾番試圖戰勝他們原來的領主卻徒勞無功，此後便透過聯姻與其結盟，所以他們也是貢布雷伯爵，貢布雷最早的市民，結果卻也成了唯獨不住在這裡的人。貢布雷伯爵的族姓之中，人身之中，皆擁有貢布雷；想必他們身上確實也有貢布雷特有的那種奇怪又虔誠的悲涼之感。身為城主，而非個別私家屋主，想來也只能徘徊戶外，天地之間的街道上，就像聖伊萊爾教堂半圓形後殿彩繪玻璃上的那個惡王吉爾貝・德・蓋爾芒特；但在我去卡穆家買鹽的路上，若是抬頭仰望，卻只能見到玻璃花窗背面的黑色彩釉。

後來，往蓋爾芒特那邊去時，我偶爾會經過幾片圈起來的小濕地，園中許多深色花朵成串拔高。我停下腳步，相信自己正在吸收一種珍貴的概念，因為，自從看過一位我喜愛的作家描述這片河川沖積地區之後，我便極度渴望親臨一見，而今，我覺得它的一小塊似乎就在我眼前。正因為這個概念，以及它那片有淘淘流水奔騰而過的幻想之土，當我聽見佩爾斯皮耶醫生向我們提起城堡林園中的花朵與潺潺水流時，在我腦海中，蓋爾芒特變換了模樣，對號入座。我夢想德・蓋爾芒特夫人邀我前去，因為她一時興起，對我產生瘋狂迷戀。白日一整天，她陪我釣鱒魚；到了

100 在荷馬《奧德賽》及維吉爾的《艾尼亞斯紀 Aenēis》史詩中都曾提及，通往「亡者國度」的入口，就在鄰近那不勒斯的阿凡諾湖（Lago d'Averno）附近的一處洞口。

晚上，她牽著我的手，經過她領地中的小花園，要我看看倚在那些矮牆邊、顏色或紫或紅的紡錘形花穗，還告訴我它們的名稱。她要我告訴她我想創作的詩歌主題。這些夢境提醒我，既然我希望有朝一日成為詩人，現在也該知道自己究竟想寫什麼了。但是只要我一捫心自問，試圖找到一個主題好納入一套無窮的哲學意涵，我的神智就停止運作，只見注意力前方一片空白，自覺毫無天分，或是懷疑自己也許患上了某種腦部疾病，阻礙了那主題生成。偶爾，我打算仰賴父親來解決這一切。他那麼有勢力，在當局者心目中那麼受寵，甚至能打破法蘭索瓦絲以前教我的那些應視為比生死更不可規避的法則，讓整區中唯獨我家得到部長許可，將屋子的「牆面清整」工程延後一年；薩扎哈夫人的兒子想上船航海，父親便替他申請提前兩個月考高中會考，排進姓氏為A字頭的考生群組，不必等到S字頭那一輪。就算我病得很嚴重，或是被強盜擄走，因為深信父親實在太聰明，而且還身懷絕頂勢力，擁有許多仁慈的上帝太難抗拒的推薦函，能讓我生重病或被綁架之事化為一場虛驚，不會對我構成危險，而我會平靜地等待，等待回歸平安現實的那一刻，獲釋或痊癒的那一刻，必將來臨。或許我的欠缺天分，尋找未來寫作主題時即在我腦中凹陷的那個黑洞，這些難道不也是一場站不住腳的假象，在我父親介入之後就會被戳破？他應該早已和政府及天神達成協議，認定我將成為當代作家中的第一把交椅。不過，另有許多次，我父母焦急地看我還落在後段，沒跟上他們；而我現今的生活並不像父親的人為創造產物，可隨他所欲更改，在我看來，反而更像是被納進一個並非為我打造的現實，無法動用任何支援去對抗；現實赤裸裸，而我深陷其中，沒有盟友。於是，我覺得我與其他人以同樣的方式存在著，跟他們一樣，會老，會死，而在他們之中，我不過是沒有寫作天賦的那類人當中的一員。我因此灰心喪志，從此永遠放棄文學這條路，儘管布洛赫曾給我鼓勵。我的思想空乏，這種感受唯有自己清楚，當下瞭然，勝過人家可能不吝施捨於我的任何溢美之言，好比一個惡人，就算人人張揚吹捧其善行，但他的良知卻深感愧疚。

有一天，母親對我說：「既然你一天到晚提到德．蓋爾芒特夫人，佩爾斯皮耶醫生四年前曾經非常盡心地醫好她的病，她應該會來貢布雷參加醫生千金的婚禮。你可以在典禮上見到她。何況，我最常聽到佩爾斯皮耶醫生談起德．蓋爾芒特夫人，他甚至給我們看過一期畫刊，照片上，夫人那一身打扮是去參加雷昂親王夫人的化裝舞會時的裝束。」

婚禮彌撒進行時，突然間，順著教堂侍衛的一個動作，我看見坐在禮拜堂中的一位金髮貴婦，大鼻子，碧藍的雙眼目光銳利，淡紫色的絲綢蓬領結，平滑，簇新，閃閃發亮，鼻翼一角上一顆小痣。她彷彿突然覺得很熱，滿臉通紅，由於在那張臉上，儘管模糊，幾乎難以察覺，我辨識出些許成分類似我曾看過的那張畫像，尤其是在她身上捕捉到的那些長相特徵，因為，若要我試著說出，我的形容用語恰恰就和佩爾斯皮耶醫師對我描述蓋爾芒特公爵夫人時所說的一樣：大鼻子，碧藍的雙眼；我心想：這位貴婦長得很像德．蓋爾芒特夫人；她望彌撒所在的禮拜堂正屬於惡王吉爾貝，禮拜堂中那些如蜂窩般鬆散的金黃墓碑下，安息著歷任布拉邦伯爵；而且在我記憶中，根據人家告訴我的，這座禮拜堂專門保留給蓋爾芒特家族，以便家族成員來貢布雷參加典禮時可使用。所以合理推斷，此時此刻，這座禮拜堂中只有一位女性可能長得與德・蓋爾芒特夫人的肖像畫相似，而且那天正巧是夫人應該會來的日子：那就是她本人！我實在大失所望。失望之情來自於，我在想到德・蓋爾芒特夫人時，從來不曾留意自己原來總是以壁毯或彩繪玻璃的顏色在想像她，呈現的是另一個世紀，另一種質感，有別於活生生的人。我從來沒料到，她可能就跟薩扎哈夫人一樣，有張紅通通的臉，繫著淡紫色的領結，而且那橢圓的雙頰令我強烈地想起一些曾在家裡見過的人，以至於我腦中有了疑念，而且一閃而過，瞬間即逝；從這位貴婦的生成原則，從她所有的分子來看，或許她實質上並非蓋爾芒特公爵夫人，而她的身體，其實不知被取了什麼姓氏，屬於某類型女性，而那類型當中也包含醫生和商人的妻子。「原來如此，原來不過如此，這就是德・蓋爾芒特夫人！」在我凝視她的身影時，臉上的專注與驚訝所表達的即是這句話。這個形象，想當然爾，與同樣以德・蓋爾芒特夫人之名那麼多次出現在我遐思中的那些毫無關聯，既然這形象並非如想像中的另外那些一樣專門為我形成，而是突然初次闖入我眼簾，才剛發生不久，就在教堂裡面；它的性質不同，不似另外那些可隨意上色、任由自己浸染一個音節的橙黃色澤，卻是那麼真實，乃至所有一切，甚至連鼻翼一角發炎的小痘痘，都證明了它服膺著生命法則，宛如一齣戲正值高潮，正當我們無法確定眼前所見難道不單是一片亮彩投影而已之際，那仙子紗裙上的一道折痕，小姆指的輕輕一顫，都揭穿了一個活生生的女演員的實體存在。

但是同時，高高隆起的鼻子與銳利的雙眼張貼在我視覺中的這個形象上（也許是因為，在我還來不及想到出現眼前的這女子竟可能就是德．蓋爾芒特夫人時，那眼鼻已率先觸及，已刻下第一道印記），在這剛剛出現、無可變換的形象上，我試著加上這個概念：「這是德．蓋爾芒特夫人」，卻只能在面對那形象時驅動它的作用，如同間隔開來的兩張圓盤。但我經常夢想的這位德．蓋爾芒特夫人，如今存在於我心之外，讓我親眼目睹，對我的想像力產生更強大的影響，原本在觸及與期待如此相違的現實之後，一時動彈不得，此刻則又作用起來，並對我說：「比查理曼大帝更早即聲名顯赫，蓋爾芒特家族對其領地中的子民握有生死大權；蓋爾芒特公爵夫人是潔妮維艾芙．德．布拉邦的後代。她不認識、也不會願意認識任何在此之人。」

然後——噢！人類目光令人讚嘆的獨立性，牽繫臉部的繩索拉得那麼鬆、那麼長，那麼具有延展性，以至於能遠遠地自由遊走——當德．蓋爾芒特夫人坐在其先祖墓地上方的禮拜堂中，她的目光四處游移，沿著柱子攀爬，甚至停駐在我身上，宛如在中殿徘徊的一道陽光，但我在接受照拂之際，似乎感覺到這道陽光擁有意識。至於德．蓋爾芒特夫人本人，由於她始終不動聲色，如同一名母親假裝沒看見孩子們大膽狡詐地暗中在進行一些計畫，竟然跟她不認識的人玩在一起，還互喊姓名，我完全不可能得知，在心靈慵懶的狀態下，她是如何看待自己遊走不定的視線，究竟是贊成還是責怪。

在我看夠她之前，她並未離開。我覺得這一點十分重要，畢竟，我記得，好些年來，我都將見到她視為夢寐以求的渴望，目光無法從她身上移開：那高隆的鼻子，泛紅的雙頰，在我看來皆是她臉上珍貴、如實，而且獨有的訊息，彷彿我的每道目光都能具體帶走這些特徵給予我的回憶，並且長存心中。此時，我加諸其上的所有想法都令我覺得那張面容姣好——尤其，或許算是一種護衛我們自身最佳部位的本能，那永遠不想失望之渴望——因而重新將她（既然她與我之前提到過的那位蓋爾芒特公爵夫人其實是同一人）置於其餘人類之外，在常人群中，看見她軀體這個單純的視覺曾令我片刻混淆，而聽見周圍的人說：「她比薩扎哈夫人好，比凡特伊小姐好」，說得彷彿另外兩位能與她相提並論似的，我不禁惱火。我的目光停留在她的金髮，她的藍眼，緊緊依附於她的頸背，剔除了可能令我想起其他臉孔的特性，想像著這幅刻意不完整的速寫草圖，我驚呼：「她真是美！多麼高貴！在我面前的這位，不愧是高尚的蓋爾芒特成員，潔妮維艾芙．德．布拉邦的後代！」我的專注照亮了她的臉龐，使得她如此與眾不同，直至今日，我若是又想起那場婚禮，腦中完全無法浮現其他參加者的面貌，只有她，還有教堂侍衛：當我問起這位貴婦是否就是德．蓋爾芒特夫人時，侍衛給了我肯定的答案。但是她，再度浮現我眼前，特別是當隊伍行進到聖器室時，在那個大風狂吹、暴雨欲來的日子，在忽隱忽現且燠熱的陽光照亮下，德．蓋爾芒特夫人置身在所有那些她甚至連名字也叫不出來的貢布雷居民之間，他們的卑微太需要她的尊貴來襯托，她不得不對他們生出一份真摯的仁慈，此外，以她率直優雅與不拘小節的作風，她還希望能再贏得他們更多敬畏。於是，她無法特意透過目光，像對認識之人那樣流露所能表示的本心，傳達某種精準的用意，她只能任由散漫的思緒不斷流逝，匯聚成一股她無法抑制的碧藍光波，她不願那藍色目光打擾這些沿途遇見、隨時觸及的小老百姓，以免顯得冒犯了人家。我彷彿又看見，在她光滑、蓬鬆的淡紫色領結上方，那雙眼中溫和的驚訝，此外還加上不敢鎖定任何對象，惟願所有人都能分享的那副來自領主、但又有些害羞的微笑，那看似是在對她的子民說抱歉，親民愛民。這笑容落在目不轉睛看著她的我身上。這時，我想起在彌撒中她隨意停駐於我的那道目光，碧藍如透過惡王吉爾貝那面花窗照進來的陽光，我心想：「看來她特別留意我呢！」當時我相信自己是討她歡心的，她離開教堂後還會想到我，由於我不在身邊，也許她晚上回到蓋爾芒特之後會感到落寞。於是我立刻愛上了她，因為若說有時僅需一個輕視的眼神就可能足以讓我們愛上一個女人，一如我先前認為斯萬小姐所做的那樣，而且讓我們以為她永遠不可能屬於我們，有時，也可能只需她帶著善意看我們一眼，如同德．蓋爾芒特夫人的舉動，便足以讓我們相信，她終將屬於我們。她的眼睛綻放藍光，如同無法高攀的蔓長春花，然而她卻送給了我；太陽受一朵雲威脅，但仍在廣場上及聖器室中全力大放光明，賦予在這莊嚴場面地上所鋪的紅毯一種天竺葵般的花色，德．蓋爾芒特夫人面帶微笑，踏在紅毯上緩緩前進，為羊毛毯增添了一份粉紅絲絨的質感，一層光采奕奕的表皮，一種和藹，嚴肅的溫和，浸淫於豪華的盛大排場與喜悅之中，如此場面正是歌劇《羅恩格林》[101]

101《羅恩格林 Lohengrin》，作曲家華格納根據中世紀布拉邦王族之傳說所創作的歌劇。

某幾場戲以及卡帕奇奧[102]的某幾幅畫作的特色，令人明白波特萊爾何以能對吹奏小號的聲響用上「美妙」這個形容詞[103]。

從那天起，每次往蓋爾芒特那邊散步，我是多麼地比先前更為苦惱，惱恨自己欠缺文采天賦，必須放棄有朝一日要成為知名作家的志願。當我稍稍遠離人群，獨自夢想時，遺憾之念令我如此痛苦，以至於為了不再感受那樣的悔恨，出於某種面對痛苦時的自抑，我的神智完全不再思考詩句，構想小說，癡夢一個詩意的未來，因為我欠缺才情，無權這麼打算。於是，很清楚地，我置身於所有文學考量之外，與文壇之間沒有任何牽繫；這麼一來，一面屋頂，反射在石頭上的一道陽光，一條小徑的氣息，皆給了我一份特殊的愉悅感，常讓我停下腳步；此外也因為，在超出我所能見的某處似乎藏著什麼，邀我去取，而我無論怎麼努力，都沒辦法發現。由於我覺得那事物就在它們之中，於是我佇足原地，動也不動，張望，呼吸，試著利用思想去超越影像或氣味。而若必須追上外公，繼續趕路，我便閉上眼睛喚回它們；我盡力精準地追憶屋頂的輪廓，石頭的層次紋理，那一切，我無法解釋為什麼，看來彷彿漲得滿滿的，隨時就要裂開，將它們充其量只是表象的那樣東西呈現給我。當然，這類印象無法讓我重燃有朝一日成為作家與詩人的希望，因為這種感覺仍然受到一項不具才智價值、又與任何抽象真理無關的特殊物品羈絆。但是這些印象至少帶給我一股非理性的樂趣，某種豐饒的幻覺，藉此排遣我的煩憂，那種每每想為一部偉大的文學作品尋找一個哲學性的主題時便會湧上心頭的無能之感。但自我意識的任務感——對形狀、香氣或顏色的印象強加於我的——如此強烈急迫，試圖發現隱藏在它們背後的東西，以至於我毫不遲疑地給自己找藉口，讓我避免努力，省去大費周章的疲勞。幸好爸媽喊我，我覺得目前的我尚缺該有的從容，無法繼續有效探究，回到家之前最好別再多想，何必提前白費心力呢。於是我不再去操煩那裹著某種形狀或某種香氣的不知名之物，心安不少，既然我會把它帶回家，用各種意象加以包裝，而在那層保護之下，它永遠活著，如同大人讓我自己去釣魚的那幾天我放在魚簍中帶回的那些魚，鋪上一層青草覆蓋，保持新鮮度。一回到家中，我便忙著去想其他事，於是腦中堆積了（一如我房間裡那些散步途中摘回來的花或人家贈我的物品）一塊陽光嬉遊其上的石頭，一面屋頂，一聲鐘響，某種樹葉的氣味，各式各樣的諸多意象；而掩蓋在這一切之下，我有預感、但沒有足夠意願去發掘出來的事實，已死去多時。然而，有一次——我們的散步拖延得比平常久，由於下午將盡，我們很高興能在回程路上遇見佩爾斯皮耶醫師。他搭乘全速狂奔的馬車經過，認出了我們，於是讓我們上車——那股印象當下湧入我的腦海，我沒有將之拋開，卻也沒有稍加深究。他們讓我跟馬車夫坐在一起。我們疾馳如風，因為在回貢布雷之前，醫師還得

---

102 卡帕奇奧（Vittore Carpaccio, 1465-1525）為義大利威尼斯畫派畫家真蒂萊・貝里尼的弟子，以系列畫作《聖烏蘇拉的傳說》聞名。

103 隱射《惡之華 *Fleurs du Mal*》中的詩作〈不速之客 *L'Imprévu*〉：「小號的聲響如此美妙／在天神豐收之莊嚴夜晚／宛如醉迷狂喜／滲入所有受其讚頌之人的內心」。

在馬當維爾－勒－塞克稍作停留，探視一位病人；他同意讓我們在病患家門前等他。轉過一條道路時，我突然感受到那股無與倫比的特殊喜悅：我瞥見馬當維爾的兩座鐘樓映照著夕陽餘暉，我們馬車的行進移動著，再加上道路的蜿蜒，使得鐘塔彷彿變換了位置；維厄維克的鐘樓與它們其實還隔著一座山丘及河谷，位在遠處另一座較高的平原上，此時看上去卻好像就在它們旁邊。

我留意那三座鐘塔的塔尖形狀，眼見它們的輪廓移轉，照射在它們牆面上的陽光，我感覺到這股印象尚未完整呈現，有某種東西就在這行進移動的後面，在這亮光後面，某種似乎既被它們納藏、又被它們奪走的東西。

鐘樓顯得那麼遙遠，我們看起來幾乎沒朝它們駛近多少，一會兒後，當我們在馬當維爾的教堂前停下時，我大吃一驚。我不知為何當初遠遠望見它們出現在地平線上時會感到喜悅，而試著去發掘這喜悅的由來之必要，又令我覺得頗為辛苦。我想將那些在夕照下晃動不停的輪廓留存腦中就好，無意現在去深入思索。倘若我真的這麼做，那兩座鐘樓便很有可能就此加入那許許多多樹木、屋頂、香氣、聲響的行列，因為，雖然我不曾深究，但它們曾為我謀來那份隱隱的喜悅，所以我能辨識出它們，與其他同類事物做出區別。在等著醫師回來之際，我下車和爸媽閒聊。而後我們再度上路，我坐回馬車夫旁，轉頭再望望兩座鐘樓，稍過一會兒，道路轉彎時，最後又瞥見了一次。馬車夫似乎不善交談，我說的話他難得回應幾句，而我又沒有別的同伴，迫不得已只得將就自己作陪，試著記住我心目中那兩座鐘樓。沒過多久，它們的輪廓與陽光下的牆面宛如某種外皮，撕裂了開來，對我隱藏的東西稍稍顯露出一點。我忽然生出一股前所未有的思考，在腦中化成字句；剛才看見它們時感受到的喜悅突然變得如此猛烈，我欣然陶醉，無法思考其他事情。在那一刻，我們已遠離馬當維爾，轉過頭時，我竟又再次瞥見它們：這一次，樓塔全黑，因為太陽早已下山。時不時地，道路曲折轉彎，又將它們遮住，然後，最後又一次，我終於再也看不見它們。

我沒去想隱藏在馬當維爾兩座鐘樓背後的應該是某種相當於一行優美文句的事物，畢竟它以令我喜悅的那些文字形態出現；我只向醫師要來紙筆，不顧馬車顛簸，作起文章，以撫慰我的意識，順從我的熱忱；我寫下如下這一小段，最近翻找出來，幾乎隻字未動：

「唯其二塔，平地拔起，彷彿遺落在一望無際的曠野之中，馬當維爾的兩座鐘樓朝天高聳。不久後，我們卻看見三座塔：一個大膽的迴轉，一座鐘塔姍姍來遲，那是維厄維克的鐘樓，前來加入。時間分秒流逝，我們的馬車飛快奔馳，然而三座鐘樓始終遠遠在我們前方，宛如棲停平原上的三隻鳥，動也不動，在陽光照耀下方能辨識。然後，維厄維克的鐘樓挪到一旁，拉開了距離，而馬當維爾的兩座鐘樓獨留原處，沐浴在夕陽餘暉之中，即使隔著這個距離，我也能看見陽光在它們的斜頂上微笑嬉戲。還要那麼久才能接近，所以我猜想著我們需要多少時間才能抵達，突然間，馬車一個轉彎，便已將我們停放在兩座鐘樓腳下；樓塔如此猛然地撲到車前，馬車僅來得及立即停下，以免撞上迎面拱門。我們隨後繼續趕路，駛離馬當維爾已有一段時間，那村落伴隨了我們幾秒鐘後亦已消失不見，僅剩遠方地平線上的兩座村中鐘樓與維厄維克的鐘塔目送我們逃離，尚且擺動它們映著夕陽的尖頂，向我們道別。有時，其中一座隱逝，以便其他兩座能再多看我們一會兒；但道路改變方向，燦爛夕照中，鐘塔宛如三根金色樞軸旋轉，消失在我們眼前。但是，再稍後一陣，由於我們已接近貢布雷，此時太陽又已西下，我從很遠很遠的地方最後又瞥見了一次，它們已不過如三朵小花，畫在曠野低平的線條上方，插進夜空。這也讓我想起一則傳說中的三名少女，孤伶伶地遭人遺棄，天色偏已幽暗；正當我們的馬車飛奔遠離，我看見她們膽怯地尋覓著道路，高貴的剪影幾次笨拙踉蹌，互相緊緊依偎，一個躲在一個身後，在尚存一抹粉紅的天空中融成一個黑色的形影，令人著迷又逆來順受的模樣逐漸消逝在夜色中。」[104]

我後來未曾再回顧這一頁短文，但在那當下，坐在醫師的馬車夫旁邊，那個平時用來擺放裝著從馬當維爾市集買來的雞鴨禽類籠籃的位置，我寫完這一段文字，欣喜極了，覺得它如此完美地替我擺脫了那些鐘樓，以及隱藏在它們後面的事物，彷彿我自己就是一隻母雞，剛下了一顆蛋，開心地引吭高歌起來。

在那一次次散步中，一整天裡，我總能夢想自己身為蓋爾芒特公爵夫人的朋友，去釣鱒魚，乘著小船悠遊在維馮納河上，何其愉悅；而且，我貪圖幸福，在那些時刻，只求生活永遠由一連串快樂的午後組成。但是在回程路上，我瞥見左手邊有一座農莊，與其他兩座彼此緊鄰的農場隔著一段相當的距離；從那座農莊開始，要進入貢布雷只需再走過一條橡樹小徑，一邊是一片片草地，分屬一塊小果園，園子裡整齊種植著一行行蘋果樹，夕陽照亮時，樹影畫出日本式的圖樣。每到此時，我便心跳加速，知道不出半小時就要到家，由於家中規定往蓋爾芒特那邊走的日子，晚餐時間會往後推延，大人總在我喝完湯後就趕我去睡覺，以至於母親就跟家中有客人來訪時一樣，必須留在餐桌上，不會上樓到床邊向我道晚安。我剛邁入的這片憂傷境地，明顯有別於我前一會兒才滿懷喜悅奔入的區塊，這就好比，某些時刻，天空中帶狀的粉紅色宛如一匹長布，與一條綠色或黑色分隔開來。那粉紅色當中可見一隻小鳥飛舞，即將飛到盡頭，幾乎觸及那黑色處，隨即沒入其中。剛剛還圍繞著我的種種渴望：去蓋爾芒特，去旅行，活得幸福快樂，如今已是身外之物，即使實現完成，恐怕也不會為我帶來任何愉悅之感。只要能整晚在媽媽的懷裡哭泣，我多麼願意放棄這一切！我渾身輕顫，焦慮的目光離不開母親的臉；這張臉今晚不會出現在我透過想像便已歷歷在目的房間，我寧願去死。這個狀態一直持續到隔天早晨，當晨曦彷彿園丁似地，將光線一段段倚上早金蓮滿布、直至爬到我窗邊的屋牆，我跳下床，迅速跑進花園，我早已忘

104 這篇文章曾於一九〇七年在《費加洛報》上刊出，標題為〈汽車道路印象〉，普魯斯特在此僅改了地名，刪去幾個句子。

記，一旦到了傍晚，與母親分離的時刻又將隨之而來。因此，是蓋爾芒特那邊讓我學會了辨別這些在某段時期裡逐一產生的心境，它們甚至分占了每一個整天，其中一種回來驅除另外一種，如發燒一般準時發作；每種心境彼此貼近，卻又那麼互不相關，缺乏互相溝通的可能，在這種狀態下，連我自己也不明白，甚至無法具體想像，我在另一種狀態中所渴望、疑懼或完成的那些事物。

所以，對我而言，梅澤格利斯那邊與蓋爾芒特那邊仍與我們同時過著的各式生活中的許多瑣事息息相關，是有著最意想不到的波折、篇章最豐富的那一種，我的意思是，智性的生活。想必它在我們身上不知不覺地進展，而種種事實真相替我們改變了它的意義與層面，為我們開啟了新的道路，長久以來，一直培訓我們去把它發掘出來，然而我們卻不自知。對我們而言，真相僅從被得知的那一天、那一分鐘，才開始存在。當時在草地上展演的花朵，陽光下流過的河水，它們出現那一瞬間四周的整體風景，仍繼續伴隨著回憶，記得它那無憂無慮或漫不經心的面貌；當然，當它們被一個卑微的路人，被那個愛作夢的孩子久久凝視——宛如國王被一名隱身人群中的回憶錄史家長期注目——大自然的這個角落，花園這一隅，想像不到，多虧了他，日後它們將被召喚，以最微不足道的特質續存下去；然而，那白山楂的芬芳沿著不久後即將換成薔薇的樹籬點點散放；一陣腳步聲踩在小徑的碎石上，沒有回響；河水形成的一顆泡泡附著在水生植物上，隨即破滅；我以興奮激動之情承載這一切，最終帶著它們穿越這許許多多的年復一年，然而周遭的路徑早已湮滅，走在路徑上的人以及他們的回憶皆已逝去。偶爾，我這麼帶回來、保存至今的這塊風景脫離了一切，如此孤立，漂浮在我思緒之中，如同繁花盛開的提洛島[105]，我無法說清它來自哪個地區，哪個時代——也許僅是某個夢境。但針對梅澤格利斯與蓋爾芒特兩邊，我必須想到的，特別是恍如我心智土壤深處的兩座礦脈、我仍倚賴著的兩塊堅實土地。那是因為我相信事物，相信人們，當我遍行那兩邊的路徑，至今我仍願意正經看待的，唯有透過它們而認識的物與人，也唯有這些人事物仍能令我感到喜悅。若不是創造的信念在我心中已然乾涸，就是事實僅會在記憶中成型，如今，從別人那兒初次見到的花朵，在我看來皆不像真花。梅澤格利斯那邊的丁香花、白山楂、矢車菊、罌粟花、蘋果樹；蓋爾芒特那邊那游著蝌蚪的河流，睡蓮與毛茛，皆永永遠遠地為我建構出我希望能在其中生活的國度樣貌，在那兒，我首先要求能釣魚，划獨木舟，能看見哥德式堡壘的廢墟，而且在麥田中央、如聖安德雷德尚那樣，找到一座教堂，具有紀念價值，鄉村氣息，如小麥堆般金黃；還有我在旅途中偶爾仍會在田野間遇見的矢車菊、白山楂、蘋果樹，因為它們位於同一個深度，皆屬我的過去，立即與我心有靈犀。然而，由於那些地方各有某種獨特之處，當我被再見到蓋爾芒特那邊的欲望糾纏，即使帶我去同樣美麗的一處河邊，那兒的睡蓮比維馮納河的更漂亮，也不能滿足我，而且傍晚回程路上亦然——當稍後將轉移到愛的領域、而且可能與之永遠難分難捨的那份焦慮在我心中甦醒，即使是那一刻，我也不會希望出現一

105 提洛島（Délos）是位於愛琴海的希臘島嶼，傳說中是太陽神阿波羅與月神阿緹蜜絲的出生地。

個比媽媽更美麗、更聰明的母親來跟我道晚安。不，一如為了讓我幸福入睡所需的事物，從那時起，就沒有任何情婦能給我那份無憂無慮的平靜感，既然我在相信她們之際依然有所懷疑，而且從來無法擁有她們的心，不像我從母親的晚安吻中得到的那份心意，完整，絕非別有用心，絕不有所保留，不摻雜任何非為我好的意圖留下的後遺症——因為那是她，因為她俯身將臉朝我湊近，那張臉的眼睛下方有某種東西，看似缺點，但被我一視同仁地與其他部位一樣喜愛著；同樣地，我想再見到我認識的蓋爾芒特那邊，在橡木林道的入口，要有距離後面兩座緊緊相鄰的農莊不遠的那片農場；那些大草地，在陽光照耀下如沼澤般顯現倒影，映出蘋果樹的枝葉，正是這片風景，偶爾，午夜夢迴，它獨特的個性會以一種近乎奇異的力量緊緊扣住我的心弦，夢醒之後卻再也遍尋不回。想必，為了將五花八門的各種印象合而為一，使之不可分解，永遠留在我心中，全然只因它們令我同時感受到那一切，梅澤格利斯那邊或蓋爾芒特那邊，讓我在未來的人生時時吞下失望，甚至犯下許多過錯。因為，我經常想再見到某個人，卻分不清其實那純粹只是因為他讓我想起一道白山楂樹籬；而一個簡單的旅行渴望，便促使我去相信，去讓人相信自己可能重獲喜愛。但也正因為如此，殘存在我如今可連結到那兩邊的印象之中的梅澤格利斯與蓋爾芒特，讓這些印象有了立論根基及深度，比其他印象更多了一個面向，同時也為它們增添了一份魅力，一則只對我有意義的意義。那些夏日傍晚，當和諧的天空如一頭野獸低鳴，人人氣惱暴雨將至，多虧梅澤格利斯那邊，我依然能獨自恍惚狂喜，穿透雨滴打落的嘈雜，嗅得丁香花那肉眼看不見、但持久不散的芳香。

·

就像這樣，我經常清醒直到早上，愣愣回想著貢布雷那段光陰，那些無眠的憂傷夜晚，還有那許多日子，最近我才重溫其意象，透過的是一杯花茶的滋味——在貢布雷應會被稱為「香氣」——以及回憶的連結；它連結到我在離開那座小城多年之後，從在我出生前斯萬的一段戀情中得知之事，配上那精準的細節，有時，取得已死去好幾個世紀的人的詳細生平要比得知我們最好朋友的生活細節還更容易；而如此的精準程度看似不可能，如同從一座城市跟另一座城市的人聊天那樣不可能——因為我們還不知道這樣的不可能當初是透過什麼途徑被扭轉成真。所有互相交織的回憶從此形成完整的一大團，但當中並非無法區分——較古老的，與最近從某種香氣產生的回憶；還有，其實屬於另一個人，而我透過那人才得知的回憶——若分不出裂縫和真正的斷層，至少能辨識那些紋理，花花綠綠的五顏六色，在某幾種岩石，某幾種大理石上，揭示不同的來源，不同的年代，不同的「層系」。

顯然，當晨光將至，我清醒時短暫的不確定感已消散許久。我知道自己實際身處哪個房間，早已在幽暗中重建周遭環境，並且——或仰賴單一的記憶辨識方向，或者，視同指示，藉助瞥見的一道淡淡微光，在那光亮末端置上窗簾——像將原本的開口處留予門窗的建築師和壁面裝潢工那樣，我已將整個房間連同傢俱重新建構出來，安好各面鏡子，將抽屜矮櫃挪回原位。但曙光——不再是我本以為的最後一盆火映在銅質窗簾桿上的反光——才剛在黑暗中如粉筆一般，畫下第一道白色校準線，窗戶帶著窗簾離開我先前錯置的門框，為了讓出它的位置，我記憶中笨拙地設在那兒的書桌全速逃開，把壁爐推到了前面，拉開緊鄰走道的牆；一方小院盤據剛才仍被盥洗室擴大範圍占住之處，我在漆黑中重新築起的居所則加入在清醒時分的漩渦中瞥見的那些住所之列，見到日光伸出手指在窗簾上方畫下那道淺淡信號，旋即逃逸無蹤。

內容概要

第一部——貢布雷

一、

失眠。半夢半醒，時空難辨（09）。往日住過的一些房間：貢布雷（12），聖盧夫人家：湯松村（13），冬天的房間與夏天的房間（14），路易十六式房間：巴爾別克（14）。習慣（15）。

貢布雷，無法入睡的苦惱。魔幻燈，戈洛與潔妮維艾芙・德・布拉邦（16）晚餐後，淋雨散步的外婆（18）。散發鳶尾花香的房間（20）。晚安之吻（21），斯萬其人：來訪（22），斯萬的父親（22），斯萬的交遊狀況及家世（24），貢布雷的斯萬與巴黎的斯萬（24）姑婆眼中的斯萬（25），我們的社交人格是他人用思想創造出來的結果（28）。維勒帕里西斯侯爵夫人，背心裁縫師和他的女兒（30）。外公計畫試探斯萬（31）。擔憂因斯萬來訪而即將被奪走的晚安之吻

（34）。賽琳娜及芙蘿拉迂迴感謝斯萬送來的白酒（36）。無助上樓（40）。寫給媽媽的信，法蘭索瓦絲的法則（41）。斯萬懂我（43）。決心不見到媽媽不睡覺（46）。斯萬離開後家人的評論與交談（48）。母親上樓訝異見我沒睡（49），父親裁決讓母親留下陪我，他有別於外婆和母親的慈愛，我的自責愧疚（50）。外婆的贈書（54）。母親朗讀喬治桑的《棄兒法蘭斯瓦》（57）。

不自主記憶所喚醒的貢布雷。智性的記憶刻意回想起的貢布雷夜晚（60），浸在茶中的瑪德蓮（61），不自主記憶勾起的貢布雷回憶（62）。

二、

貢布雷這座城鎮（67）。雷歐妮姨媽家（68），雷歐妮姨媽，她的椴花茶和床邊大桌櫃（70）。伺候雷歐妮姨媽的法蘭索瓦絲，媽媽對法蘭索瓦絲的溫柔（73）。不能出門的姨媽觀察、探聽貢布雷居民的活動（74）。聖伊萊爾教堂之描述：門廊，彩繪玻璃，掛毯，珍寶（80）。教堂的第四維度：時間，教堂的鐘聲，從各個不同地方眺望教堂，外婆珍愛的鐘樓，深藏我心中的鐘樓（82）。勒葛朗丹先生（89）。尤拉莉，姨媽對尤拉莉的依賴（92）。星期天的午餐（94）花園一角的小廚房及叔公阿道爾夫的休憩室（96），叔公與貢布雷家人斷絕來往的原委：巴黎，熱愛戲劇的時期（98），突訪叔公，偶遇粉紅衣裝女子（100），向爸媽透露突訪叔公家之細節，釀成不可挽回的誤會（105）。懷孕的廚房女僕（106），喬托畫筆下的慈善及欲念的化身（107）。艷陽天午後，房裡的閱讀與花園大栗樹下的閱讀（109），關於閱讀：閱讀如夢（112），閱讀如壯遊（113），沉靜的閱讀時光（114），中斷閱讀的騎兵隊遊行（115），斯萬提供的閱讀建議及作家貝戈特（117）。布洛赫的文學意見（118）。外公針對猶太人的玩笑（119）。布洛赫不討我家人喜歡（121）。閱讀貝戈特作品的喜悅（123），貝戈特作品分析（124）。斯萬與貝戈特的交情，拉・貝瑪詮釋的拉辛悲劇，所謂才能（128）。羨慕斯萬小姐與貝戈特的親密友情，心中賦予斯萬小姐崇高威望（130）。本堂神父拜訪雷歐妮姨媽，談論教堂與蓋爾芒特家族和布拉邦家族之淵源，教堂中的文物及歷史（134），從教堂鐘樓望出去的視野，貢布雷附近的地貌（138）。法蘭索瓦絲對於貧富的觀念，與尤拉莉之間的暗中較勁（140）。雷歐妮姨媽作惡夢（143）。姨媽的小日常與例外：星期六的午餐（143）。教堂祭壇上的山楂花（146）。凡特伊先生（146），他那像男孩的女兒（147）。月光下，父親帶領我們在貢布雷步行（148）。雷歐妮姨媽的幻想，自導自演（149），姨媽與路易十四的生活機制（153）。父親與勒葛朗丹之間的不愉快（154）。法蘭索瓦絲，蘆筍與廚房女僕（158）。勒葛朗丹的奇怪態度（160），與勒葛朗丹共進晚餐（162），傲慢虛榮又勢利眼的勒葛朗丹（163），勒葛朗丹對巴爾別克的一番描述（167），巧言迂迴拒絕為我們寫一封引見信給他在巴爾別克的姊妹，德・康布列梅耶夫人（170）。

斯萬家那邊。日落時分，晝短季節的夕陽與夏日的金光，遲歸的日子（171）。兩邊，兩條路線（172）。散步經過斯萬家的林園（174），小路上的白山楂花樹林（177），粉紅山楂（178），與花園中的斯萬小姐對到眼（180），吉兒貝特這個名字（181）。雷歐妮姨媽渴望再見到斯萬及湯松村（183）。為斯萬這個姓氏著迷（184）。告別山楂樹（185）。梅澤格利斯原野風光（186），午後的月亮及繪畫中的月亮（187）。蒙朱凡村，凡特伊小姐的女友（188），凡特伊先生的悲哀（189），斯萬與凡特伊擦身而過（190）。多雨的梅澤格利斯（191），從聖安德雷德尚教堂雕刻人物中認出現實生活中的人物：法蘭索瓦絲與岱歐多（192）。夏季穩定好天氣中的大雨（194）。

雷歐妮姨媽去世後的秋天（194），法蘭索瓦絲的悲傷及她看待喪家的觀點（195）。獨自去梅澤格利斯散步，蒙朱凡的沼澤畔（197）。秋日的孤獨，想像魯森維爾村林中出現女子，歡愉快感（198），散發鳶尾花香的小房間，想像落空，領悟現實只是框架（199）。在蒙朱凡村偷窺凡特伊小姐及其女友（202），凡特伊先生的肖像（203），虐景（206），思考邪念與虐待癖（207）。

蓋爾芒特那邊：天候穩定時，從花園小門出發的散步（209），維馮納河沿岸風光，舊橋，釣者，防禦城堡遺跡，毛茛花海（212），浸入河水中的玻璃瓶既是容器亦是內容物，水生植物的漂流（212），蓮花園，維馮納河上的划船手（215），河畔別墅裡的少婦（215）。蓋爾芒特公爵及夫人，他們的祖先：潔妮維艾芙·德·布拉邦（216），幻想蓋爾芒特公爵夫人，夢想成為作家，自覺沒有天分，灰心喪志（218）。在惡王吉爾貝的禮拜堂舉行的一場婚禮上望見蓋爾芒特公爵夫人（219）。苦惱欠缺參悟藏在印象背後的主題的天賦與才情（224），馬當維爾的三座鐘塔（226），初嘗文學創作之喜悅（227）。去蓋爾芒特那邊的一天當中之心境起伏（229）。兩邊路徑帶來的領悟（230），現實難道不是僅於記憶中成型？（232）

清醒，晨光（233）。

普魯斯特

追憶逝水年華　À la recherche du temps perdu
第一卷　斯萬家那邊　Tome I. Du Côté de Chez Swann

作者	馬塞爾・普魯斯特 Marcel Proust
譯者	陳太乙
社長	陳蕙慧
總編輯	戴偉傑
編輯	林家任
行銷企劃	陳雅雯、余一霞、趙鴻祐
封面繪圖	Emily Chan
封面設計	六分い設計事務所
排版	宸遠彩藝有限公司

讀書共和國集團社長	郭重興
發行人	曾大福
出版	木馬文化事業股份有限公司
發行	遠足文化事業股份有限公司
地址	新北市新店區民權路 108-2 號 9 樓
電話	(02) 2218-1417
傳真	(02) 8667-1891
客服專線	0800-221-029
信箱	service@bookrep.com.tw
法律顧問	華陽國際專利商標事務所　蘇文生　律師
印刷	通南彩色印刷股份有限公司

出版日期	2023 年 1 月初版一刷
定價	新台幣 720 元（二冊不分售）
ISBN	9786263143425（紙本）

À la recherche du temps perdu
Tome I. Du côté de chez Swann

國家圖書館出版品預行編目

追憶逝水年華 . 第一卷 , 斯萬家那邊 / 馬塞爾 . 普魯斯特 (Marcel Proust) 著 ; 陳太乙譯 . -- 初版 . -- 新北市 : 木馬文化事業股份有限公司出版 : 遠足文化事業股份有限公司發行 , 2023.01
560 面 ; 14.8X21 公分 . -- (普魯斯特)
譯自 : À la recherche du temps perdu : Tome. I, Du Côté de Chez Swann
ISBN 978-626-314-342-5(平裝)

876.57　　111020549